Roi maudit

Danielle Paquette-Harvey

1984 -

Couverture par Danielle Paquette-Harvey

ISBN (livre de poche) 978-1-7388313-9-5

Première édition : Décembre 2023

Publié par : Danielle Paquette-Harvey

http://daniellephauthor.com

https://www.instagram.com/daniellephauthor

Inscrivez-vous à ma liste de diffusion pour ne rien manquer !

daniellephauthor.com

Suivez-moi

- Facebook : Danielle Paquette-Harvey
- Instagram : daniellephauthor

Autres livres de l'auteur

Tous mes livres sont disponibles sur Amazon.

Série Âme sœur du désir

Envisagé pour une adaptation cinématographique !

Un prince vampire puissant et séduisant. La fille puissante de l'Alpha. Ennemis de naissance, ils sont liés par un lien indéfectible.

Best Seller mondial. Lisez la série qui a tout déclenché.

1. Ennemis Ancestraux (*disponible sur amazon*)
   ISBN 978-1-7782178-0-7

2. Un péché d'amour (*disponible sur amazon*)
   ISBN 978-1-7775721-5-0

3. Déchu (*disponible sur amazon*)
   ISBN 978-1-7782178-9-0

En lien avec la série Âme sœur du désir

Lisez dès aujourd'hui cette romance dark fantasy **primée – meilleur livre de fantaisie selon le Page Turner Awards** !

Les gardiens de la déesse : Les origines de la meute des loups-garous et des sorcières - ISBN 978-1-7782178-8-3

Série Sang et baisers

1. Roi maudit — ISBN 978-1-7388313-6-4
2. L'éveil — bientôt disponible

Série La fille du demi-ange

1. Dévorée par les ténèbres — bientôt disponible

Danielle Paquette-Harvey

Roi maudit

Contenu

Ce livre contient des expressions québécoises. Il a été traduit au Québec. Il est possible que certaines expressions soient un peu différentes qu'en France.

Bonne lecture !

Y'vagroth
Naiad Shrine
Moon Elve's
Lands
St.-Selena
Kreigraz
Leila's
Pack
Melian Nymph
Sacred Grove
St-Lawrence River
Sleeping
Lake

12

Darton's castle
Mytvathyr
Mumbur
Nokorath Hills
Myllia

« Et comment ce mal est-il atteint ? a-t-il demandé. « Comment peut-on tomber en disgrâce et devenir en un instant aussi mauvais que le tribunal populaire de la Révolution ou le plus cruel des empereurs romains ?
— (Anne Rice, Entretien avec un vampire)

Chapitre 1 (Nathan)

Maudit

Certains m'aimaient, d'autres me craignaient, mais tous m'appelaient de la même façon : le Roi maudit. Je ne peux pas dire que j'aime ce nom, mais je m'y suis habitué au fil des siècles, comme on s'habitue à l'odeur du sang ou du vin bon marché. Néanmoins, ce nom me convenait, car j'étais né avec une malédiction… enfin, deux malédictions.

Ma mère était un loup-garou et mon père un vampire — leur amour n'était pas censé exister. Pourtant, contre toute attente, c'est arrivé. Âmes sœurs, ils s'étaient battus malgré la menace du démon et les tensions entre nos races pour que leur amour soit accepté par tous. Ma mère était devenue la première reine d'Ichoryllia à ne pas être un vampire. J'étais le premier hybride né dans l'histoire, né avec les pouvoirs des deux races, puissant et redouté.

16

Quand j'étais jeune, ma mère m'a raconté qu'un oracle lui avait rendu visite alors qu'elle était enceinte. L'oracle l'a avertie que, parce que j'étais moitié vampire, moitié loup-garou, je serais plus fort que les deux, plus dangereux. La nature ne supporterait pas un tel déséquilibre de pouvoir, et mon existence même entraînerait le monde dans le chaos. Horrifiés, mes parents ont tenté d'emprisonner l'Oracle pour qu'elle ne répande pas la rumeur, mais sa magie était trop forte et elle s'est échappée. Ils ne l'ont jamais revue, mais la rumeur s'est quand même répandue.

Mes parents m'ont dit que certaines personnes avaient essayé de me tuer alors que je n'étais qu'un bébé, tandis que d'autres me vénéraient comme un dieu.

Quand j'étais bébé, comme tous les bébés vampires, je ne pouvais que boire du sang. Mes parents pensaient que je n'avais peut-être pas de loup. Les enfants vampires commencent généralement à manger d'autres aliments à partir de l'âge de deux ans et ont encore besoin de sang frais tous les quelques jours jusqu'à ce qu'ils atteignent la maturité à 150 ans. Ils peuvent alors se nourrir de vin de sang pendant des jours, à condition de manger d'autres aliments. Les recettes de pâtisserie des autres races ont été modifiées pour ajouter quelques gouttes de sang afin de satisfaire les vampires les plus difficiles.

Mais à la surprise de mes parents, je n'ai pu ni boire ni manger autre chose que du sang en grandissant.

Ils ont cherché partout les meilleurs médecins et sorciers, mais aucun n'a pu trouver pourquoi j'étais comme ça ou comment me guérir. Ils ont fait des analyses de sang et ont découvert des traces de la malédiction du loup-garou dans mes veines, confirmant que j'avais les deux malédictions, même si je ne sentais pas le loup et que je ne pouvais pas me métamorphoser, bien que je me sois entraîné à la meute avec la famille de ma mère. Ma mère a même essayé de trouver l'Oracle, si elle était encore en vie, croyant que la femme aurait les réponses à mon état, mais elle était introuvable.

Les plus grands sorciers ont finalement conclu que la malédiction du loup-garou se battait avec la malédiction du vampire dans mes veines. Les deux malédictions s'affrontaient, mais ni la malédiction du vampire ni celle du loup-garou ne pouvait l'emporter, ce qui provoquait mon état.

Je me souviens encore de la fois où j'ai essayé de manger ; j'ai été immédiatement malade. Je ne pouvais boire qu'une ou deux cuillères à soupe de n'importe quel liquide, pas assez pour me sustenter. Avec le temps, j'ai découvert que le vin de sang était la seule chose dont je pouvais boire un verre entier sans conséquences. Il était produit à partir de sang raffiné au fil des ans, et les établissements vinicoles avaient des accords avec des banques de dons pour produire leur vin, mais le sang perdait un peu de sa pureté au cours du processus. Pour cette raison, il ne pouvait pas remplacer le sang humain frais, mais je ne tombais pas malade en le buvant.

Je devenais faible si je passais plus de vingt-quatre heures sans sang humain frais. Je ne savais pas combien de temps je pourrais survivre, mais je me souviens encore d'une fugue dans les bois lorsque j'étais enfant et que je m'étais perdu. J'avais passé la soirée assis à pleurer, affamé, car je n'avais pas mangé depuis un jour, et j'étais tombé inconscient. Les gardes du palais m'ont finalement retrouvé le lendemain, et mes parents m'ont fait avaler du sang pour me sauver. Et voilà, 334 ans plus tard, j'avais toujours besoin d'une dose quotidienne de sang frais pour survivre et j'étais incapable de parler à mon loup ou de me métamorphoser.

Un murmure me sortit de mes pensées et mes yeux se posèrent sur la femme à côté de moi, de longs cheveux bruns s'étalant sur ses épaules. Mes lèvres se retroussèrent en la voyant sourire pendant son sommeil. Émeraude, ma bouée de sauvetage depuis quinze ans. Elle n'était qu'une adolescente lorsque j'ai commencé à me nourrir d'elle. Elle s'était empressée de postuler lorsque le poste s'était libéré après la mort d'Eve. J'avais trouvé l'ancienne vassale gisant dans une mare de sang dans son lit. Les gardes avaient fouillé le royaume, demandant aux gens des informations, avec une belle récompense sur la tête du tueur. Un trio de vampires avait été rapidement retrouvé et exécuté publiquement pour servir d'exemple. Toute attaque contre ma vassale était considérée comme une attaque directe contre moi et traitée comme telle. Les vassaux étaient considérés comme des membres de la royauté et devenir vassal était un grand honneur pour le récipiendaire et sa famille.

Mais je n'ai pas pu faire le deuil d'Eve correctement à cause de mon état de santé, l'urgence de trouver une remplaçante ayant pris le dessus. La nouvelle se répandit comme une traînée de poudre et les femmes se rassemblèrent au palais le jour même ; elles voulaient toutes le prestige qui accompagnait le titre, au diable le meurtre ou la vie volée pour leur renommée.

Je me souviens encore de mon entrée dans la salle de bal, nauséeux à la vue de toutes ces femmes qui mouraient d'envie de devenir ma prochaine vassale alors que j'étais encore en deuil. Certaines avaient l'air désespérées et très maquillées, d'autres portaient trop de parfum, et certaines criaient même pour attirer mon attention — ce sont celles dont je me suis le plus éloigné.

Franchement, la plupart des femmes essayaient désespérément de m'approcher, qu'elles soient vampires ou humaines — elles voulaient toutes voir si j'étais aussi dangereux qu'elles l'avaient entendu dire. Toutes sortes de rumeurs circulaient : était-il vrai que j'avais étranglé ma première amante ? Est-ce que je me transformais en bête assoiffée de sang lorsque la lune était pleine ? Mes parents avaient-ils fait un pacte avec les démons ? Ce n'étaient que des rumeurs, mais les gens aimaient les répandre et j'étais fatigué de les démentir. Mon silence était pris pour un aveu et je m'en moquais éperdument. De toute façon, les gens ne croyaient que ce qu'ils voulaient, et il était inutile d'essayer de les faire changer d'avis. S'ils voulaient me voir comme un monstre, ils me verraient comme tel, quoi que je dise.

Le pouvoir et l'argent attiraient les femmes comme la lumière attire les papillons de nuit. La curiosité et l'idée que les rumeurs puissent être vraies les attiraient encore plus. Je n'ai jamais pu comprendre les femmes pour cette raison. D'innombrables femmes avaient essayé de devenir mon amante, mais aucune n'était sincère. Elles convoitaient toutes mes pouvoirs de seigneur. En tant que roi, j'étais naturellement plus fort et plus rapide que les autres vampires et ma lignée royale me donnait un avantage sur les autres. La femme qui deviendrait reine partagerait une partie de ce pouvoir avec moi lors de notre cérémonie. J'avais déjà eu le cœur brisé plusieurs fois quand j'ai compris qu'elles ne me courtisaient que pour ma force. J'étais fatigué de ce jeu, de ces chagrins d'amour, de tout cela.

Émeraude était l'exception. Je me souviens que le temps s'est arrêté lorsque mes yeux ont croisé les siens dans la salle de bal, ses verts profonds m'attirant immédiatement. Ils avaient cette innocence et exerçaient sur moi un pouvoir exotique et magnétique. Même si elle était trop jeune — je préférais généralement les femmes mûres pour me nourrir — je savais qu'elle devait être ma prochaine vassale.

J'ai eu de nombreuses vassales au fil des siècles, toujours des humaines. Les vampires ne se nourrissaient pas les uns des autres, c'était considéré comme tabou, sauf lorsqu'ils s'unissaient à leur âme sœur.

Je signais un contrat avec mes vassales, elles acceptaient de me nourrir quotidiennement, et j'évitais de trop boire. En échange, elles étaient bien traitées par tout le monde, vivaient au château et étaient pris en charge comme s'ils étaient de la famille royale. C'était le travail idéal pour les familles pauvres, et les riches appréciaient le titre prestigieux qu'il leur conférait.

Même si le travail ne l'exigeait pas, il était de notoriété publique que les vampires couchaient avec leurs vassaux, car l'alimentation excitait les humains. Dans l'ensemble, il s'agissait d'un assouvissement de leurs désirs, d'un échange de services qui nous servait à tous les deux, mais rien de plus.

Mais avec Émeraude... Dès que je l'ai vue, j'ai su que je la voulais. C'était la première fois que je ressentais cela aussi fortement, un besoin primitif me remplissant entièrement, réveillant un monstre en moi. Il s'emparait de moi chaque fois que je me nourrissais d'elle, et il me fallait toutes mes forces pour tenir la bête à distance. Elle était trop jeune, je devais donc être patient, je ne me forcerais jamais. Le lien qui m'unissait à Émeraude était un lien de confiance et de survie. J'ai donc attendu patiemment qu'elle grandisse et qu'elle me rende mes sentiments, en attendant mon heure.

Même son sang avait un goût différent de celui de mes autres vassales, un doux nectar dont je m'enivrais chaque jour. Bien sûr, je ne prenais que ce dont j'avais besoin. Le fait de me nourrir tous les jours avait des effets néfastes sur son corps, drainant son énergie et nécessitant plus de sommeil pour récupérer. Si je buvais trop, je risquais de la blesser.

Je me souviens de la première fois où elle a murmuré « Prends-moi » pendant que je mangeais.

Elle était alors assez âgée, et ces mots étaient tout ce dont j'avais besoin pour enfin obtenir ce que j'avais toujours voulu. Je savais qu'elle était vierge et j'avais été doux avec elle, apprivoisant moi-même la bête qui ne demandait qu'à se déchaîner. D'une manière ou d'une autre, Émeraude parvenait à atteindre mon âme même lorsque je perdais le contrôle, me procurant une paix que je n'avais jamais eue auparavant.

J'avais savouré chaque instant, depuis la première fois que j'avais posé les yeux sur sa peau nue jusqu'à la chaleur savoureuse de son corps et aux gémissements qu'elle chantait pour moi. Je n'avais jamais ressenti une telle extase auparavant et je la ressentais encore chaque fois que je couchais avec elle. Se nourrir suscitait maintenant en moi le même désir qu'en elle.

Je ne comprenais toujours pas pourquoi Émeraude avait cet effet sur moi. J'avais eu d'innombrables vassales au cours des siècles, mais aucune ne s'était approchée d'elle. Bien que des lois aient été établies pour permettre aux humains et aux vampires de coexister pacifiquement, il était généralement mal vu qu'un vampire ait une relation avec un humain. C'était l'un des sujets qui divisaient le plus la population, et en parler déchirait les relations, voire les familles, car les deux camps étaient aux antipodes l'un de l'autre sur ce sujet.

Une partie de la population vampirique considérait les humains comme des proies, tandis que d'autres les considéraient comme des égaux. Comme mon père, je croyais que les humains et les vampires étaient égaux et pouvaient vivre côte à côte, mais si j'allais trop loin dans cette direction, je risquais la rébellion des extrémistes. Admettre à voix haute à quel point j'étais accro à cette femme pouvait me coûter mon trône. Les vampires qui considèrent les humains comme inférieurs verraient cela comme une faiblesse et me considéreraient comme inapte au trône, d'autant plus qu'en tant que roi maudit, je ne pouvais pas avoir de défauts.

Je passai la main sur la joue d'Émeraude, en prenant soin de ne pas la réveiller, avant de m'habiller. Les vampires ayant besoin de moins de sommeil que les humains, j'avais l'habitude de me lever avant elle. Elle se reposait autant que nécessaire et poursuivait sa journée au château. Elle était libre de faire ce qu'elle voulait, tant que cela ne mettait pas sa vie en danger. La seule chose que j'attendais d'elle était qu'elle soit prête à me nourrir le soir.

Mes yeux noisette me fixaient dans le miroir tandis que je passais mes doigts dans mes cheveux bruns. Aujourd'hui encore, j'avais l'impression de croiser le regard de ma mère, tant mes yeux lui ressemblaient. Il ne se passait pas un jour sans que je regrette qu'elle ne soit pas là et que je n'entende pas son rire cristallin. Des siècles avaient passé depuis, mais le souvenir de ma mère restera toujours gravé dans mon cœur. Les gens l'appelaient Kate la gentille et l'acceptaient comme reine après le rôle qu'elle avait joué contre le démon Eurynomos. Pleine de tendresse, elle veillait sur moi, toujours présente, même dans les pires moments. Nous nous promenions souvent dans la forêt et j'aimais la voir sous sa forme de loup, ce qui me faisait regretter de ne pas pouvoir me transformer, pour que nous puissions nous unir ainsi, comme mère et fils.

Ma vie a changé le jour où elle est morte, et mon père n'a plus jamais été le même après cela, pleurant la mort de sa compagne. Il était passé d'un père protecteur et aimant, celui qui m'avait appris à contrôler mes pouvoirs vampiriques royaux, à un homme renfermé qui trouvait la paix dans son chagrin. Le lien d'âmes sœurs était si fort que le survivant ne s'en remettait pas toujours, ce que je n'ai jamais vraiment compris.

J'ai secoué la tête, brisant les pensées.

Avec ma tenue de soirée, la couronne sur ma tête était la touche finale. Je devais être à mon avantage aujourd'hui, car je devais assister au Comité des races unies, composé de personnes de toutes les races : humains, loups-garous, elfes, nains et vampires, qui s'engageaient à maintenir la paix. La vérité était qu'il n'y avait plus de réelle menace depuis la Grande Guerre contre Eurynomos. Toutes les races s'étaient éloignées les unes des autres, se refermant sur elles-mêmes. Les frontières étaient ouvertes, le commerce était libre, mais les gens restaient entre eux.

Nous ignorions la population orque, qui n'avait cessé de croître depuis la fin de la Grande Guerre et qui menaçait maintenant de déborder les frontières de l'île de Krelgraz, ou comme certains l'appelaient : le Grenier des Enfers. Certains pensaient qu'un portail vers les Enfers était resté ouvert après la Grande Guerre, mais d'autres estimaient qu'ils se reproduisaient trop vite. Quelle qu'en soit la raison, les attaques d'orcs en dehors de leur île s'étaient multipliées, et les humains et les loups-garous suppliaient depuis des années qu'on leur envoie des troupes pour les aider à combattre les orcs. La commission ne cessait de repousser la motion.

Personne n'osait parler de la mort tragique du dernier dragon il y a vingt ans. Le comité préférait parler affaires plutôt que de chercher le corps de la bête majestueuse ou de trouver des œufs intacts. J'avais déjà suggéré que des personnes pouvaient être à l'origine de la disparition des dragons, car tous les œufs trouvés étaient cassés, comme si quelqu'un avait voulu l'extinction des bêtes, mais le comité n'a pas jugé utile d'enquêter puisqu'il n'y avait pas de gain financier à faire.

Les fées et les nymphes étaient tenues à l'écart du comité bien qu'elles aient demandé à être incluses depuis des décennies, et le comité a refusé d'entendre les plaidoyers de certaines sous-classes de personnes sous-représentées, telles que les sorcières, qui estimaient qu'elles méritaient un siège à part entière, puisqu'elles ne s'identifiaient pas pleinement aux humains. Malgré ce désordre, le Comité des races unies se réunissait toutes les deux semaines pour discuter de commerce et d'autres sujets. Je détestais y aller, mais en tant que Seigneur vampire, je devais le faire.

Les deux gardes me saluèrent en sortant de ma chambre. La pierre froide des murs du château contrastait avec la chaleur du soleil qui entrait par les fenêtres tandis que je me dirigeais vers la salle du trône. Le château étant construit à même la montagne, il y régnait toujours une certaine humidité et une fraîcheur dont il était difficile de se débarrasser. Les serviteurs passaient, vaquant à leurs occupations, interrompant leur conversation pour me saluer au passage. J'aimais savoir que les gens aimaient travailler pour moi.

La salle du trône était vaste, car nous y organisions souvent des bals et des banquets. Malgré les fenêtres et les lustres qui l'éclairaient, elle avait toujours un air lugubre. Les murs étaient faits de pierres grises et deux trônes en bois noir se dressaient au sommet d'une énorme dalle de pierre avec des escaliers. Deux immenses draperies rouges brodées de fils d'or décoraient le mur derrière ces chaises majestueuses. Au plafond étaient suspendues de délicates sculptures de cristal et de pierres précieuses tissées de fils d'or, une vanité de mon grand-père, qui pensait que le roi devait montrer sa richesse à ses partenaires commerciaux et maintenir son peuple dans la peur et la tyrannie.

Je fixai le trône vide à côté de moi en m'asseyant. Il ne resterait pas vide longtemps. Un roi ne peut pas régner seul, et je régnais sur le royaume d'Ichoryllia depuis plus de deux siècles. Mon règne était encore jeune — la plupart des seigneurs vampires régnaient plus de cinq cents ans — mais la pression de mes conseillers et du peuple devenait insupportable. C'est pourquoi j'avais enfin choisi une reine pour régner à mes côtés, l'une des seules femmes à ne pas rechercher uniquement la luxure et le pouvoir. Si j'avais d'abord accepté de trouver une reine pour faire taire mes conseillers, je m'étais pris d'affection pour Samantha. C'était une vampiresse sympathique, la fille d'un comte, et je la sentais sincère. Elle venait s'installer au château aujourd'hui et notre mariage serait célébré dans les prochaines semaines. J'avais hâte de la revoir et de voir comment elle réagirait à la rencontre avec ma vassale.

« Votre Majesté. »

Les cheveux noirs de Lysandre étaient soigneusement peignés et attachés, comme d'habitude. Il se dirigea vers moi en s'appuyant sur sa canne, résultat d'une ancienne blessure. Malgré cela, il restait fort et gardait la tête haute. Il était l'un des plus proches conseillers de mon père. Je le connaissais depuis mon enfance, et il partageait ses connaissances et ses conseils depuis que j'avais pris le trône à la mort de mon père.

« Oui, Lysandre. »

« Dois-je laisser entrer les gens ? »

Je grimaçais en pensant aux dizaines de personnes qui faisaient la queue pour entrer dans la salle. C'était le devoir d'un roi d'entendre les requêtes de son peuple, mais avec le temps, c'était devenu une tâche fastidieuse. Je me demandais parfois pourquoi les gens n'arrivaient pas à résoudre leurs propres problèmes.

Mon règne avait été plutôt calme et paisible jusqu'à présent, mais une série de meurtres avait commencé il y a quelques semaines. Nous avons enquêté sur chacun d'entre eux, mais nous n'avons trouvé aucune preuve permettant d'arrêter qui que ce soit. Je fis un geste à Lysandre qui acquiesça et ouvrit les deux grandes portes au fond de la pièce.

Bientôt, la salle se remplit de vampires désireux de me faire part de leurs problèmes. J'en écoutais le plus possible, trouvant une solution à leurs problèmes, avant de partir pour le Comité des races unies. Même si je méprisais les deux, le comité semblait être une promenade dans le jardin comparé à l'écoute des citoyens.

Je m'affaissai dans mon fauteuil, posant ma tête sur ma main, essayant de ne pas somnoler en écoutant les plaintes de mes concitoyens. Le vernis du bois de mon accoudoir était terni à force de s'y appuyer, et je notai mentalement de demander qu'on le polisse. La plupart des problèmes étaient habituels : les récoltes manquaient d'eau, les voisins se disputaient un lopin de terre, les vampires volaient dans les zones interdites, les objets étaient volés par un cambrioleur — tous des problèmes ennuyeux et faciles à résoudre. J'étais leur roi, après tout, et il était de mon devoir de les aider.

Un vampire s'est avancé devant moi, l'air incertain. Il était vieux et son dos était voûté, mais il avait l'air d'un vampire travailleur.

« Votre Majesté », dit-il, la voix à peine audible. « J'ai trouvé un humain mort dans mon jardin. »

J'ai relevé la tête, mon cœur s'est accéléré à ces mots.

« Mort ? Comment ? »

La bouche sèche, j'attendais qu'il me confirme ce que je savais déjà. Ses yeux étaient remplis de peur lorsqu'il a dit : « Exsanguination ».

Des murmures s'élèvent de la foule. J'ai juré. « C'est le troisième cette semaine. »

J'ai serré le poing de colère. C'était un problème grave. Il était interdit de tuer les humains dans toute Ichoryllia. Mon père l'avait décrété pour ramener la paix entre nos deux races et éviter l'extinction des humains. Leur population avait beaucoup diminué pendant la Grande Guerre contre Eurynomos et à cause des raids des orcs. Mon père et moi étions convaincus que les vampires avaient évolué vers une société civilisée et que tuer des humains était une méthode de survie inutile.

Néanmoins, le sang humain était considéré comme un mets de choix. Pour les vampires riches, avoir un vassal était une option qui leur permettait de s'adonner à ce plaisir décadent sans tuer l'hôte, mais les vampires pauvres n'avaient pas ce luxe. Seuls quelques humains étaient prêts à servir gratuitement un repas à un vampire et cela était parfaitement légal, tant que l'hôte restait en vie.

J'ai appelé mon conseiller. « Lysandre ! »

« Oui, Votre Majesté. »

« Envoyez des gardes pour enquêter. Nous devons trouver le responsable de ce meurtre. »

En vérité, je soupçonnais les fanatiques de Miłonblood d'être les coupables. Ces extrémistes étaient réputés pour tuer froidement des humains et pour leur amour maladif du sang, mais ils se cachaient bien et tuaient tous les témoins qui pouvaient nous aider à les incriminer. Nous n'avons trouvé aucun indice sur les scènes de crime et les gardes n'ont pas réussi à trouver leurs repaires, mais j'étais déterminé à continuer d'essayer jusqu'à ce que nous les arrêtions.

Le vieux vampire s'inclina. « Je vais retourner chez moi. Merci, Votre Majesté. »

J'ai grogné en guise de réponse — cela m'a mis de mauvaise humeur. Il fallait que je sorte d'ici. La vampiresse suivante s'est avancée, mais je l'ai repoussée.

« La séance d'aujourd'hui est terminée », ai-je grommelé en quittant la salle malgré les protestations des gens. Les gardes s'occuperaient d'eux et les feraient sortir.

J'inspirai profondément en sortant de la salle du trône, me préparant mentalement à ce qui allait suivre. La réunion du comité se tenait dans chaque ville de chaque race à tour de rôle. C'était à mon tour de l'organiser, j'avais donc demandé à mes serviteurs de préparer la salle stratégique de guerre pour recevoir les représentants de chaque race au château. Je leur ai également demandé de préparer des chambres au cas où l'un d'entre eux souhaiterait prolonger son séjour.

Une longue table occupait la salle de guerre. Une vieille carte de la région était accrochée au mur. Elle avait été transmise de génération en génération et du sang maculait le bas de la carte, traces d'une attaque qui avait été perpétrée dans cette même pièce.

Cependant, on pouvait encore voir ce qu'elle contenait, et je la gardais plus par attachement sentimental qu'autre chose, car elle était incomplète. Il ne contenait que les villes les plus importantes d'Ichoryllia, mais c'était suffisant. Il indiquait également tous les emplacements connus des créatures vivant dans la région, comme les cyclopes sur les collines de Nokorath, les harpies dans la forêt au nord-ouest, mais les plus redoutées étaient les sirènes. Ces créatures cruelles ensorcelaient leurs victimes avant de les dévorer vivantes, les entraînant dans les profondeurs marines, leur arrachant des morceaux de chair et leur infligeant une mort lente et douloureuse. Chaque fois qu'on en trouvait une, elle était répertoriée, mais on découvrait sans cesse de nouveaux endroits où vivaient ces ignobles créatures.

La plupart des membres du groupe étaient déjà présents lorsque j'entrai dans la pièce. Raphaël, le représentant humain, était assis le plus près de l'entrée. Ses cheveux blonds courts étaient soigneusement peignés et il portait une chemise blanche. Une moustache blonde encadrait sa bouche, donnant à son visage un air chaleureux. Il avait la forme d'une pomme, était assez beau. Ses yeux d'un bleu profond fixaient intensément Simeon, le représentant des loups-garous. J'avais toujours soupçonné qu'il avait le béguin pour le bêta musclé d'un mètre quatre-vingt-dix de la meute de Dark Woods, mais il ne l'avait jamais dit à voix haute. Ou peut-être l'avait-il fait lorsqu'ils étaient seuls tous les deux, mais cela ne me regardait pas. Quoi qu'il en soit, les deux hommes avaient toujours eu une relation amicale et aimaient échanger des ragots. Aujourd'hui encore, les deux hommes discutaient avec animation, Siméon regardant Raphaël de haut parce qu'il le dépassait de quelques centimètres.

Élisha était assise, son arc accoté contre le bras de sa chaise. Ses longs cheveux blonds étaient soigneusement tressés et ses oreilles pointues laissaient apparaître de multiples boucles d'oreilles. C'était une archère accomplie et la représentante du roi Érendriel des elfes.

Ses yeux bruns se sont posés sur moi lorsque je suis entré dans la pièce et elle a souri.

« Bonjour, Roi Nathan. »

J'ai souri en retour. « C'est toujours un plaisir de vous voir, Élisha ».

Bien que les elfes et les vampires n'aient pas entretenu les meilleures relations — les elfes ont toujours considéré les vampires comme une race sombre — nous n'avons jamais été directement en guerre. Nos relations avaient toujours été respectueuses et nos échanges commerciaux fructueux. Même si je redoutais les réunions, j'aimais parler avec la représentante elfique. J'admirais toujours ses questions et ses remarques réfléchies. Il était évident qu'elle se sentait concernée et qu'elle souhaitait être ici, ce qui me paraissait très éloquent.

Siméon et Raphaël se sont arrêtés de parler, me remarquant.

« Votre Majesté », dit Siméon en inclinant légèrement la tête.

« Ravi de vous voir, roi Nathan », reconnut Raphaël en souriant.

Je les saluai tous les deux d'un signe de tête avant de m'asseoir à ma place.

J'ai regardé dans la pièce et j'ai demandé : « Quelqu'un a vu Lokhus ? »

Élisha roula des yeux en entendant le nom du représentant nain. « Probablement en train de se gaver de bière dans une taverne ».

Raphaël ne put réprimer son rire à ces mots, le son se répercutant sur les murs environnants.

Au moment où nous parlions de lui, le nain d'un mètre vingt est entré dans la pièce, essoufflé.

« Désolé, je suis en retard ! » s'exclama-t-il de sa voix bourrue, le bruit du métal sur le bois résonnant tandis qu'il posa sa hache à côté de sa chaise.

Élisha se moqua du nain. « La taverne était-elle fermée ? »

Lokhus l'ignora, se contentant de jeter un coup d'œil à l'elfe. Élisha et Lokhus avaient une longue histoire de badinage, et j'en avais conclu qu'ils s'aimaient comme des frères et sœurs.

Je me suis raclé la gorge, ce qui a ramené l'attention de tout le monde sur moi. « Puisque nous avons tout le monde, commençons cette réunion, voulez-vous ? »

Tout le monde acquiesça, impatient d'en finir pour retourner à la vie quotidienne. Au moins, c'était un point sur lequel nous étions tous d'accord.

« Le commerce a été bon », a commencé Lokhus, « mais il y a de plus en plus de gobelins qui attaquent les routes commerciales près des mines. Les marchands ont peur de venir à Mumbur. Cela nuit à notre économie. »

Mumbur, la capitale du royaume nain. C'était un centre commercial important. Ils avaient le plus grand port et construisaient des inventions révolutionnaires qui faisaient l'envie des autres races.

« Nous pouvons envoyer une patrouille hebdomadaire », a déclaré Raphaël, toujours prêt à aider.

« Nous en enverrons un aussi », ajouta Siméon en passant la main dans ses cheveux noirs bouclés, sa voix grave emplissant la pièce. « L'Alpha sera heureux d'aider l'un de nos alliés commerciaux. »

J'ai ajouté : « Nous enverrons également une patrouille. Nous ne pouvons pas laisser les gobelins et autres créatures décourager le commerce. »

Élisha a soufflé. « Nous enverrons une patrouille, mais c'est seulement pour que nous puissions maintenir de bonnes relations commerciales avec tout le monde. Je trouverai bien un moyen de convaincre le roi. »

Lokhus prit un air victorieux aux paroles de l'elfe, mais il resta humble lorsqu'il prit la parole. « Merci. » Puis il ajouta respectueusement : « Même à toi, Élisha. »

L'elfe avait un air plus doux sur son visage alors qu'elle le fixait en retour. Elle hocha simplement la tête en guise de réponse.

Il poursuivit : « Avec toutes ces patrouilles et les nôtres, nous sommes sûrs d'éloigner ces satanés gobelins. »

« C'est bien ! » dis-je en joignant les mains. « Maintenant que cette question est réglée, quelle est la suite de notre programme ? »

Raphaël s'est empressé de dire : « Il y a eu une augmentation des attaques d'orques. »

Élisha s'est redressée sur sa chaise. Je serrai la mâchoire. Aussi graves qu'aient été les attaques des gobelins sur la capitale naine, elles n'étaient rien comparées à la cruauté et à la violence des attaques des orcs. Les orcs menaient des raids comme aucune autre race et détruisaient tout sur leur passage, ne laissant rien. S'ils n'étaient pas arrêtés, ils causeraient des dégâts irréparables.

Simeon acquiesça. « Nous avons remarqué la même chose. »

Les loups-garous et les humains étant les plus proches de Krelgraz, ils furent les premiers à ressentir les effets de la croissance de la population orque.

« Le grenier des Enfers est plein », ajoute Raphaël. « Il faut faire quelque chose !

Je ne croyais pas aux rumeurs selon lesquelles la porte des Enfers était restée ouverte, mais il s'agissait d'une affaire très sérieuse.

Élisha répondit : « Je porterai cette affaire à l'attention d'Érendriel, comme je l'ai fait la dernière fois. Mais je ne peux rien faire si le roi ne veut pas envoyer de troupes. Nous avons nos propres affaires à régler. »

« J'ai des affaires importantes à régler dans les semaines à venir », ai-je répondu. Mon mariage avec Samantha allait accaparer une grande partie de mon attention. Une fois que ce serait fait, je pourrais consacrer mes efforts à autre chose. « Après cela, je pourrai envoyer des troupes. Ensemble, nous pourrons les repousser. »

Les représentants des humains et des loups-garous ont souri. Ils étaient des alliés précieux, et il était important que je les aide.

Nous avons discuté de quelques autres questions. L'affaire des sorcières, une fois de plus, n'a pas été tranchée. La demande des fées et des nymphes a été reportée une fois de plus, et pas un mot n'a été dit sur la disparition des dragons. Je gloussai en pensant à la similitude de chaque réunion.

Bientôt, tout le monde se mit d'accord pour lever la séance. La prochaine réunion se tiendrait dans la basilique de Séléna, la cathédrale humaine au centre de la ville, construite en l'honneur de la déesse de la Lune. Raphaël et Siméon partirent ensemble, et Élisha seule. Je montrai sa chambre à Lokhus, la cité naine étant la plus éloignée, il y resterait une nuit ou deux avant de rentrer chez lui.

J'étais accablé par l'augmentation récente des meurtres et je devais maintenant m'occuper des orcs et des gobelins. Ce n'était vraiment pas la période de paix que j'espérais pour mon peuple. J'étais fatigué, mais maintenant que la réunion était terminée, tout ce que je voulais, c'était voir si Samantha était arrivée au château et si elle avait besoin d'aide pour s'installer. J'avais espéré lui souhaiter la bienvenue dans sa nouvelle demeure, mais je crains qu'elle ne soit déjà arrivée. Quoi qu'il en soit, j'étais impatient de serrer ma fiancée dans mes bras et de revoir ces yeux noirs éblouissants.

Chapitre 2 (Samantha)

Déménagement

Un sentiment de paix intérieure m'a envahi alors que je fermais les yeux. Je sentais sa présence pendant que je récitais la prière. Il m'aiderait, comme il l'a toujours fait, comme le jour où il m'a parlé dans mon rêve. Je ne décevrais pas Alastor. Je plongeai dans mes pensées les plus profondes, communiant avec mon dieu, acceptant ses grâces et perdant la notion du temps. Je me levai lorsque j'estimai avoir suffisamment prié, satisfaite de la façon dont la matinée commençait.

Mes yeux sombres me fixaient tandis que je plaçais une broche ornée de bijoux pour retenir le devant de mes cheveux, les laissant couler dans mon dos. Le noir de mes cheveux se confondait presque avec le riche bordeaux de ma robe. Mes boucles d'oreilles rouge sang rehaussaient le rouge foncé de mes lèvres, donnant une touche de couleur à mon visage pâle.

Satisfaite de mon décolleté et de la fluidité de ma robe, j'ai quitté ma chambre. En me dirigeant vers la porte d'entrée, j'ai jeté un dernier coup d'œil à l'endroit où j'avais grandi, un nœud se formant dans mon cœur en repensant à tous les bons moments que j'avais passés ici. Cela me faisait bizarre de laisser mon enfance derrière moi comme ça, mais aujourd'hui était un jour important ; le jour où je quittais le manoir de mon père pour aller vivre au château avec mon fiancé, Nathan, le roi des vampires.

Une calèche tirée par deux chevaux noirs m'attendait. Je n'avais rien apporté, les serviteurs du château avaient préparé mes affaires et les apporteraient plus tard. J'inspirai profondément, gardant un visage serein et espérant paraître gracieuse et belle malgré les émotions qui me traversaient. J'étais heureuse et nerveuse, mais triste de laisser mon père seul, bien qu'excitée à l'idée de devenir reine.

La matinée était belle et les oiseaux chantaient dans les arbres. Mon père, un vampire grand et mince, se tenait à l'extérieur de la maison, à côté de la calèche. J'ai étudié mon père en marchant sur le chemin entouré d'arbustes bien taillés. Le temps le rattrapait ; ses cheveux étaient maintenant blancs comme la neige, alors qu'ils étaient autrefois noir de jais. Il portait ses habituels vêtements luxueux, ceux qu'il portait lorsqu'il voulait mettre en valeur son titre de comte. La vérité était que la richesse de la famille avait été dépensée il y a de nombreuses années, mais mon père avait réussi à le cacher jusqu'à présent. Les apparences vont loin quand on les joue bien.

Mais tout allait bientôt s'arranger, car j'allais épouser le roi Nathan et restaurer le titre de noblesse de ma famille. Ce n'était pas une mince affaire, mais j'étais prête à relever le défi. C'était un honneur d'être celle qui rétablirait la réputation des Delacour, et je ne pouvais même pas exprimer à quel point j'étais stupéfaite de devenir la prochaine reine, car tout cela ressemblait encore à un rêve.

Mon père a essuyé une larme de son œil tandis que je me dirigeais vers la voiture.

« Porte-toi bien, ma fille », murmura-t-il avec amour.

Je l'ai regardé, l'étudiant pleinement. Il avait tiré les ficelles, fait de la politique et chuchoté dans les couloirs sombres pour que je puisse rencontrer Nathan, en espérant que je sois choisie. Je ne savais pas exactement comment il y était parvenu, mais j'avais été convoquée au palais un soir pour un repas royal. Seule une poignée de vampiresses potentielles avaient été invitées.

Je me souviens que mes mains tremblaient et qu'il me fallait toute ma force pour garder mon calme. J'avais entendu beaucoup de choses sur le roi maudit. Certains disaient qu'il était froid et dangereux. D'autres murmuraient qu'il avait tué beaucoup de gens à mains nues. Sa mère était censée être une louve, ce qui me rendait plus que curieuse de le rencontrer. Certains disaient qu'il n'était pas intéressé par la recherche d'une épouse, mais chaque roi a besoin d'une reine, c'était une tradition à laquelle personne ne pouvait échapper.

Alors que nous étions assis à la table du banquet ce soir-là, je fus surprise de constater que le roi Nathan était très séduisant, contrairement à ce que j'avais entendu dire. Au lieu de l'homme dur et implacable auquel je m'attendais, c'est un grand et beau vampire qui se tenait devant moi. Ses yeux noisette cachaient un mystère, sa barbiche était bien taillée et ses cheveux bruns étaient bien coiffés. Je fus immédiatement attirée par lui, désireuse de me faire remarquer. Cependant, j'étudiais attentivement ses réactions au fur et à mesure que le repas avançait, car je n'avais qu'une seule chance de faire bonne impression.

J'ai remarqué sa froideur et la façon dont il se renfrognait chaque fois qu'une femme essayait de lui parler et battait des paupières pour attirer son attention. Stratégiquement, j'ai gardé le silence pendant tout le repas, feignant de ne pas être intéressée, espérant ainsi attirer son attention. Lorsque je l'ai enfin regardé, j'ai été ravie de voir qu'il me regardait. J'ai rougi sous son regard, des papillons remplissant mon estomac. Il a immédiatement renvoyé toutes les prétendantes, me laissant seule avec lui. Il m'a enfin parlé lorsque tout le monde est parti, sa voix grave emplissant la pièce. J'ai découvert la vraie personnalité de Nathan et j'ai été immédiatement charmée. Depuis, nous nous sommes rencontrés plusieurs fois au fil des semaines, et il est devenu plus doux et plus aimant avec moi.

« Ne vous inquiétez pas, père. Le roi prendra bien soin de moi », ai-je promis.

Mon père a hoché la tête tandis que je montais dans la voiture, le cocher me tenant la porte ouverte. « Si quelque chose arrive, si tu as besoin de moi pour quelque raison que ce soit… »

Je l'ai interrompu. « S'il vous plaît, père. Tout ira bien. »

Il avait l'air mal à l'aise et je savais qu'il avait du mal à laisser partir sa fille unique. Le cocher a fermé la porte et s'est dirigé vers l'avant de la voiture.

Le sourire de mon père semblait forcé. « Tu vas me manquer, mais je sais que tu es heureuse. »

Je souris, poussant ma main par la fenêtre ouverte pour attraper la sienne. « Oui, et je restaurerai le nom de notre famille ».

Il acquiesça. « C'est vrai. Tu viendras me voir de temps en temps ? »

J'ai acquiescé. « Bien sûr. »

Je lui ai fait mes adieux tandis que le cocher donnait l'ordre aux chevaux de se mettre en route. J'ai prononcé une dernière fois avant d'être trop loin : « Tout ira bien. »

Lentement, les chevaux se sont mis à trotter, et j'ai vu le manoir où j'ai grandi devenir plus petit à mesure que nous avancions. Par la fenêtre, j'ai vu mon père me faire un signe de la main. Je quittais mon chez-moi pour la dernière fois. Je n'y reviendrais pas — même si je devais m'y rendre, ce ne serait plus *ma* maison. J'allais avoir un nouvel endroit à appeler miens, plus grand que tout ce dont j'aurais pu rêver. Il me faudrait un peu de temps pour m'y habituer, mais j'avais visité le château de nombreuses fois au cours des dernières semaines et j'en connaissais déjà une partie. Les jardins étaient ma partie préférée du château. Les roses attiraient toujours mon attention ; belles et délicates, mais épineuses et dangereuses. Elles me rappelaient que sous la façade de chacun se cachait une menace, quelle que soit la personne que l'on prétendait être. Mon cœur battait la chamade lorsque je repensais à toutes les promenades que j'avais faites avec Nathan dans les jardins du château.

J'avais hâte de le revoir.

Au fur et à mesure que nous avancions dans le centre-ville, la population se densifiait. Des groupes de vampires et d'humains se promenaient, en chemin vers leur travail. Bien que la ville soit majoritairement vampirique, de nombreux humains travaillaient à Ichoryllia, c'est pourquoi un quartier humain avait été construit au sein de la ville.

Les humains travaillaient dans de nombreuses entreprises du district, mais la grande majorité d'entre eux travaillaient pour les banques de sang. Ils recevaient une généreuse compensation pour les dons de sang et étaient chargés de les stocker et de les traiter. Au fil du temps, tous les commerces de vampires en vinrent à ajouter des choix humains à leurs marchandises, ce qui leur permit de gagner beaucoup d'argent.

Une grande partie de la population acceptait les humains dans notre belle grande ville, tandis que d'autres étaient farouchement opposés à leur présence à Ichoryllia. Ces derniers les considéraient comme inférieurs aux vampires et comme de la nourriture, rien de plus. La cohabitation entre les deux parties était difficile et les échanges très tendus. Pour cette raison, les rares couples qui se formaient entre nos deux races préféraient généralement garder leur relation secrète par peur des représailles.

Je ne voyais pas d'inconvénient à ce que des humains travaillent dans notre ville, mais je les considérais plus comme une source de nourriture qu'autre chose. Je comprenais que mon cher Nathan ait besoin d'une vassale pour survivre et cela me convenait parfaitement. Je savais qu'il couchait aussi avec elle, mais cela m'importait peu : c'était commun à tous les vampires qui avaient un vassal, homme ou femme, et cela ne signifiait rien. Ce n'était rien d'autre qu'une décharge physique des besoins du vassal. J'avais hâte de la rencontrer et je ferais tout pour qu'elle se sente à l'aise avec moi.

Bientôt, le château apparu. Construits au sommet d'une montagne, les murs étaient constitués de stuc blanc et de briques noires. Il avait un air exotique espagnol, contrastant avec les briques grises des murs extérieurs. J'aimais la façon dont il dominait la ville avec ses six étages. Les fleurs qui poussaient sur les vignes sentaient toujours bonnes lorsqu'on sortait sur l'un des nombreux balcons. Ce que l'on ne pouvait pas voir de l'extérieur, c'est que le donjon avait été creusé directement à l'intérieur de la montagne. En raison de la façon dont il avait été construit, aucun prisonnier ne s'était jamais échappé du donjon du château.

Dans l'ensemble, je trouvais le château imposant et magnifique. J'étais vraiment reconnaissante pour tout. Penser que je serais bientôt la reine des vampires me remplissait de fierté. Il y avait tant à faire ! Mais une étape à la fois. Je devais d'abord épouser Nathan.

Des serviteurs étaient là pour m'accueillir à mon arrivée, s'inclinant devant moi.

J'ai souri à Lysandre, ses longs cheveux noirs étaient soigneusement attachés, comme d'habitude. Il était là depuis le début pour m'aider à me sentir chez moi. J'appréciais le vieux majordome — il m'avait offert son aide de bien des façons. Il s'appuya sur sa canne en marchant et ouvrit la porte du carrosse, me tendant la main pour m'aider à descendre.

J'ai regardé autour de moi, le cœur battant la chamade, mais j'ai été déçue de voir que Nathan n'était pas là.

J'ai demandé : « Le roi n'est pas là ? »

Lysandre répondit : « Sa Majesté est en réunion, Madame. Il serait venu vous saluer autrement, mais il m'a demandé de prendre soin de vous jusqu'à ce qu'il revienne. »

J'ai acquiescé. Je suppose que gouverner un royaume demande beaucoup de temps. Je suivis le majordome jusqu'à ma chambre. Je n'avais toujours pas le droit d'entrer dans la chambre royale de Nathan, mais je le pourrais une fois le mariage terminé. C'était une règle sur laquelle Nathan avait insisté. Je ne savais pas pourquoi, car je savais très bien qu'il avait touché d'autres femmes par le passé, mais cela n'avait pas d'importance puisque nous allions bientôt nous marier.

Ma chambre était grande et luxueuse. Un portrait de la déesse Hécate, mère de tous les vampires, me souriait sur le mur de droite. Je prendrais soin de l'enlever. Ma religion n'était pas la plus pratiquée par la population, mais elle était d'une extrême importance pour moi.

Je me suis allongée sur le grand lit au milieu de la pièce, en regardant les délicates peintures au plafond. C'était magnifique et j'étais heureuse que ce soit ma chambre pour les semaines à venir. Mes affaires allaient bientôt être apportées, et j'avais même une petite armoire pour ranger mon autel de prière. Alastor avait exaucé tous mes vœux et je comptais bien continuer à le vénérer, même si Nathan ne partageait pas ma religion. Après tout, Alastor ne pardonnait pas aux gens qui le trahissaient et il m'avait confié une mission. Je ne voulais pas subir sa colère. Je suis sûre que Nathan comprendrait.

Un coup m'a sorti de mes pensées. Étaient-ils déjà en train de revenir avec mes affaires ? J'ouvris la porte, pensant voir Lysandre, accompagné de serviteurs portant des bagages, mais je fus surprise de voir le roi se tenir devant moi.

Mon cœur a battu la chamade et j'ai eu envie de l'embrasser, mais je n'ai pas oublié mes bonnes manières. J'ai légèrement incliné la tête et j'ai salué « Votre Majesté. »

Nathan souleva mon menton avec son doigt. « Tu n'as pas besoin de t'incliner devant moi, Samantha. Nous nous marierons dans quelques semaines. »

À ces mots, ma respiration est devenue saccadée. Je ne m'étais pas encore habituée à l'idée de pouvoir appeler le roi par son nom, malgré les semaines de fréquentation. Pourtant, je n'allais pas tarder à devenir officiellement sienne et il allait falloir que je m'y habitue.

J'ai levé les yeux vers ces yeux noisette que j'aimais tant. Ils semblaient contenir les secrets du monde.

« Je sais, mais quand même. »

« S'il te plaît », insista-t-il. « Appelle-moi Nathan. Il n'y a pas de formalités entre nous. »

Ses yeux ont semblé scintiller lorsque j'ai souri.

« Puis-je entrer ? » demanda-t-il en haussant un sourcil.

« Bien sûr, votre maj…, je veux dire Nathan », ai-je bafouillé. Il allait falloir s'y habituer. Il a souri, ses crocs se montrant légèrement, lui donnant ce regard sexy que j'aimais.

Je refermai la porte derrière le roi. L'air était chargé d'électricité lorsque j'étais seule avec lui, plein de besoins inexprimés. Je suivrais tout ce que Nathan déciderait de faire, mon corps brûlant pour le sien, consumé par des forces plus fortes que la raison. Je lui donnerais volontiers mon corps s'il le voulait pour qu'il puisse étancher la chaleur qui régnait entre mes jambes.

« Je suis désolé de ne pas avoir pu t'accueillir à ton arrivée », dit-il gentiment.

« On m'a dit que tu étais en réunion. Il n'y a pas de raison de s'excuser. »

Il a souri, ses mains caressant mes épaules, son visage à quelques centimètres du mien. Je ne l'avais pas vu depuis sa demande en mariage et nous ne nous étions embrassés qu'une fois. L'attente me tuait. Je n'avais qu'une envie : réduire la distance et presser mes lèvres contre les siennes, mais je voulais que ce soit lui qui fasse le premier pas.

« Pourtant, » poursuivit-il, « j'aurais aimé être là quand tu es arrivée dans ta nouvelle demeure. »

Je me suis rapprochée d'un centimètre, mon nez touchant presque le sien.

« Eh bien, tu es là maintenant », ai-je chuchoté, espérant trouver la même chaleur que celle qu'il m'avait témoignée la nuit où il m'avait demandé de l'épouser.

« Oui. » Il a comblé l'écart entre nous, ses lèvres frôlant les miennes. Mon cœur battait la chamade lorsque son parfum m'a enveloppée et j'ai eu envie de le goûter.

On a frappé à la porte et j'ai poussé un juron lorsque Nathan s'est éloigné. J'étais si près de l'embrasser ! Cette interruption me laissait brûlante d'insatisfaction. La personne qui frappait à la porte avait intérêt à avoir une bonne raison, sinon je la mettrais en pièces.

Lysandre s'inclina humblement lorsque Nathan ouvrit la porte.

« Les affaires de Madame sont arrivées », annonça-t-il avant de s'avancer vers moi pour laisser les domestiques apporter mes affaires.

« Aidez la reine à déballer ses affaires, » ordonna Nathan aux domestiques.

« Non. » J'ai failli crier malgré moi. Ils se sont tous arrêtés et m'ont regardé avec des regards interrogateurs. Je ne voulais pas qu'on touche à mes affaires, surtout à l'autel de prière. Je savais qu'Alastor n'était pas le principal dieu des vampires et je n'avais toujours pas parlé de ma religion à Nathan. J'espérais seulement qu'il m'accepterait telle que j'étais, mais je ne pouvais pas lui en parler avant d'être prête à le faire.

« Je m'en occuperai moi-même », ai-je expliqué, « j'ai des objets sentimentaux et j'aimerais les garder pour moi. »

« Comme vous voulez, Madame, » dit le majordome.

Nathan prit ma main et la porta à ses lèvres, déposant un doux baiser sur la peau. Je voulais revenir au moment où nous avions été interrompus, mais je devais me contenter de cela.

« Je te verrai au banquet ce soir. »

« Tu pars si tôt ? » Ai-je demandé. Je ne voulais pas qu'il parte. Je voulais avoir sur lui le même pouvoir qu'il avait sur moi. Je voulais dévorer ses lèvres, je voulais que le désir monte en lui comme il montait en moi jusqu'à ce qu'il ne puisse plus se contenir.

Je voulais réclamer son corps avant le mariage.

« Je crains de devoir le faire », a-t-il répondu. « Le devoir d'un roi ne s'arrête jamais. Mais nous nous reverrons au banquet. »

Une tempête faisait rage en moi, mais je n'en laissais rien paraître. Il semblait que je n'avais pas le choix. J'acquiesçai lorsque Nathan quitta la pièce, les domestiques apportant mes affaires. J'aimais la douceur dont il faisait preuve à mon égard. Il semblait être froid avec tout le monde sauf moi, mais j'étais impatiente de me marier. J'avais beau essayer de satisfaire mes désirs par moi-même, j'avais besoin d'un homme pour étancher ma soif.

Chapitre 3 (Élaine)

Bâton des origines

L « air du matin était frais et parfumé, transportant les doux murmures de la nature tandis que je marchais dans la ville. De grands arbres aux feuilles éclatantes formaient une voûte au-dessus de ma tête, filtrant la lumière du soleil en un kaléidoscope d'ombres qui dansaient sur le sol. La ville s'intégrait parfaitement à la forêt environnante, créant un mélange harmonieux de nature et d'artisanat elfique. J'aimais Mytvathyr de tout mon cœur ! Je croyais sincèrement qu'aucune autre ville ne pouvait rivaliser avec sa beauté.

Les chemins étaient faits d'une mosaïque de pavés, disposés de façon complexe pour créer des motifs délicats ressemblant à des symboles elfiques. En m'éloignant de la guilde magique, j'ai remarqué que quelques fleurs s'épanouissaient entre les pierres, comme si la nature elle-même caressait la ville dans une douce étreinte.

J'étais fière des compétences architecturales de ma race. Les bâtiments s'élevaient gracieusement, semblant sortir de terre plutôt que d'être construits. Des lignes douces et fluides accentuaient leur conception. Les bâtiments étaient principalement construits en bois, mélangés à des pierres, sculptés de manière complexe avec des motifs délicats qui semblaient prendre vie lorsque la lumière du soleil filtrait à travers eux, imprégnés de magie.

Tous les types d'elfes vivaient ici, et seuls des étrangers occasionnels étaient autorisés à y séjourner. Notre cité était un refuge pour notre espèce, un sanctuaire et un hommage grandiose à notre culture. Les elfes des bois étaient les plus nombreux. Ils étaient généralement de bons chasseurs, mais possédaient moins de magie que les autres elfes. Puis il y avait les elfes noirs, à la peau d'ébène et aux yeux incandescents. Bien qu'ils aient la mauvaise réputation de travailler au marché clandestin et qu'ils aient été persécutés pendant des années, certains de mes amis étaient des elfes noirs, y compris mon meilleur ami, Mitra. Très peu d'elfes gris vivaient dans la ville, et ils se tenaient à l'écart, ce qui avait créé avec le temps, un voile de mystère autour de leur espèce. Les hauts elfes étaient les plus habiles en magie et étaient facilement reconnaissables à leur peau jaunâtre. Dans l'ensemble, on trouvait tous les types d'elfes à Mytvathyr, à l'exception des elfes de lune, qui vivaient seuls près d'une montagne sacrée, loin au nord.

J'ai tourné à gauche et j'ai passé le magasin de bibelots pour arriver à celui d'artefacts. C'est là que le vol avait été commis. En tant que grande sorcière du roi, l'un de mes devoirs était de maintenir l'ordre magique. Ces derniers temps, j'avais entendu parler d'une recrudescence de l'activité des Tisseurs d'ombres, le culte de la magie noire. Ils se sont plongés dans d'anciens rituels elfiques interdits, cherchant à percer les secrets de la magie noire, persuadés que le véritable pouvoir résidait dans les ténèbres. Ils pensaient qu'en agissant ainsi, ils pourraient percer les secrets de la vie éternelle. Le vol à Breloques et Bibelots était lié à eux. J'en étais sûre !

La boutique d'artefacts Breloques et Bibelots dégageait une aura d'enchantement et d'élégance. Elle avait été construite avec du bois pâle provenant d'anciens arbres elfiques qui n'existaient plus. Au-dessus du toit, de fines flèches de tuiles en terre cuite s'élevaient vers le ciel, courbées par la magie. Le magasin était l'un des rares bâtiments à utiliser ces anciens arbres elfiques, qui faisaient autrefois la fierté de notre peuple. Il y a des centaines d'années, ils avaient été décimés lors d'une guerre entre elfes et nains. Les nains les avaient abattus pour faire avancer leurs machines de guerre et le sol avait été tellement brûlé qu'aucune graine n'avait pu pousser. Beaucoup d'elfes en voulaient encore aux nains à cause de cet événement.

Lorsque je suis entrée dans la boutique, j'ai été accueillie d'un parfum subtil et apaisant — un mélange d'herbes exotiques et de fleurs enchanteresses qui exacerbent les sens. L'intérieur était baigné d'une lumière chaude et douce, émanant de cristaux luminescents incrustés dans les murs et le plafond. D'ordinaire, la boutique était constituée d'étagères en bois incurvées réparties dans toute la pièce, où étaient exposés des artefacts, de délicates fioles de cristal et des flacons contenant des élixirs et des potions. Aujourd'hui, cependant, la boutique était en désordre. Le voleur avait jeté le contenu des étagères sur le sol, renversant et mélangeant les potions colorées, brisant les fioles de cristal et réduisant les artefacts en miettes. C'était ma boutique préférée, et j'avais le cœur brisé de voir autant de dégâts.

« Attention ! Ne marche pas dans la flaque », avertit Tanulia, la propriétaire du magasin. « Je ne sais pas quel pouvoir se dégage du mélange de toutes ces potions. Je ne voudrais pas que tu sois maudit ou que tu te transformes en quelque chose. »

Je me suis arrêté et j'ai regardé mes pieds, qui touchaient presque le mélange magique. Je reculai et regardai Tanulia, soulagée de voir qu'elle allait bien. La petite elfe des bois se tenait tendue, ses cheveux violets en chignon défait.

« Merci, Tanulia. »

J'ai évité la flaque et traversé les débris pour la rejoindre. Elle avait l'air désemparée, regardant l'accumulation d'objets magiques, le fruit d'une vie de collecte, qui gisaient sur le sol.

« C'est le bazar ! » s'exclama-t-elle en regardant autour d'elle.

« Je… Je ne sais pas par où commencer… » ajouta-t-elle en portant une main tremblante à son front, des larmes au creux des yeux.

Je l'ai prise dans une étreinte et elle m'a serré plus fort que je ne m'y attendais.

« As-tu une idée de qui a fait ça ? » ai-je demandé.

Elle a secoué la tête. Bien sûr, elle ne savait pas, mais je devais lui demander si elle soupçonnait quelqu'un. Ce qui me surprenait, c'est que le voleur avait tout détruit. Beaucoup d'artefacts et d'élixirs auraient pu atteindre un bon prix sur le marché noir. Pourquoi les détruire ? Il aurait pu faire fortune en les vendant !

« Qu'est-ce qui a été volé ? » Ai-je demandé.

Tanulia est allée derrière le comptoir et a ouvert une petite porte cachée. Elle en sortit une longue boîte métallique bleu foncé aux bords arrondis. Des marques dorées complexes étaient gravées sur la boîte. Elle ouvrit le couvercle, révélant un coussin de velours noir imprimé d'une forme de tige. Tanulia effleura le velours de ses doigts et murmura : « Le bâton des origines ».

Il devait s'agir d'un artefact très rare, car je n'en avais jamais entendu parler, même après avoir lu d'innombrables livres dans le cadre de mes études. Je traçai le contour du coussin, faisant glisser mes doigts sur le velours doux. On aurait dit une longue tige droite avec un cristal au bout. Du moins, c'est ce à quoi ressemblait l'empreinte.

« Que fait le bâton des origines ? »

Tanulia haussa les épaules. « Je n'ai jamais réussi à l'utiliser. Je l'ai acheté à prix d'or à un voyageur qui prétendait fouiller les ruines les plus anciennes à la recherche de trésors et les revendre ensuite. Il prétendait avoir trouvé le bâton des origines dans un temple oublié. D'après les fresques sur les murs où il l'avait découvert, il s'agissait d'un puissant artefact remontant aux origines de notre monde, d'où son nom. On dit qu'il est lié au contrôle du temps lui-même. C'est pourquoi je l'ai gardé caché et j'ai renoncé à le vendre. »

Il ne faisait aucun doute dans mon esprit que les Tisseurs d'ombres étaient derrière le voleur. Ils étaient très probablement intéressés par l'artefact s'il était effectivement lié au temps. C'était une très mauvaise nouvelle. Si ces fanatiques parvenaient à utiliser cet artefact pour contrôler le temps, l'ordre magique du monde basculerait dans le chaos. Une chose que Tanulia avait dite me revint à l'esprit.

« Tu dis que tu n'as jamais pu l'utiliser ? Voulais-tu contrôler le temps ? »

La propriétaire du magasin a secoué la tête, mais mon regard n'a pas faibli. Je ne la croyais pas. Un tel pouvoir était enivrant — qui ne voudrait pas essayer ?

« Non. Eh bien… Je teste toujours mes objets avant de les mettre en vente. Je ne voudrais pas vendre un faux ou un artefact défectueux à un client. Mais comme je te l'ai dit, je n'ai pas réussi à le faire fonctionner. »

Je lui ai souri. La réponse était prometteuse. « C'est une bonne nouvelle ! Cela signifie qu'il doit y avoir un moyen d'activer la baguette. Il manque peut-être quelque chose, un deuxième morceau ou une incantation. »

Tanulia était d'accord : « Les artefacts puissants sont généralement protégés pour éviter toute utilisation non autorisée ».

Heureuse, j'ai acquiescé. Cela signifiait que j'avais plus de temps pour trouver les coupables et, je l'espérais, empêcher le monde de sombrer dans le chaos. Le défi qui se présentait à moi prendrait du temps et je ne pouvais pas en perdre davantage.

« Merci de m'avoir appelé, Tanulia. Je vais faire de mon mieux pour retrouver l'artefact volé. En attendant, je vais envoyer une équipe de mages du château pour t'aider à effectuer le nettoyage magique. »

« Merci », répondit-elle, soulagée. « Je n'aurais pas pu le faire toute seule ! »

Je quittai le magasin et me dirigeai vers le château, réfléchissant encore à tout ce que je venais d'apprendre. Le vol du bâton des origines était très grave. Si les voleurs parvenaient à l'utiliser, l'équilibre du monde serait en péril. Je ne pouvais même pas imaginer la catastrophe qu'il provoquerait une fois activé — cette seule pensée me remplissait d'effroi. Je me pinçai les lèvres, cherchant par où commencer. Sans même m'en rendre compte, j'arrivai bientôt au château dont les tours dansaient dans les nuages. Le soleil se reflétait sur les différentes fenêtres, peignant un tableau coloré sur le chemin pavé en contrebas. Les ponts flottaient entre les différentes tours du château, maintenus en place par la magie. La tour des mages se dressait sur le côté droit du château, toujours entourée d'un linceul magique. La tour elle-même était construite en pierre d'un blanc étincelant, ornée de sigles magiques. Des plantes et des lianes s'enroulaient autour de la tour. C'est là que je résidais avec les autres mages du château. Des chambres étaient disposées sur le côté extérieur de la tour, chaque mage disposant d'une fenêtre pour admirer le paysage, tandis que la partie centrale était réservée à un espace commun.

Je poussai un soupir de soulagement en entrant dans ma chambre. Elle était presque au sommet de la tour, et je pouvais voir tout le royaume de là, la vue était à couper le souffle. Plus bas, des enfants jouaient avec des rubans multicolores, quelques parents les regardaient en bavardant. Une brise atteignit ma chambre, apportant une odeur de pâtisserie fraîche, et je me demandai si les cuisiniers en avaient préparé au château ou si l'odeur provenait d'une des boulangeries de la ville. Secouant la tête, je me rappelai que j'avais du travail à faire, mais je notai mentalement de vérifier plus tard.

Mon travail était parfois difficile, mais j'étais fière de servir le roi Érendriel. C'était un roi bon et gentil, et très peu de gens avaient le privilège de travailler pour lui. Seuls les plus talentueux étaient choisis — il m'avait personnellement sélectionné lorsque je n'étais encore qu'une enfant.

Chaque année, le roi organisait une grande fête et invitait tous les enfants de cinq ans avec leurs parents. Tous les enfants elfes étaient nés avec des capacités magiques à un certain degré et l'intention de cette fête était de repérer les plus doués dès leur plus jeune âge. Tout au long de la soirée, les enfants étaient invités à exécuter divers tours de magie, en commençant par les sorts les plus simples, ceux que presque tout le monde pouvait faire, et en augmentant progressivement la difficulté. De cette manière, les enfants les plus faibles étaient éliminés de la compétition à chaque tour et seuls les meilleurs restaient. C'est une façon d'évaluer les capacités de chaque enfant.

Je ne me souviens pas des détails, car j'étais si petite, mais on m'a dit que l'année où j'ai été choisie, j'ai tellement dépassé tout le monde que le roi n'a choisi que moi. On m'avait dit que cela faisait longtemps qu'on n'avait pas vu quelqu'un avec ma force magique, et que même le sorcier du grand roi avait été impressionné.

Les enfants choisis étaient élevés par les plus grands mages du château afin de maximiser leur potentiel. Tout contact avec les parents était interdit afin de renforcer l'attachement au roi. Il avait personnellement remercié mes parents pour les services rendus au royaume en lui donnant leur fille. Les premières semaines, tous les enfants pleuraient, mais au fil du temps, nous apprenions à vivre sans eux, sachant que nous travaillions pour le plus grand bien du royaume, plus important que le nôtre. Nous apprenions à être fiers de la valeur que nous avions aux yeux du roi et de tous les habitants de la ville.

Certains parents ne voulaient pas que leurs enfants soient emmenés dans la tour du château, ils voulaient les garder. Ils cachaient leur enfant jusqu'à l'âge de six ans pour éviter de le perdre s'il montrait un talent pour la magie. C'était un crime grave et les parents pris en flagrant délit étaient punis de mort pour trahison. Mais c'était aussi un grand honneur d'être choisi pour servir le royaume. De nombreuses familles amenaient fièrement leurs enfants avec elles, dans l'espoir d'être sélectionnées.

Malgré tout, j'aimais ma vie au château. J'avais aidé notre royaume plus que quiconque, en résolvant des problèmes complexes et en supprimant des barrières magiques que les sorciers les plus puissants n'avaient pas réussi à retirer. Le roi Érendriel m'invitait souvent à sa table et me traitait comme sa fille.

Je me suis versé un bain chaud. L'eau était réconfortante et je sentis mes muscles endoloris se détendre au fur et à mesure que je m'immergeais dans l'eau. J'avais combattu des gobelins dans les égouts toute la nuit avant de me rendre à la boutique d'artefacts, sans prendre de pause entre les deux. L'odeur de la lavande emplissait l'air tandis que je versais l'huile aromatique dans l'eau du bain. Au bout d'un moment, je sortis de la baignoire, nettoyée et reposée.

Je fixai mes yeux verts dans le miroir en démêlant mes cheveux blancs bouclés avec mes doigts, jusqu'aux pointes violacées. Certains pensaient qu'ils étaient teints, mais j'étais née ainsi. On a dit à mes parents que c'était à cause de ma force magique. Tandis que je pensais à cela, le bijou magique incrusté dans mon front brillait, et je sentais celui de mon cou se réchauffer en absorbant l'énergie — la mana — qui m'entourait. Ces bijoux n'étaient offerts qu'aux mages les plus puissants. Il fallait être très puissant pour posséder un seul bijou et le contrôler sans en devenir l'esclave. J'étais la première mage connue à pouvoir porter deux joyaux enchâssés, sans parler de leur taille — celui qui se trouvait à la base de mon cou couvrait presque entièrement cette région, s'étendant d'une épaule à l'autre. Le grand sorcier avait pensé que cela me tuerait, mais le roi avait insisté, disant qu'il avait foi en mon pouvoir.

Il n'y avait aucun moyen de décrire comment utiliser les bijoux. L'esprit apprenait tout seul à utiliser les gemmes magiques, ce qui était déconcertant au début. Le grand sorcier l'avait décrit de la même manière, et j'avais été stupéfaite de la facilité avec laquelle j'avais réussi à récolter du mana. Aujourd'hui encore, je ne savais pas comment cette sorcellerie était possible, ni même si elle était saine pour mon corps, mais je ne pouvais pas vivre sans ces bijoux. Après toutes ces années, j'avais réussi à maîtriser une grande variété de pouvoirs des joyaux, ce qui faisait de moi une force mortelle pour mes adversaires, ce que le roi savait très bien.

Depuis, le grand sorcier avait pris sa retraite et Érendriel m'avait nommée nouvelle grande sorcière. J'étais encore en train d'apprendre tous les devoirs du titre, mais j'étais fière d'avoir été choisie. J'espérais seulement que mes parents étaient fiers. D'habitude, je ne pensais pas à eux. Je savais que les contacts n'étaient pas autorisés, mais j'espérais que ma réussite leur apportait fierté et joie.

Je me dirigeai vers ma partie préférée de la tour : la grande bibliothèque. Il s'agissait d'une vaste salle située tout en haut, remplie d'imposantes étagères en bois enchanté qui émettaient une faible lueur, illuminant tout l'espace. Les étagères étaient remplies de tomes, de parchemins et de grimoires contenant des connaissances couvrant des siècles de magie elfique. On y trouvait également des tomes retraçant toute l'histoire des elfes, y compris celle des anciens souverains. Divers sièges et canapés remplissaient la pièce pour permettre une lecture confortable. C'était un sanctuaire d'apprentissage et de collaboration, où je me réunissais avec les autres mages pour approfondir ma compréhension de la magie et partager ma sagesse.

« Élaine, tu es de retour ! » appela Oswald.

J'ai souri à mon ami. Ses yeux orange vif s'arrêtèrent sur les miens et ses cheveux rouges semblaient brûler, contrastant avec sa peau jaunâtre. Il était l'un des meilleurs sorciers de la tour et menait des recherches sur les plantes magiques dans tous les royaumes, allant même jusqu'aux terres naines.

Tous les autres sorciers ont tourné leur attention vers moi au son de sa voix.

« Venez ! » ai-je ordonné.

Ils se sont tous regroupés autour de moi. J'ai regardé autour de moi et j'ai réalisé que mon meilleur ami n'était pas là. « Quelqu'un a vu Mitra ? »

Ils se sont regardés, mais personne ne savait où il était. Je confiais souvent à Mitra les tâches les plus complexes et il était probablement en train de terminer l'une d'entre elles, alors j'ai fait comme si de rien n'était. J'ai raconté à tous les mages présents le vol dans le magasin d'artefacts.

Quand j'ai eu fini, j'ai ajouté : « J'ai besoin de toutes les informations que vous pouvez obtenir sur les Tisseurs d'ombres. Y a-t-il une activité inhabituelle ? Les a-t-on vus se rassembler quelque part ? Je suis certaine que ce sont eux les coupables, mais nous n'avons aucune preuve. »

« Je vais recueillir des informations sur leur lieu de rassemblement », a répondu un sorcier.

Un autre a déclaré : « Je vais aller au marché noir ».

« J'ai besoin de quelqu'un pour aider Tanulia à faire le ménage. »

« Je vais le faire », proposa Oswald.

J'ai hoché la tête devant les intentions de chacun. Le bonheur m'envahit — avec tout le monde sur l'affaire, j'étais sûre de trouver ce que je cherchais en un rien de temps. Alors que tout le monde s'apprêtait à partir, la porte s'ouvrit et Mitra entra. Ses yeux et sa peau foncés contrastaient avec sa tunique beige. Il était l'un des seuls elfes noirs que je connaissais à avoir les yeux noirs, ce qui ajoutait à son aspect déjà mystérieux.

« Mauvaise nouvelle ! » annonça-t-il, essoufflé.

Les battements de mon cœur s'accélérèrent à ces mots. Mitra n'était pas le genre d'elfe à se laisser facilement effrayer.

C'était un homme aux grands pouvoirs, qui avait même terrassé d'un seul coup une harpie qui menaçait le royaume.

« Qu'est-ce qu'il y a ? » demandai-je, inquiète.

« J'ai vu un vampire », avoua-t-il à voix basse.

Je n'aimais pas particulièrement les vampires et il était rare d'en voir un en ville, mais nous n'étions pas en guerre contre eux. Franchement, je ne savais pas trop d'où venait sa peur.

J'ai fait remarquer que les vampires étaient autorisés dans la ville.

Les yeux noirs de Mitra se plantèrent dans les miens. « Oui, mais je crois que celui-ci est sur la liste des membres des Miłonbloodeurs ».

Ma respiration s'est accélérée — je comprenais maintenant sa peur. Le Miłonblood était une religion dangereuse et pécheresse.

« Es-tu sûr ? »

Mitra secoua la tête. « Pas tout à fait, mais j'ai l'intention de le découvrir. »

« Que font les Miłonbloodeurs ici ? » Oswald s'enquit — c'était une question que tout le monde avait en tête.

Mitra répondit gravement : « Je l'ai suivi. Il a rencontré Danareth, l'un des grands prêtres des Tisseurs d'Ombres. Je pense qu'ils discutaient affaires. »

Un silence épais s'est abattu sur nous à ce moment-là. J'ai pris une grande inspiration.

« Je prie pour que tu te trompes, Mitra. Qui sait ce qui se passerait si ces deux factions s'unissaient. »

« Je le découvrirai », promit l'elfe noir.

« Merci, mon ami. »

Le conseil se termina et chacun s'attela à sa tâche. L'ordre magique des choses m'inquiétait plus que jamais. D'abord, le vol du bâton des origines, puis un vampire qui pourrait être lié aux Miłonbloodeurs repéré en ville. Que préparaient ces Tisseurs d'ombres ?

Chapitre 4 (Caleb)

La cible

Les gens se pressaient dans les rues pour rentrer chez eux après une dure journée de travail. La journée avait été brûlante et maintenant que le soleil se couchait, l'air était chargé d'une humidité collante. J'entrai dans le Repos du voyageur, ma taverne préférée. L'endroit n'était pas très chic et c'est exactement comme ça que je l'aimais. C'était l'endroit idéal pour entendre les dernières rumeurs ou pour trouver la cible qu'on vous avait demandé de tuer. Les humains ivres étaient les meilleurs. L'alcool supprimait leur jugement et leurs inhibitions, ce qui faisait d'eux une source d'information parfaite.

J'ajustai ma veste et mon col de chemise noirs avant d'entrer — le noir avait un charme classique qui ne se démodait jamais.

J'aimais m'habiller de manière élégante, même lorsque j'entrais dans des endroits comme une taverne. Les femmes l'appréciaient d'autant plus.

L'odeur des hommes sales et de la bière m'emplit le nez lorsque j'ouvris la porte. Les grognements et les rires des clients ivres me parvenaient aux oreilles, tandis qu'ils discutaient et se détendaient de leur journée de travail.

La barmaid attendait derrière le comptoir en bois. Ses cheveux d'un roux foncé, comme un bon vin, et lui descendaient jusqu'à la taille. Sa robe bleue royale mettait en valeur ses yeux bleus et mettait en valeur sa généreuse poitrine, pour le plus grand plaisir des hommes qui venaient profiter de la vue. J'admirais comment des années d'expérience lui avaient appris à repousser les hommes ivres — elle ne sourcillait plus devant les avances sordides.

Elle était belle, j'en étais bien conscient. Je préférais les vampiresses, mais j'aimais toutes les femmes. Quelle que soit leur race, leur beauté ne cessait de m'émerveiller, et elles avaient toutes la même grâce lorsqu'elles s'épanouissaient dans l'extase. Cependant, je n'avais pas eu de relation depuis des lustres. L'amour n'avait pas sa place dans mon métier, mais j'aimais prendre toutes les femmes que je voulais et dévorer leur corps. J'ai léché mes lèvres sèches en pensant à ce que je pourrais faire à Missy. Mais pas ce soir. Ce soir, j'étais ici pour affaires. De plus, elle était devenue une connaissance au cours des dernières années, alors je préférais qu'elle reste en vie. Dans mon métier, une nuit avec moi se terminait généralement par la mort de quelqu'un.

Au-dessus de la tête de la barmaid pendaient quelques lapins et faisans avec quelques épices à sécher — le menu du jour. Derrière elle, il y avait des tonneaux de bière bon marché. Je savais qu'il y avait aussi quelques bouteilles de vin fin, d'alcool fort et d'absinthe sur les étagères cachées sous le comptoir, car certains clients fortunés aimaient les boissons les plus raffinées, mais je préférais le goût de la bière. Au fil des siècles, j'avais appris à aimer le goût amer de la bière et j'aimais me mêler aux humains en me faisant passer pour un simple voyageur. Les humains étaient simples d'esprit et agréables à fréquenter. C'était rafraîchissant et la raison pour laquelle je passais tant de temps dans la ville humaine.

Je m'approchai de la barmaid en gardant le regard bas, mon visage restant dans l'ombre du bord de mon chapeau. Le genre de travail que j'effectuais exigeait… furtivité et discrétion.

« Ça fait longtemps qu'on ne s'est pas vus », dit-elle d'un ton amical.

J'ai souri à la femme. Elle avait raison, cela faisait longtemps que je n'étais pas venu ici. J'avais l'habitude de venir presque tous les jours, mais j'étais coincé dans un travail fastidieux qui m'avait empêché de venir pendant dix jours. Je détestais ce genre de travaux, ceux qui s'étendent sur plusieurs jours. Je préférais les tâches plus simples : trouver la cible, la tuer et faire un rapport pour obtenir l'or.

« Ravi de te voir, Missy », ai-je répondu, ma voix grave faisant naître un petit sourire sur ses lèvres.

« Tu sais que mon offre tient toujours », a-t-elle répliqué d'une voix flirteuse, en faisant un clin d'œil. Elle m'avait fait comprendre il y a quelque temps qu'elle aimerait passer la nuit avec moi. J'avais refusé. Elle était déçue, mais n'a pas compris que j'avais refusé parce que je l'appréciais. Les femmes qui passaient la nuit avec moi ne vivaient pas pour le raconter, mais je ne pouvais pas le lui dire. Missy ne savait pas que j'étais un tueur à gages ni que les femmes que je draguais étaient des cibles. Peut-être qu'un jour je changerais de travail et que je prendrais en compte son offre, mais d'ici là…

J'ai souri, pensant à ce qui pourrait arriver, admirant la beauté de la femme. « Peut-être un jour ».

Elle a soufflé. « C'est ce que tu dis toujours. Et puis tu te retrouves avec n'importe quelle fille à la fin de la soirée. »

J'ai gloussé devant cette apparente jalousie. « Tu m'as espionné ».

Elle haussa les épaules. « Cela fait partie du travail d'une barmaid de surveiller ses clients ».

J'ai levé le visage et regardé ses yeux bleu profond. Je pouvais lire la déception et la tristesse dans ses yeux, mais c'était mieux ainsi.

« Tu es trop bien pour moi, Missy. Tu mérites mieux. »

« Tu sais que je ne crois pas à ces conneries », se moqua-t-elle.

« Tu n'en sais pas la moitié », ai-je répondu en détournant mes yeux de son regard accusateur.

Missy soupira avant de demander : « Comme d'habitude ? »

J'ai acquiescé. « Oui, et du faisan, s'il te plaît. »

J'attendis qu'elle me tende une chope de bière. Jetant des pièces d'or sur le coin, je me retournai pour trouver une table où m'asseoir.

Quelques longues tables en bois remplissent la pièce, assez grandes pour que huit hommes puissent s'y asseoir, trois de chaque côté et un à chaque extrémité. Les tables étaient alignées devant la cheminée, où un cochon rôtissait lentement. J'évitais généralement ces tables ; elles étaient trop bruyantes et m'obligeaient à socialiser. Je préférais les petites tables en bois situées au fond de la pièce, près du mur de pierre grise. J'en choisissais généralement une loin des fenêtres pour rester dans l'ombre. Je ne voulais pas qu'un humain remarque ma peau pâle, mais la lumière tamisée et l'état d'ébriété des clients étaient généralement suffisants pour que je ne craigne pas qu'ils découvrent que j'étais un vampire. Après tout, St Selena était une ville humaine, et ils auraient probablement paniqué s'ils avaient su ce que j'étais.

« Voilà, chéri ».

L'une des serveuses déposa nonchalamment devant moi une assiette de faisan rôti, passant rapidement à la table suivante où elle déposait le repas désiré, le travail routinier ôtant toute ardeur à ses gestes qu'elle répétait chaque jour. Pourtant, je me souvenais des jours où elle avait une énergie différente, alors qu'elle venait de commencer. Il y avait une trace de bonheur dans chacun de ses gestes, et elle m'avait déjà dit combien ce nouveau travail l'aiderait à sortir de ses problèmes. Au fil des mois, j'ai vu son énergie s'épuiser lentement pour devenir la personne qu'elle était maintenant. Qui sait quelles épreuves le temps avait laissé dans son sillage pour la ternir à ce point ?

L'odeur des oignons et du thym qui se dégageait de l'assiette me remplissait le nez — c'était délicieux ! La nourriture ici était toujours bonne, et j'aimais me faire plaisir quand c'était possible. Je poussai un gémissement de satisfaction lorsque le premier morceau de viande toucha ma langue, un goût subtil de miel fondant dans ma bouche. Tout était parfait dans cette taverne. Le fait que la cible d'aujourd'hui soit censée se présenter ici m'avait mis de bonne humeur toute la journée. Quoi de mieux que d'avoir une cible à tuer et de la rencontrer dans sa taverne préférée ?

Alors que je commençais à manger, des musiciens sont entrés dans la salle. Certains d'entre eux portaient des tambours colorés en forme de gobelets décorés de motifs détaillés, d'autres jouaient de longues flûtes en bois, et l'un d'entre eux portait un grand instrument rectangulaire en bois qu'il a posé sur le sol près du bar. Il a commencé à pincer les cordes et les autres musiciens se sont joints à lui, un son étranger emplissant la pièce. Je n'avais jamais entendu une telle musique. Chaque note était porteuse d'une émotion, comme si elle racontait une histoire ancienne. Je me suis laissé transporter par la musique vers une terre désertique riche en mythes et en magie. Perdu dans cette mélodie mystérieuse, je pouvais presque visualiser les histoires qu'elle racontait.

Alors que j'étais perdu dans mes pensées, la porte s'est à nouveau ouverte et un groupe de femmes est entré dans la pièce, vêtues uniquement de hauts de bikini et de longues jupes en mousseline de soie, les ceintures ornées d'anneaux métalliques faisant de la musique au rythme de leurs hanches. Certaines dansaient en agitant des foulards de soie colorés, d'autres se joignaient aux musiciens avec de petites cymbales aux doigts, et l'une d'entre elles portait même un chapeau en forme de lustre. Elles faisaient toutes preuve de grâce et de talent, mais c'est celle qui portait le chapeau orné d'un lustre qui m'a le plus impressionnée. Une douzaine de petites bougies étaient disposées sur trois niveaux, à plus d'un mètre de hauteur. La danseuse devait danser de manière à ce que le chandelier reste stable, sinon il se renversait.

Les danseuses m'asservissaient par leurs mouvements, et leurs hanches m'invitaient à plus qu'une simple observation. Alors que les pensées de désir m'envahissaient, je devais me rappeler que j'étais ici pour affaires. Je devais trouver ma cible et ne pouvais pas partir sans elle.

À ce moment-là, la porte s'ouvrit à nouveau et trois autres danseuses entrèrent. L'une d'elles avait les cheveux bleus et portait une tenue bleu poudre incrustée de cristaux. L'autre avait de longs cheveux blonds, une tenue en dentelle orange et un masque assorti. Mais ma mâchoire s'est décrochée lorsque mes yeux se sont posés sur la troisième. Elle portait un haut de bikini rouge foncé et une jupe transparente incrustée de perles. Elle était plus grande que les autres danseuses et avait des yeux chocolat foncé.

Ses longs cheveux noirs bouclés lui descendaient jusqu'aux hanches. Ses yeux fixaient les miens pendant qu'elle dansait, tandis que les bracelets de ses bras cliquetaient les uns contre les autres. Ma soirée venait de devenir encore plus belle que je ne l'avais imaginée. Elle était là, au centre de la taverne, dansant et flirtant avec tout le monde.

Ma cible.

J'ai attendu patiemment qu'elle danse jusqu'à moi. Elle flirtait avec les hommes sur son chemin, les anneaux métalliques de sa ceinture émettant une chanson enivrante tandis qu'elle se déhanchait séduisamment au rythme de la musique, mais je voyais bien qu'elle n'avait d'yeux que pour moi. Elle était la plus gracieuse de toutes, comme si la musique et elle ne faisaient qu'un. Elle avait une façon de bouger ses hanches alors que le reste de son corps restait immobile. C'était hypnotique. Il avait dû lui falloir des années de pratique pour maîtriser un tel art. Quel dommage que cela se termine ce soir. Les ordres étaient les ordres, et le client payait bien. Ce qui s'est passé pour qu'elle soit prise pour cible ne me regardait pas.

Bientôt, elle s'est retrouvée à danser juste devant moi. Elle me tentait, balançant ses hanches à quelques centimètres de mes mains, me regardant dans les yeux et me faisant des clins d'œil. Plus rien ne comptait que son corps délicieux qui virevoltait. Le monstre sanguinaire en moi grogna — il avait *besoin* de sortir, mais je le fis taire.

« *Carmelina* », murmurai-je mentalement en insufflant mes pouvoirs vampiriques aux mots. L'esprit humain était si facile à tromper et c'est ce qui me faisait aimer ce que je faisais. Elle ferma brièvement les yeux, profitant des sensations qui l'envahissaient, inconsciente de leur origine. Ses yeux contenaient une mer d'émotions et je ne pouvais m'empêcher de sourire. Les femmes étaient si amusantes à manipuler avant de les tuer.

Elle continua à danser, et j'utilisai à nouveau mes pouvoirs vampiriques, envoyant de douces caresses sur ses seins. Elle gémit sous la sensation et s'arrêta de danser, déstabilisée par la montée du plaisir, le regard lourd de désir. Le monstre faisait les cent pas à l'intérieur, attendant sa libération — il savait qu'elle ne tarderait pas. *Patience*, lui ai-je murmuré, *tu auras ce que tu désires ardemment.*

Tous les vampires savaient qu'il ne fallait pas laisser trop de temps entre chaque repas, même s'il ne s'agissait que de vin de sang. Mais je connaissais la puissance brute de cet ancien instinct primitif. J'avais appris depuis longtemps à dompter la soif de sang qui sommeillait en moi, ce qui me permettait d'exploiter cette force en cas de besoin, mais le prix à payer était élevé. La créature sauvage en moi avait accepté de me laisser utiliser sa force en échange de tuer et d'assouvir sa soif. Heureusement, dans mon métier, ce n'était pas un problème. Mon travail me permettait régulièrement de satisfaire ses désirs.

La musique jouait toujours, mais Carmelina s'en moquait éperdument. Je n'aurais pas besoin de beaucoup d'efforts pour la contrôler ; le simple pouvoir de la luxure était assez fort pour la faire plier à ma volonté comme une marionnette. L'odeur de son excitation était enivrante et j'avais hâte de la baiser avant de la tuer. Elle se mordit la lèvre inférieure quand j'attrapai sa main, une étincelle s'allumant au contact de notre peau. J'avais toujours aimé la chaleur délicieuse des humains, rappelant le sang frais qui coulait dans leurs veines.

« On va ailleurs ? » ai-je demandé.

« Oui », murmura-t-elle, le souffle court.

Je pouvais sentir son sang pomper rapidement dans ses veines, son cœur s'emballer à l'idée de ce qui allait arriver. Ma bite était déjà dure à l'idée de tout ce que j'allais lui faire.

Alors que nous nous dirigeons vers la porte, l'une des danseuses nous a rattrapés.

« Carmelina, que fais-tu ? Le spectacle n'est pas terminé ! »

Je plissai les yeux sur la fille, la fixant froidement tandis qu'un grognement s'échappait de ma poitrine, le son étant trop faible pour être perçu par des oreilles humaines. Même si elle ne pouvait pas l'entendre, la fille tressaillit, son corps réagissant à l'avertissement. Carmelina se retourna pour regarder la fille, sans jamais lâcher ma main. Si elle hésitait le moindrement, j'enverrais une autre vague de mon pouvoir pour la garder sous mon contrôle, mais il semblait que ce ne serait pas nécessaire puisqu'elle répondit : « Désolée, Mél. Je dois y aller. »

« *Bonne fille* ». Je l'ai récompensée mentalement en envoyant une nouvelle vague de caresses sur elle. Un sourire de plaisir a peint ses lèvres en réponse.

L'autre fille tente d'objecter. « Mais… »

Mais Carmelina n'en avait cure et me suivit hors de la taverne sous le regard jugeant de Missy, qui aurait préféré partir avec moi. Si elle savait ce qui attend Carmelina, elle ne l'envierait pas.

Nous avons quitté la taverne et avons marché jusqu'à l'auberge voisine où j'avais loué une chambre. La taverne avait des chambres à l'étage, mais je préférais dormir à l'auberge, car c'était plus calme.

La nuit était silencieuse et le toit de tuiles rouge reflétait le clair de lune. L'auberge s'étendait de part et d'autre de la route pavée, et un pont de bois couvert permettait de passer d'un côté à l'autre sans quitter le bâtiment. La plupart des volets étaient déjà fermés à cette heure de la nuit.

Le propriétaire était direct et ne posait pas de questions tant que vous payiez et laissiez la chambre en bon état. Le premier étage se compose d'un grand salon avec des canapés, d'une grande cheminée où les invités pouvaient se détendre et de la chambre du propriétaire. Au deuxième étage, six petites chambres étaient à louer. Des chambres plus luxueuses étaient disponibles dans le bâtiment situé de l'autre côté de la route, mais je n'y étais jamais allé. Je n'avais pas besoin d'une chambre luxueuse. J'étais heureuse tant que j'avais un lit pour dormir.

L'homme a hoché la tête derrière le comptoir lorsque je suis entré avec Carmelina. Je l'ai remercié avant de me diriger vers ma chambre, la belle femme me suivant toujours. Elle était loin de se douter qu'elle connaîtrait sa fin ce soir.

J'ai fermé la porte derrière nous et nous sommes entrés dans la petite chambre. Il y avait un lit double, une lampe et une petite salle de bain avec une douche. Je me suis assis sur le lit et me suis dépouillé de ma veste, en ordonnant : « Danse pour moi, ma belle. »

Le sort que je lui avais jeté était toujours actif, mais comme l'esprit sous l'influence de l'alcool, son jugement était altéré. Il finirait par se dissiper complètement, mais cela n'aurait alors plus d'importance. Carmelina sourit et commença à danser, les anneaux métalliques sur ses hanches créant un rythme pour nous deux. Tout en dansant, elle a défait les boutons de ma chemise noire. Le monstre en moi grogna lorsqu'elle toucha ma peau, et je luttai pour le contrôler, mes yeux devenant à peine rouges. Carmelina m'étudiait avec avidité, l'odeur de son excitation se faisant de plus en plus forte. Les femmes étaient si attirantes et mon appétit pour elles n'était jamais rassasié, même lorsque j'étais chargé de leur ôter la vie.

J'ai tiré doucement sa main et j'ai gémi lorsqu'elle s'est posée sur la bosse de mon pantalon. J'ai enlevé le peu de vêtements qu'elle portait pendant qu'elle s'emparait de mes lèvres avec avidité. D'après son goût, je savais que son sang serait délicieux. Elle m'a offert son corps avec joie et j'ai glissé mes doigts dans ses plis humides, la faisant gémir de manière séduisante. Ma langue glissa sur ses seins rebondis tandis que je jouais avec elle, Carmelina tirant doucement sur mes cheveux avec ses doigts. Je l'ai regardée tressaillir tandis que je tournais autour sur son clito et que le plaisir montait, l'atteignant d'un seul coup.

Je lui ai ordonné. « Maintenant, viens pour moi, ma belle ».

En bonne fille qu'elle était, elle a joui peu après en poussant le plus doux des cris d'extase.

Je l'ai allongée sur le lit pendant que j'enlevais enfin mon pantalon. Elle était toujours haletante et regardait ma bite.

« S'il te plaît, prends-moi », supplia-t-elle.

Je frotte mon pouce sur ma lèvre. « Comme tu le souhaites, ma belle ».

Un halètement de plaisir s'est échappé de ses lèvres lorsque je l'ai pénétrée. J'ai glissé dans et hors d'elle, m'adaptant à ses cris et cherchant à me libérer. Ses murs étaient serrés autour de moi, son cœur battait rapidement, et son sang était alléchant. Le monstre de la soif de sang devenait pressant maintenant, et je savais que je devais le nourrir, ou je perdrais le contrôle.

Mes instincts ont pris le dessus, et mes crocs ont poussé sans que je m'en rende compte, tandis que je poussais fort en elle. Elle était trop ivre de bonheur pour s'en rendre compte, et je continuai mes efforts jusqu'à ce que je sente qu'elle atteignait à nouveau le sommet. Je ne pouvais plus me retenir et j'ai enfoncé mes crocs dans son cou, trouvant instinctivement la veine, goûtant enfin son doux nectar. Elle pulsa à nouveau, ses ongles s'enfonçant dans mon dos, car l'alimentation avait un effet euphorique sur les humains. Il s'agissait d'un phénomène évolutif destiné à empêcher la proie de s'enfuir.

Connecté à son cou, réchauffé par son sang, et toujours en train de la baiser, je pouvais ressentir ses sentiments à l'intérieur. Le plaisir m'a envahi et j'ai failli jouir sous l'effet de la poussée soudaine. Mais j'ai continué, sentant l'euphorie m'envahir vague après vague tandis que j'avalais son sang lentement, veillant à ce que cela ne se termine pas trop vite. Alors que nos corps se synchronisaient, que nos cœurs battaient à l'unisson, je me suis senti submergé par le plaisir lorsqu'elle a eu un nouvel orgasme. J'ai gémi dans son cou lorsque j'ai joui en elle, la satisfaction étant trop grande pour que je puisse y résister.

Je suis sorti d'elle, tout en continuant à boire, alors que ses gémissements s'atténuaient. Son rythme cardiaque s'est ralenti, mais je savais que je devais continuer à boire. J'étais encore submergé et j'ai gémi, ivre de plaisir.

Le client ne paierait que si je pouvais prouver qu'elle était morte, alors j'ai continué à boire même si je n'avais plus faim. Elle marmonnait quelque chose, mais c'était inaudible maintenant. Connectée à elle, je pouvais sentir ses pensées — une sensation de chaleur et de paix l'enveloppait, ainsi que de la fatigue. Je savais que l'heure était proche et quand je l'ai sentie — ce petit moment juste avant la mort, juste avant que l'âme ne quitte le corps — j'ai retiré mes crocs de son cou. C'était le point de non-retour, là où l'humain mourrait à coup sûr, mais si vous en preniez plus, ils pourraient vous emporter avec eux.

Rassasié et épuisé, je me suis couché à côté d'elle. Demain, j'apporterai le cadavre au client et je recevrai mon or. Ensuite, je devais rencontrer la femme qui m'avait contacté l'autre jour. Il semblerait qu'il y ait quelqu'un d'autre à tuer, comme si les gens ne pouvaient pas résoudre leurs problèmes par eux-mêmes, la mort étant le seul moyen de mettre fin à de vieilles rancunes. Oh, eh bien, plus d'or pour moi.

Et si j'avais de la chance, une autre cible délicieuse à baiser avant de tuer.

Je tuais aussi des hommes, mais je me contentais de leur boire le sang. C'était moins amusant, et je devais utiliser davantage mes pouvoirs vampiriques pour les plier à ma volonté, car les hommes avaient une résistance naturelle plus forte à ces pouvoirs. C'était un peu comme l'alcool : certains étaient très sensibles à l'effet, d'autres plus tolérants. Même si je pouvais toujours manipuler l'esprit des humains, c'était plus agréable et plus facile avec les femmes.

« Tu étais une si bonne fille, Carmelina », ai-je dit à haute voix, « c'est dommage que cela se termine de cette façon. Mais bon, tu es morte et je suis en vie. C'est comme ça que ça se passe. »

J'ai vérifié qu'elle n'avait pas de pouls. Satisfait, j'ai ramassé le corps et l'ai mis dans le sac en toile de jute que je gardais toujours dans ma chambre. Des années d'expérience m'avaient appris à toujours avoir un sac en toile de jute prêt à accueillir un nouveau corps. Et comme le corps n'avait plus de sang, je n'avais pas à me soucier des taches et des preuves.

Une fois que j'ai eu terminé, j'ai pris une douche rapide, j'ai peigné mes cheveux blonds avec mes doigts et je me suis endormi. C'était encore une bonne journée de travail.

Chapitre 5 (Nathan)

Le repas

Les derniers jours sont passés très vites. L'arrivée de Samantha au château s'était bien passée. Elle s'était rapidement adaptée à la vie ici et semblait avoir pris l'habitude de se comporter comme une reine.

J'aimais le temps que nous passions ensemble, généralement le soir, une fois mes devoirs royaux accomplis. Nous dînions ensemble, puis je la prenais dans mes bras et m'envolais vers la plus haute tour du château pour observer les étoiles. Comme tous les vampires, elle pouvait voler, mais j'aimais bien être celui qui l'emmenait là-haut. De plus, voler demandait beaucoup d'énergie, alors je préférais qu'elle n'ait pas à s'épuiser.

Le temps semblait s'arrêter lorsque nous étions seuls à regarder les étoiles. J'aimais me perdre dans son regard et passer mes doigts dans ses longs cheveux noirs. J'avais hâte qu'elle devienne ma femme. Je savais qu'elle n'était pas ravie de dormir dans une chambre séparée, mais le mariage viendrait bien assez tôt. Je devais encore régler quelques détails avant le mariage. Samantha n'avait pas encore rencontré Émeraude, et les deux femmes devaient s'entendre, car elles étaient toutes deux indispensables pour des raisons différentes — Émeraude pour me nourrir et Samantha pour l'amour.

Je me souvenais de la nuit où je l'ai demandée en mariage. C'était une nuit magnifique et nous nous promenions dans la roseraie, Samantha portait une robe bleu poudre. J'avais remarqué que Samantha aimait cet endroit, c'est pourquoi j'y passais beaucoup de temps avec elle. Nous nous sommes arrêtés devant la fontaine et nous nous sommes assis sur un banc. Je me souvenais encore du parfum puissant des roses qui nous entourait tandis que Samantha contemplait l'eau. Sa beauté pouvait rivaliser avec les étoiles. Un nœud s'est formé dans mon estomac alors que je me préparais à ce que j'allais faire.

Nous nous fréquentions depuis des semaines. La pression exercée par tout le monde pour que j'aie une reine devenait de plus en plus forte. Elle était gracieuse, intelligente et belle. Elle ferait une reine parfaite et les gens l'aimeraient. J'avais les mains moites et mon souffle s'accélérait alors que je posais un genou à terre. J'espérais qu'elle accepterait. Les gens admiraient la reine, mais ce titre impliquait de nombreuses responsabilités et attentes, et j'avais peur que Samantha ne veuille pas supporter la pression.

Le temps semblait s'être arrêté pendant que je lui posais la question et que j'attendais sa réponse. Lorsqu'elle a dit oui, j'ai souri et j'ai passé la bague à son doigt, puis j'ai embrassé ses lèvres douces pour la première fois. Je ne pouvais avoir assez d'elle et je l'ai serrée encore plus fort dans mes bras. Samantha était mon avenir ; elle porterait mes enfants, et j'avais hâte que cela devienne réalité.

On frappa à la porte et la mémoire se brisa.

« Entrez », ai-je dit.

Émeraude est entrée, vêtue d'une simple robe blanche. Ses cheveux bruns flottaient librement et ses yeux verts me regardaient.

« Vous aviez besoin de vous nourrir tôt, Votre Majesté ? »

J'ai fermé la porte derrière elle et j'ai respiré son parfum de pêche, le sang qui battait dans ses veines résonnant à mes oreilles.

« Oui. Ce soir, nous organisons un bal pour présenter la future reine au royaume. Il serait préférable que je me nourrisse avant. »

Elle acquiesça, détournant les yeux vers le sol. Ce n'était pas son genre d'être ainsi. Je la connaissais depuis des années et elle était généralement à l'aise avec moi, appréciant le moment du repas, et parlant librement.

« Tu peux assister au bal si tu le souhaites », ai-je ajouté.

Émeraude secoua la tête, ses cheveux se balançant au passage. « Non, ce n'est pas grave. Je me reposerai après le repas. »

Je me suis approché d'elle, lui soulevant le menton d'un doigt pour qu'elle me regarde, ses yeux verts remplis d'inquiétude.

« Est-ce que c'est ce qui te dérange ? Aurais-tu voulu venir au bal, mais tu es contrariée parce que tu seras fatiguée après le repas ? »

Elle m'étudia, soutenant mon regard, un secret caché au fond de son âme que je ne pouvais discerner.

« Non… », hésita-t-elle. « C'est juste que… Eh bien… »

« Émeraude », ai-je ajouté, doucement. « Tu es ma vassale depuis des années. Tu sais que tu peux me parler. »

Elle se mordit la lèvre inférieure et parla d'une petite voix. « Je me demandais si tu allais… Est-ce que tu continueras à te nourrir de moi ? Même après ton mariage ? »

J'ai été surpris par sa question. Était-elle vraiment inquiète à ce sujet ? J'ai pris son visage dans ma main. « Est-ce que cela te préoccupe tellement que tu ne m'as pas accueilli avec ton sourire habituel ? »

Elle a détourné le regard, mais a quand même hoché la tête. Je lui ai souri tendrement, lui faisant tourner la tête pour qu'elle me regarde.

« Bien sûr, je continuerai à me nourrir de toi, Émeraude. »

« Mais tu ne te nourriras pas de la reine ? » demanda-t-elle avec inquiétude.

Je secouai la tête, surpris qu'Émeraude pose la question. « Après toutes ces années, tu devrais savoir que ça ne marche pas comme ça. »

« Mais on m'a dit… On m'a dit que tu te nourrissais d'elle, et… »

Je l'ai interrompue, agacé d'entendre de telles bêtises. « Allons, Émeraude. Tu devrais savoir depuis le temps. »

Elle balbutia : « Je sais…. Je leur ai dit qu'ils avaient tort, mais ils m'ont dit que je ne servirais plus à rien. Et puis… Même si je savais que ce n'était pas vrai… j'ai eu peur que ce soit le cas. »

J'ai pris une grande inspiration et je l'ai rassurée. « J'ai déjà expliqué que les vampires se nourrissent d'humains. Ils ne boivent le sang d'un autre vampire que lorsqu'ils s'unissent dans un lien d'amour et de passion avec leur compagnon. Ce n'est pas la même chose. »

Un silence s'est installé entre nous pendant qu'elle réfléchissait.

« C'est seulement pour se lier à un vampire qu'on aime, n'est-ce pas ? Un lien d'amour et de passion, et pas pour se nourrir. Pas comme nous. » Elle a répété ce que je venais de dire.

« Exactement, » ai-je précisé. « Pas pour se nourrir ».

Il y eut un silence, puis le beau sourire d'Émeraude revint sur ses lèvres à cette confirmation. Je réduisis la distance entre Émeraude et moi, saisissant sa hanche tandis que mes doigts glissaient dans ses cheveux.

« S'il te plaît, ne t'embête pas avec des rumeurs pitoyables. Il y aura toujours une place pour toi dans ma vie. »

D'une manière que je ne saurais expliquer, ces mots sonnaient juste dans mon âme. Pas seulement parce que les humains vivaient beaucoup moins longtemps que les vampires, mais parce que je les croyais sincèrement. Émeraude se glissa dans mon étreinte et approcha ses lèvres des miennes. Son baiser était doux, et je fus submergé par son parfum, la chaleur de son corps réchauffant le mien, une promesse de salut à venir. Je l'attrapai et la ramenai sur le lit.

Certaines de mes anciennes vassales préféraient que je me nourrisse dans l'obscurité, et je respectais leur choix, mais Émeraude préférait que nous gardions la lumière allumée. Elle laissa échapper un profond souffle d'anticipation lorsque je retirai ma chemise, révélant mon torse. Je m'allongeai sur elle, embrassant son cou tandis qu'elle caressait de ses mains les muscles de mon torse et de mes bras. J'aimais la façon dont ses ongles effleuraient ma peau, faisant naître la chair de poule partout où ils passaient.

« Nathan », murmura-t-elle dans un lent gémissement.

Les ongles d'Émeraude s'enfoncèrent dans ma peau tandis que je plantais mes crocs dans son cou, un doux cri de plaisir s'échappant de ses lèvres. Je fermai les yeux en la savourant — son sang n'avait pas son pareil. Je buvais lentement, savourant chaque goutte, ne voulant pas m'arrêter. Elle parcourut mon corps, essayant de défaire mon pantalon pendant que je buvais d'elle, haletante. Mon cœur battait avec le sien tandis que le sang chaud d'Émeraude coulait en moi. Connecté à elle, je pouvais ressentir ses pensées et ses sentiments, et en ce moment même, je pouvais ressentir son désir.

« S'il te plaît », supplia-t-elle.

Elle n'aurait pas à demander deux fois. Je lui donnerais volontiers ce dont elle avait besoin. Ma soif étanchée, je retirai mes crocs de son cou, ma langue s'attardant sur l'endroit pour le laisser cicatriser, mais je sentais la chair de poule sur toute la peau d'Émeraude. Mes lèvres se posèrent sur les siennes dès que la blessure fut refermée. Je l'embrassai profondément, ma langue dansant avec la sienne.

J'ai rompu le baiser le temps de lui enlever ses vêtements et le reste des miens. Elle était encore plus belle maintenant qu'elle était nue devant moi, et je brûlais de désir, déjà dur. Son cœur battait vite et l'odeur de son excitation était envoûtante.

« Prends-moi. *Maintenant.* »

J'ai embrassé ses lèvres une fois de plus et je l'ai pénétrée, cédant aux besoins qui nous consumaient tous les deux. Perdu dans son plaisir et le mien, j'ai bercé son corps, écoutant ses doux gémissements tandis que je cherchais à me libérer. J'ai continué à pousser en sentant son corps trembler de plaisir encore et encore. Ce n'est que lorsqu'elle a prononcé mon nom une fois de plus, ses murs palpitant autour de moi, que j'ai succombé à l'extase. J'ai savouré ce moment parfait, ne voulant pas le lâcher.

Émeraude m'a regardé dans les yeux alors que j'étais allongé à ses côtés, souriant.

« Nathan », ses mots étaient à peine audibles par-dessus nos respirations.

Je l'ai embrassée encore une fois, en lui caressant la joue. « D'habitude, je reste à tes côtés, mais ce soir, je dois y aller. »

Elle acquiesça. « Je sais. »

« Tu es toujours invitée si tu souhaites venir. »

Elle secoua la tête et s'emmitoufla dans les couvertures. « Non, je veux rester ici. »

J'ai acquiescé et j'ai ajouté doucement : « Repose-toi. Je reviendrai plus tard. »

Elle m'a regardé sortir du lit. J'avais toujours laissé Émeraude dormir dans mon lit après m'être nourri. Il n'y avait toujours eu que moi et ma vassale, donc cela n'avait jamais posé de problème, mais cela allait devoir changer quand j'épouserais Samantha. Je me nourrirais directement dans la chambre d'Émeraude, ce qui serait plus pratique. Ma future femme savait que je me nourrissais de ma vassale et que je couchais avec elle, mais elle n'avait pas besoin de le voir. Après le mariage, mon lit deviendra celui de Samantha. Ce sera plus respectueux pour Samantha si Émeraude n'est pas autorisée à entrer dans ma chambre.

J'ai mis un pantalon noir et une chemise noire, puis j'ai coiffé mes cheveux bruns. J'ai remarqué qu'Émeraude ne dormait pas et qu'elle me regardait quand je me suis retourné.

« De quoi ai-je l'air ? » ai-je demandé.

Elle sourit. « Parfait ».

« Merci. »

Heureux de mon apparence, j'ai quitté la pièce, impatient d'aller au bal.

Chapitre 6 (Nathan)

Le bal

La salle de bal avait été soigneusement décorée, avec des draperies blanches qui pendaient gracieusement du plafond. Des serviteurs avaient dressé des tables sur les côtés et disposé des plats pour que les gens puissent manger, tout en leur apportant des boissons et en ramassant les verres vides. Je n'avais pas encore vu Samantha. Elle était encore en train de se préparer, et j'étais sûr qu'elle serait magnifique. J'avais hâte de la voir !

Tous les vampires et humains du royaume avaient été invités. La plupart portaient leurs plus belles tenues, mais certains roturiers étaient simplement vêtus. Cela ne me dérangeait pas — je comprenais que tout le monde n'avait pas de vêtements de soirée. Lysandre discutait avec animation avec un grand vampire blond que je ne connaissais pas dans un coin de la pièce. Des filles sirotaient des boissons et discutaient, comparant leurs robes et leurs coiffures. Tout le monde avait l'air heureux de la nuit qui s'annonçait.

Un vampire s'avança vers moi. Il avait les yeux gris et les cheveux bruns, et semblait avoir à peu près le même âge que moi. Il me rappelait quelqu'un, mais je n'arrivais pas à mettre le doigt sur qui.

Alors que j'essayais de me rappeler à qui ressemblait cet homme, il s'adressa à moi en souriant. « Votre Majesté. C'est un honneur de vous rencontrer enfin. »

« Enchanté », ai-je répondu, me demandant si je devais le connaître. « À qui ai-je l'honneur ? »

« Je m'appelle Xavier, un humble citoyen. » Sa voix était chaude, et il fit une pause avant d'ajouter : « Un hybride, comme vous. »

Ses paroles m'ont frappé et je l'ai regardé avec surprise. Il n'y avait pas beaucoup d'hybrides dans le royaume et pour autant que je sache, j'étais le seul hybride loup-garou-vampire.

« Un hybride, vous dites ? » demandai-je avec étonnement.

L'homme acquiesça.

« Oui, mais je suis un hybride humain-vampire, contrairement à vous, Votre Majesté. »

C'était plus logique. Les vampires et les humains s'accouplaient plus souvent que les loups-garous et les vampires. Cependant, peu d'hybrides étaient nés. La plupart des vampires gardaient leur relation secrète s'ils étaient avec un humain, par peur des représailles.

Mais même lorsqu'un vampire entretenait une relation assez longue avec un humain, le vampire et l'humain devaient se lier pour pouvoir se reproduire, ce qui signifiait généralement que tout le monde apprendrait qu'ils étaient en couple. Comme cela était généralement mal vu, les amoureux préféraient garder leur relation secrète plutôt que de s'exposer au jugement des gens.

Cela signifiait que les parents de cet homme s'aimaient suffisamment pour ne pas se soucier des perceptions générales et qu'ils avaient décidé de se lier.

« Il est bon de rencontrer quelqu'un d'autre, né d'un amour impossible », ai-je observé.

L'homme sourit.

« Vous avez de la chance d'avoir un parent loup-garou. J'aurais adoré pouvoir me transformer en loup. »

J'ai grimacé, ne voulant pas parler de mon côté loup-garou. Je n'avais pas l'habitude d'en parler, et c'était un sujet sensible. Savoir que j'avais un loup en moi, mais qu'il ne voulait pas me parler me blessait plus que je ne voulais l'admettre.

Alors que j'essayais de trouver quelque chose à répondre, mon majordome est venu me voir.

« Votre Majesté, Madame est prête. »

Un timing parfait, me dis-je, avant de faire un signe de tête à Lysandre.

Je me suis tournée vers Xavier. « Veuillez m'excuser. »

Il fit s'inclina et retourna dans la foule sans un mot de plus. Je m'avançai et projetai ma voix avec force à travers la pièce, l'imprégnant de ma force vampirique.

« Tout le monde ! »

La salle est immédiatement devenue silencieuse, toutes les têtes se sont tournées vers moi.

« J'ai l'honneur de vous annoncer que dans quelques jours, je me marierai. »

J'ai fait une pause lorsque les gens ont applaudi, dans un bruit assourdissant. J'étais fier d'avoir le soutien de mon peuple et j'ai continué à parler lorsque le silence est revenu.

« Ce soir, je vous présente enfin votre future reine, ma fiancée, Samantha. »

Samantha est entrée dans la salle à mon annonce, et la foule s'est déchaînée. J'étais stupéfait par sa beauté. Elle portait une robe de satin rouge foncé avec un motif de velours noir sur le bustier, et la jupe était en mousseline de soie rouge. Des rubans rouges retenaient ses cheveux pour dégager son visage, ce qui lui donnait un air raffiné. Sa peau semblait plus porcelaine en contraste avec sa tenue, ses lèvres encore plus rouges. Autour de son cou se trouvait un collier orné de rubis. C'était une magnifique touche finale à l'ensemble de son look.

Elle se tenait à mes côtés, les mains jointes, et attendait la fin des applaudissements. Au bout d'un moment, les gens sont retournés à la réception, et j'en ai profité pour me tourner vers Samantha.

« Tu es magnifique ce soir ».

Samantha sourit à mon commentaire. « Merci, Nathan. Tu es très beau toi aussi. »

Elle regarda autour de la pièce, cherchant quelqu'un. « Ta vassale est-elle ici ? Vais-je pouvoir la rencontrer ? »

J'ai soupiré — c'était la seule chose que j'attendais avec impatience, c'est-à-dire qu'elles se rencontrent. Mais cela devait attendre un autre jour, peut-être demain. « Émeraude n'assistera pas au bal, elle se repose. »

Samantha s'étonna. « Je pensais qu'une journée de repos lui aurait suffi pour assister au bal. »

« Émeraude se repose parce que j'ai mangé tôt ce soir. »

Samantha acquiesça, un air de compréhension sur le visage. « Je vois. J'avais espéré la rencontrer. »

La réaction de Samantha m'a fait chaud au cœur et m'a donné envie de réunir les deux femmes qui allaient faire partie de ma vie pendant de nombreuses années.

« Je prendrai rendez-vous demain. Émeraude est également impatiente de te rencontrer. »

« Vraiment ? Je suis heureuse de l'entendre. »

J'ai pris la main de Samantha et l'ai serrée affectueusement. « Merci de comprendre mon besoin pour Émeraude. »

Compte tenu de mon état, je savais que c'était une chose stupide à dire, mais j'ai ressenti le besoin soudain de renforcer ce point, pour m'assurer qu'elle comprenait bien que j'appréciais son ouverture d'esprit.

Elle se met à rire, la voix brillante. « Bien sûr, je comprends. Tu as un contrat avec elle pour la survie, pas pour l'amour. »

Quelque chose a fait vibrer mon cœur lorsqu'elle a prononcé ces mots, et je n'ai pas pu résister à l'envie d'approcher mes lèvres des siennes et de l'embrasser profondément, sans me soucier des regards et des attentes de la royauté. Elle a fondu dans mes bras et j'aurais aimé être seul avec elle.

Les gens sont venus à la rencontre de Samantha dès que nous avons rompu le baiser. Je gardais mon bras autour de sa hanche, la tenant contre moi pendant que nous parlions avec les gens. J'étais content de la réaction des nobles vampires, qui l'ont immédiatement acceptée comme leur future reine. Quant à Samantha, elle était rayonnante et semblait tout à fait à l'aise.

Au fur et à mesure que la soirée avança, les musiciens prirent le relais. Le chef d'orchestre annonça : « Vos Majestés, si vous voulez bien ouvrir la piste de danse. »

J'ai marché jusqu'au centre de la piste avec Samantha, les gens se mettant sur les côtés pour nous laisser plus de place. Les musiciens ont commencé à jouer une valse et j'ai commencé à danser avec Samantha, lui tenant la taille et la main tandis que nous tournions ensemble. Elle était aussi gracieuse que belle et me suivait parfaitement, comme si nous nous étions entraînés pour ce moment précis. Je me sentais plus proche d'elle que je ne l'avais été depuis des semaines, appréciant le contact de son corps. Tandis qu'elle bougeait avec moi, j'avais hâte d'être à notre nuit de noces, mon imagination débordant de ce que je lui ferais. À la fin de la chanson, j'ai pris sa main et l'ai embrassée doucement, laissant mes lèvres s'attarder longuement sur sa peau.

« Merci pour cette merveilleuse danse. »

« Le plaisir est pour moi », répondit-elle avec un beau sourire.

Maintenant que la première danse était terminée, les gens remplissaient la piste de danse.

« Puis-je ? » demanda un homme.

Je me suis retourné pour voir le père de Samantha.

« Bien sûr ! » Je me suis écarté, la laissant danser avec l'homme qui l'avait élevé.

Je retournai aux rafraîchissements, pris un verre de vin de sang et discutai avec les nombreuses personnes qui voulaient me féliciter pour le mariage à venir. J'admirais la façon dont Samantha se distinguait dans la foule, sa présence forte parmi tant d'autres, attirant les regards sur elle, exigeant l'attention comme la reine qu'elle serait bientôt. J'attendais avec impatience le jour où je serais enfin autorisé à l'appeler ma femme. J'étais heureux de constater que plier le genou devant la pression de trouver une reine serait la meilleure décision que j'aie jamais prise.

Chapitre 7 (Érendriel)

Allié

La prêtresse vampiresse entra dans la salle du trône, vêtue des habits de sa religion. Elle portait une grande robe noire avec le sigle de sa foi représenté dans le dos : un grand cercle rouge sang aux côtés grossièrement délimités se fondant dans un dégradé, traversé par une croix épineuse noire aux lignes rouges.

Dire que je devais demander de l'aide aux vampires. Ils avaient toujours été une race sombre comparée à nous qui sommes supérieurs. Mais les temps désespérés appelaient des mesures désespérées.

La vampiresse gardait la tête haute face à moi, et je l'ai laissé faire en raison de son statut de prêtresse.

« Je suis agréablement surpris par la rapidité avec laquelle vous avez répondu à mon invitation », ai-je reconnu cordialement, essayant de lancer la discussion du bon pied, puisque j'avais besoin d'elle.

La lèvre de la vampiresse se retroussa. « C'est un sujet qui me tient à cœur ».

« Pourtant, la cité des vampires est à plus d'une journée de marche de mon château. »

« Ne sous-estimez pas les vampires. Plus nous sommes puissants, plus nous pouvons voler vite. »

J'ai regardé la femme avec étonnement. Elle devait être très puissante pour être capable d'arriver à mon château en quelques heures.

« Arrêtons de tourner autour du pot, » proposa-t-elle. « Il faut que je revienne vite, avant qu'ils ne s'aperçoivent de ma disparition. »

J'ai acquiescé. « Très bien. Comme vous le savez, l'Oracle a prédit il y a des années que notre monde connaîtrait sa fin aux mains du Roi maudit. »

La vampiresse serra le poing.

« Ces vils hybrides, » cracha-t-elle avec haine, « sont les produits d'un amour impropre, immoral. Leur existence même souille les textes sacrés. »

J'ai hoché la tête, en regardant la femme se renfrogner.

Bien que les hybrides ne me dérangeaient généralement pas, je devais éliminer celui-ci. Je croyais fermement en ce que l'Oracle avait prédit. J'avais passé des jours à rechercher tout ce que je pouvais sur les hybrides. Pourtant, on ne savait pas grand-chose sur eux pour deux raisons principales : d'une part, les hybrides ne naissaient pas souvent, car les races n'avaient pas tendance à se mélanger, et d'autre part, chacun d'entre eux était unique et avait donc des pouvoirs exclusifs. Mais l'Oracle avait prédit que cet hybride était si puissant qu'il mettrait fin à notre monde s'il réveillait sa force intérieure.

C'était une prédiction sur laquelle je n'étais pas prêt à prendre le moindre risque.

Je me suis raclé la gorge et j'ai ajouté : « Alors je pense que vous serez d'accord pour dire que nous devons nous débarrasser de lui. »

Les yeux de la femme brillaient d'une force obscure.

« Évidemment ».

« Le tuer ne sera pas facile, et je suis loin de lui, mais vous vivez tout près. J'ai pensé qu'une alliance pourrait être bénéfique pour nous deux. »

« Et en échange ? »

« Je vous soutiendrai pleinement. »

Un sourire malicieux se dessina sur le visage de la vampiresse. « De quoi avez-vous besoin ? »

« L'assassin. Je ne le trouve pas. »

La femme acquiesça. « Considérez que c'est fait. »

Chapitre 8 (Érendriel)

Entente douteuse

La lumière du soleil pénétrait par les différentes fenêtres et se reflétais sur les carreaux beiges et dorés du sol. Des colonnes blanches s'élevaient pour soutenir les arcs massifs et sculptés du plafond en pente. Quelques bancs étaient disposés le long des murs, permettant aux visiteurs de se reposer en attendant une audience avec moi. Des sculptures ornaient la pièce, représentant des rois et des reines du passé.

Le portrait de Solonor, le dieu de la chasse, me fixait depuis le mur. C'était l'un de mes dieux préférés du panthéon elfique, car son arc magique pouvait tirer jusqu'à l'horizon et son carquois n'était jamais vide. C'était un dieu que je considérais comme *bon*, alors que certains étaient plus sombres. Les gens étaient libres de croire aux dieux de leur choix, tant qu'ils ne nuisaient pas aux autres ou ne désobéissaient pas à la loi.

À ma gauche se trouvait la statue d'Alluin, le dernier roi elfique, et à ma droite, celle de la reine Solandra, son épouse. Bien qu'ils aient vécu des siècles, ils n'avaient jamais eu d'héritier. Cela m'avait permis de devenir le prochain roi, car j'étais le fils d'un noble qui avait grandement aidé Alluin à remporter une bataille vitale, en levant une armée locale. Lorsque le moment fut venu de trouver le prochain souverain, le roi et la reine ont été ravis de m'accepter comme héritier, mes parents étant devenus des amis proches. Cependant, je n'avais jamais pris de reine pour régner avec moi. Avoir une reine signifierait justifier mes décisions auprès de quelqu'un, et je ne voulais pas être remis en question.

Je désirais le pouvoir pour moi seul.

J'ai donc retiré le siège de la reine de la pièce pour donner plus d'espace à mon énorme trône d'argent. Assis sur mon coussin de velours, j'écoutai Élisha, revenue du Comité des races unies, présenter son rapport. Ses cheveux blonds se balançaient avec vivacité pendant qu'elle parlait. À ma droite se tenait Élaine, ma grande sorcière. Elle était de loin la magicienne la plus puissante que le royaume n'ait jamais connue. C'était une bonne chose qu'elle travaille pour moi. Ses pouvoirs auraient été dévastateurs si elle s'était rangée du côté des mauvaises personnes. Heureusement, elle m'était très fidèle. C'était l'une des principales raisons pour lesquelles j'avais insisté pour que les enfants nous rejoignent tôt, afin qu'ils ne subissent pas d'influences extérieures néfastes.

« Que devons-nous faire, Votre Majesté ? » demanda Élisha.

Ses paroles m'ont sorti de mes pensées. Je ne voulais pas admettre que je n'avais pas entendu ce qu'elle avait dit, alors j'ai fait semblant de demander à Élaine ce qu'elle en pensait.

« Quels sont vos conseils ? »

Et dire qu'elle avait plus de magie que les hauts elfes, alors qu'elle n'était qu'une elfe des bois. Mon précédent grand sorcier avait des doutes sur le fait que l'un de ses parents n'était peut-être pas un elfe de sang pur et qu'il avait été croisé avec une race plus sainte. Malheureusement, il n'a jamais pu confirmer sa théorie avant de mourir.

Élaine parla doucement. « Je crois comprendre que nous devrions répondre positivement à la demande de Mumbur et envoyer une patrouille.

« Quoi ? Envoyer une patrouille à ces maudits nains ? » demandai-je, choqué.

« Mais sire ! » s'exclame la grande sorcière. « Ils ont besoin de notre aide ! »

Je lui ai fait signe de partir. Je détestais les nains.

« Laissez-les mourir ! »

Élaine fronça les sourcils, mais Élisha avait un regard compréhensif.

« Je comprends, sire, » répondit Élisha d'une voix douce, « mais les humains, les loups-garous et les vampires enverront une patrouille pour les aider. Il ne serait pas bon que nous soyons les seuls à ne pas envoyer d'aide. »

J'ai maudit ce maudit comité inutile.

« Puis-je vous rappeler que nous avons de bons échanges commerciaux avec Mumbur ? » a ajouté Élaine.

J'ai grommelé. Je ne voulais pas l'admettre, mais elles avaient raison.

« Bien ! Envoyez une patrouille, mais le moins de soldats possible. »

« Merci, sire », dit Élisha, un sourire aux lèvres.

« Y avait-il autre chose ? » demandai-je.

« Oui, Votre Majesté, » commença Élisha. « Nous pensons que Krelgraz est plein. Les attaques d'orques se multiplient, tuant des innocents. »

« Bien sûr que c'est plein ! » Ai-je aboyé. « Une porte du monde souterrain a été laissée ouverte ! »

« Ce n'est qu'une rumeur ! » rétorqua Élaine.

Je l'ai regardée fixement et elle a baissé les yeux en marmonnant : « C'est ce qu'on m'a dit. »

« Tant que la porte des Enfers restera ouverte, les orcs continueront à se reproduire à Krelgraz », dis-je, résolu.

Élisha inclina la tête. « Bien sûr, Votre Majesté. Puis-je suggérer que nous envoyions des troupes pour fermer la porte ? »

« Nous n'avons pas la force d'entrer de front dans Krelgraz. Nos troupes seraient décimées, et je n'ai pas l'intention d'envoyer mes soldats à l'abattoir. »

Élisha et Élaine n'osaient rien rétorquer, et c'était mieux ainsi. J'en avais fini avec cette conversation.

« Maintenant, partez », ai-je ordonné, « je dois me préparer pour une autre réunion ».

Les deux femmes acquiescèrent et quittèrent la salle du trône. Enfin seul, je respirai profondément, reprenant mon calme. Je détestais perdre le contrôle de mon tempérament, mais les enjeux étaient trop importants, et cela me rendait nerveux. Cela ne faisait qu'une journée que j'avais rencontré la vampiresse, mais elle avait déjà réussi à localiser l'assassin et à lui donner rendez-vous. Je devais lui reconnaître ce mérite, même si je n'en avais pas envie.

Je me rendis dans mon bureau, accompagné de mon fidèle chancelier, Mathias. Il était le seul à savoir ce qui se préparait, le seul en qui j'avais suffisamment confiance pour partager les détails de ce qui était prévu. Il fallait que quelqu'un sache. En tant que souverain, je ne pouvais pas voyager à l'étranger et laisser le château vide.

J'ai fait les cent pas, anxieux. Je n'avais pas de temps à perdre. Il ne restait plus que quelques jours. C'était un événement unique. J'avais trouvé des alliés inattendus et nous ne pouvions pas nous permettre d'échouer.

Et voilà que cet imbécile était en retard !

« Mathias ! » Ai-je crié.

« Oui, Votre Majesté », répondit-il en s'inclinant.

« Pourquoi n'est-il pas encore là ? »

Mon chancelier a gardé la tête basse. « Je crains de ne pas avoir la réponse à cette question. »

Je grommelais en marchant furieusement, les poings serrés au point que mes jointures étaient blanches. Bien sûr, il ne pouvait pas savoir pourquoi l'homme était en retard. Je n'attendais pas vraiment d'explication.

« Cet imbécile incompétent ! » Je grinçai entre mes dents.

« Avec tout le respect que je vous dois, » commença Mathias, « on dit que c'est un expert dans son domaine. »

Je laissai échapper un soupir. « Tu as raison. »

Mathias sourit. « S'il vous plaît, Votre Majesté, il n'y a pas lieu de s'énerver ainsi. »

J'ai acquiescé, réalisant ce que je me faisais subir. Mathias travaillait avec moi depuis des années et savait exactement comment je réagissais sous la pression.

« Tu me connais trop bien ».

J'ai fait les cent pas dans la pièce et me suis arrêtée devant ma bibliothèque, regardant les vieux volumes alignés sur les étagères, certains pleins de poussière.

« Mathias », ai-je dit à brûle-pourpoint.

« Oui, Votre Majesté ? »

« Demandez aux femmes de ménage de nettoyer ma bibliothèque quand ce sera fini. Ces livres sont tellement poussiéreux que je ne pourrai bientôt plus lire les titres. »

« Bien sûr », a répondu mon chancelier.

Je me suis retourné quand on a frappé dans la pièce. Mathias ouvrit la porte, révélant un homme de grande taille. Ses bottes étaient poussiéreuses à cause du long voyage qu'il avait dû faire pour venir ici, et il portait un long trench-coat couleur nuit sur une chemise noire et un jean. Le bord de son chapeau était large, bloquant la vue de son visage.

« Tu es en retard ! » Ai-je crié.

Il entra dans la pièce, la tête baissée, sa voix se répercutant sur les murs. « Je ne l'aurais pas été si vos gardes m'avaient laissé entrer. »

J'ai étudié l'assassin lorsqu'il est entré dans la pièce. On le considérait comme un tueur hors pair. Le fait que mes gardes ne l'aient pas laissé entrer était une bonne chose — les canailles comme lui devaient être tenues à l'écart. Je les féliciterai plus tard pour leur excellent travail. Mais à ce moment-là, une question me vint à l'esprit.

« S'ils ne t'ont pas laissé entrer, comment es-tu arrivé ici ? »

Les lèvres de l'homme se retroussèrent, c'est pratiquement la seule chose que je pouvais voir avec son chapeau qui gênait la vue. « J'ai pris un chemin moins conventionnel. »

Mon sang se glaça. Si cet imbécile pouvait passer mes gardes aussi facilement, je n'étais pas en sécurité dans mon propre château. « Par où es-tu passé ? »

L'homme ricane. « Vous n'aimeriez pas savoir ? »

« J'exige de savoir ! » Ai-je rugi.

« Si vous y réfléchissez un peu, vous vous rendrez compte que les vampires peuvent voler et que vous gardez les fenêtres de votre château ouvertes. Après cela, il suffit d'entrer. »

C'était tellement évident que je me suis maudit de ne pas y avoir pensé. J'ai été stupide de ne pas y avoir pensé et j'ai pris note de revoir ma sécurité une fois que tout serait réglé. Mais il n'avait pas besoin de le savoir, et je n'allais certainement pas lui en donner le mérite.

L'homme s'est assis sur la chaise, posant sans gêne ni manières ses bottes sales sur mon bureau, la terre se répandant sur le bois fraîchement ciré.

« Alors, on en finit avec ça ? » demanda-t-il, son ton suggérant plutôt de l'agacement.

« Très bien. » Je me suis dirigé vers l'autre côté du bureau et je me suis assis sur ma chaise. « Tu n'as pas de bonnes manières ? » demandai-je, irrité.

L'homme haussa les épaules et retira ses pieds du bureau.

« Vous n'auriez pas dû m'inviter si vous vous attendiez à de la noblesse. »

Tout ce qui concernait cet homme me donnait la chair de poule, mais j'ai besoin de lui. Il était la pièce maîtresse de mon plan et d'autres personnes m'avaient vivement recommandé de faire appel à ses services. Il avait fallu des semaines pour trouver quelqu'un capable de le contacter. L'homme vivait dans l'ombre et disparaissait dès que j'avais une piste pour le localiser.

« C'est la première fois que je viens dans la cité elfique, » commenta l'assassin. « Je n'ai jamais vu un endroit aussi beau ».

Au moins, l'homme avait l'œil pour les constructions impeccables. « Nous construisons avec de la magie. Les gens de votre race ne pourraient jamais comprendre. »

L'homme fronça les sourcils. « Ne minimisez pas mon peuple. Nous avons quelques pouvoirs. »

« Bien sûr », acquiesçai-je, les mots étant amers sur ma langue. « Mais pas autant que les elfes. »

La vérité était que la magie elfique s'étiolait lentement depuis la mort du dernier dragon. Personne n'en savait rien, pas même le peuple elfique, qui paniquerait sûrement s'il l'apprenait. C'est pourquoi ma grande sorcière avait gardé l'information secrète, ne la révélant qu'à moi. Rien dans l'histoire elfique n'expliquait le lien entre notre race et ces bêtes majestueuses. J'avais confié à Élaine la tâche de faire la lumière sur ce sujet, espérant ainsi trouver une solution à notre problème de magie avant qu'elle ne disparaisse complètement. Mais l'homme n'avait pas besoin de savoir tout cela. Je garderais la façade aussi longtemps que nécessaire.

L'homme a répondu par un grognement. Je ne savais pas combien de temps je pourrais encore tolérer sa présence. Il était temps de conclure l'affaire pour qu'il disparaisse de ma vue. Je pris un parchemin sur mon bureau de bois et trempai ma plume dans l'encrier.

« Combien de pièces d'or vous faut-il pour ce travail ? » demandai-je en l'étudiant, essayant de voir son visage. Je n'aurais pas pu le décrire, encore moins ses yeux, et on ne peut pas déchiffrer les émotions de quelqu'un par le bout de son nez. Ce sont ses lèvres qui m'ont donné une idée, elles se sont pincées un instant et j'ai attendu.

« Trente mille pièces », dit-il enfin.

« Quoi ? » m'exclamai-je, manquant de faire tomber mon stylo. « C'est scandaleux ! Une famille pourrait être nourrie à vie avec autant de pièces d'or. »

L'homme sourit. « Ce n'est pas un travail ordinaire ».

Encore une fois, il m'a donné envie de le poignarder — je ne supportais pas cet homme, mais je savais qu'il était le seul à pouvoir faire ce travail. J'ai marmonné « Très bien » en écrivant le nombre extravagant sur le parchemin.

Mon sceau royal était déjà sur le document. J'ai prêté la plume à l'homme, qui l'a trempée dans l'encrier avant de la signer.

J'ai lu le nom à haute voix et j'ai haussé les sourcils, déçu. « Traqueur d'ombres ».

L'homme se moqua. « Vous ne pensiez pas que je vous dirais mon nom, n'est-ce pas ?

L'homme était intelligent, je le reconnais. Donner son vrai nom le rendrait vulnérable si je décidais de l'arrêter — je ne pouvais pas dire que j'étais surpris, mais tout de même, je détestais ne pas avoir le dessus. Mais le poids du monde me paraissait plus gérable, car l'affaire était officielle, et tout se dénouerait dans quelques jours.

« C'est un plaisir de traiter avec vous, Votre Majesté. » Ces mots m'ont fait tressaillir. Je ne m'étais jamais senti aussi rejeté de ma vie par une simple déclaration.

Je lui ai fait signe de partir. « Bien sûr ».

Il se leva de sa chaise. « J'attendrai la moitié de l'argent avant de quitter le palais. »

« Vous recevrez cinq mille aujourd'hui. Le reste lorsque vous aurez terminé le travail. »

L'homme réfléchit pendant une fraction de seconde avant d'accepter.

« Mathias, » j'ai appelé.

« Oui, Votre Majesté ? »

« Veillez à ce que l'homme reçoive ses cinq mille pièces d'or et faites-le sortir. »

« Bien sûr », a répondu le chancelier.

L'homme a suivi Mathias à la sortie. Quelle personne répugnante ! Je n'aimais pas les vampires, mais je gardais cette opinion pour moi. Boire du sang me répugnait, mais c'était un assassin, et nous avions besoin de lui. Je préférais cependant rester à l'écart des gens comme lui, les criminels devraient être en prison. J'espérais ne jamais le revoir, sauf pour le payer. Le souffle qui s'échappait de mes lèvres ressemblait plus à un grognement bas et je rêvais du jour où je ne serais plus liée à des gens comme *Traqueur d'ombres* — je détestais ce nom.

Il vaut mieux que cela en vaille la peine.

Chapitre 9 (Samantha)

Sœur

Le jour du mariage approchait et j'étais très excitée. J'avais choisi moi-même les décorations et j'étais reconnaissante à Nathan de m'avoir laissée faire. J'avais vu les couturières du château plusieurs fois pour m'assurer que ma robe était parfaite. Il y avait tant à préparer, mais tout allait enfin être prêt.

Mais aujourd'hui était un jour que j'attendais avec impatience depuis longtemps — Nathan m'avait demandé de le rejoindre dans le jardin pour rencontrer Émeraude. J'étais à la fois nerveuse et excitée à l'idée de la rencontrer. J'espérais que tout se passerait bien. Je n'avais aucune idée de la façon dont Émeraude me percevait, mais il y avait tellement de choses qui dépendaient de cette simple rencontre.

Je savais que Nathan devait boire du sang frais pour survivre, et j'aimais bien en boire moi-même à l'occasion, mais je me contentais généralement de vin de sang. Les humains étaient nos proies naturelles, et le fait de savoir que Nathan avait un vassal réveillait mon instinct de prédateur. De plus, mon dieu encourageait un régime sanguin strict chaque fois que c'était possible. Par le passé, je n'avais pas pu me permettre d'avoir un vassal, car cela coûtait cher, mais maintenant que je devenais reine, je me demandais si je ne devais pas m'en trouver un. J'en parlerais éventuellement à Nathan, mais ce n'était pas urgent.

Je me suis rendu dans le placard de ma chambre, où j'avais rangé mon autel de prière. Agenouillé, j'ai adressé une prière à mon dieu.

« Donnez-moi la force de réaliser votre prophétie. Que les événements d'aujourd'hui se déroulent bien. Ce mariage est si important pour moi. »

J'ai médité pendant quelques minutes, sentant la plénitude m'envahir, sachant que mon dieu avait entendu ma prière et qu'il veillerait sur moi. Parfois, j'avais l'impression de sentir son étreinte — chaude — et mon cœur battait la chamade, comme maintenant. Satisfaite, je quittai ma chambre pour rejoindre Nathan et Émeraude.

Nathan serait-il seul ? Ou Émeraude était-elle déjà avec lui ? Tant de questions tourbillonnaient dans ma tête que je ne saluai même pas les serviteurs du château, qui me saluèrent lorsque je passai devant eux, en direction du jardin.

J'ai emprunté le chemin familier qui mène à la roseraie, souriant en marchant jusqu'à l'endroit même où il m'avait demandée en mariage.

Au moment où je commençais à apercevoir les roses, au moment où je tournais sur le long chemin droit, je vis enfin Nathan debout et Émeraude assise sur le banc.

Bien qu'elle soit humaine, je dois admettre qu'elle était belle, avec sa peau rougie sous l'effet du soleil et ses longs cheveux bruns. Même de loin, je pouvais sentir le sang qui coulait dans ses veines et voir une légère cicatrice sur son cou, là où Nathan se nourrissait d'elle.

La pointe de jalousie qui montait en moi disparut aussi vite qu'elle était apparue lorsque je me souvins qu'Émeraude n'était que la vassale de Nathan. J'étais prête à l'accueillir dans ma famille et j'espérais qu'elle l'était aussi.

Nathan a souri en me voyant et a comblé l'écart en m'embrassant.

« Te voilà enfin », dit-il en me conduisant vers le banc.

« Samantha, je te présente ma vassale, Émeraude. C'est une bonne chose que vous vous rencontriez enfin, car le mariage n'est plus qu'à quelques jours. »

J'ai acquiescé et attendu qu'Émeraude se lève du banc et s'incline poliment.

« C'est un honneur de vous rencontrer, Madame ».

J'étais heureuse que cette femme ait des manières correctes.

« Je suis ravie de te rencontrer enfin », ai-je répondu.

Émeraude avait l'air timide, et j'ai ajouté : « J'espère que je pourrai être comme une grande sœur pour toi ».

Ces mots la firent sourire et elle acquiesça. C'était un soulagement, cela se passait plus facilement que prévu.

« Merci. Je n'ai jamais eu de sœur. »

Nathan nous a souri chaleureusement. « Vous êtes si importants pour moi. Je suis très heureux que cette première rencontre se passe bien. J'espère que nous pourrons vivre ensemble au château en harmonie. »

Nous nous sommes assis là, tous les trois, avec moi au milieu. J'ai posé des questions à Émeraude sur elle-même, essayant de la connaître davantage, et elle m'a posé des questions à son tour. Pendant ce temps, Nathan était assis à mes côtés, se pressant contre moi, me tenant les mains, me faisant comprendre qu'il m'aimait.

Émeraude demanda soudain : « En ce qui concerne le mariage, cela vous dérange si je porte une robe blanche ? »

Mon souffle s'arrêta, car je savais ce qu'une robe blanche signifiait pour les humains, et je voulais connaître ses intentions. « Et puis-je te demander pourquoi tu veux porter du blanc ? »

La femme se pinça les lèvres. « Ma mère m'a donné sa robe de mariée. Elle n'est pas très chic — mes parents n'avaient pas beaucoup d'argent —, c'est plutôt une robe de cocktail. Mais j'espérais la porter si vous me le permettez. »

Nathan a ajouté : « J'ai vu la robe, elle est très simple ».

J'ai pris une grande inspiration et j'ai souri. Intérieurement, je me demandais comment Nathan avait pu connaître l'existence de la robe. Mais je ne pouvais pas précipiter les choses, je devais me rappeler que ces deux-là avaient passé de nombreuses années ensemble, en tant que roi et vassal, et qu'une amitié ne pouvait que s'épanouir.

« Les vampires ne se marient pas en blanc. Ça ne me dérange pas que tu portes la robe de ta mère pour le mariage. »

Le visage de la femme s'illumine.

« Vraiment ? Oh, merci beaucoup ! » s'exclama-t-elle. « Je vous suis très reconnaissante ! »

« Bien sûr ! Comme nous sommes presque sœurs, nous pourrions même faire broder une fleur identique sur nos robes. »

« Ce serait fantastique ».

J'ai souri et nous avons continué à parler pendant un moment, mais je pouvais voir l'excitation dans les yeux d'Émeraude. « Tu as l'air distraite. »

Elle rougit. « Je pense juste à la robe. Cela fait des années que je ne l'ai pas vue, et je ne sais pas si elle aura besoin d'être retouchée avant le mariage. »

J'ai acquiescé. « Alors tu ferais mieux d'aller voir tout de suite. »

« Je ne voulais pas écourter notre rencontre ».

« Allez, ce n'est pas grave, nous aurons l'occasion de nous voir souvent. »

Je l'ai regardée s'éloigner, amusée par son enthousiasme à l'idée qu'une simple robe puisse lui procurer autant de joie. Mais surtout, j'étais enfin seule avec Nathan. Avec ses responsabilités royales, je n'avais pas l'occasion de passer autant de temps seule avec lui que je l'aurais voulu.

Nathan parla de sa voix grave, ses lèvres frôlant mon oreille. « Merci pour ta gentillesse. »

Je me suis tournée vers lui, mes lèvres n'étant qu'à quelques centimètres des siennes.

« Il est normal que j'aie accueilli la femme qui maintient mon futur mari en vie. »

Ses lèvres étaient sur les miennes une seconde plus tard, et j'ai gémi et fermé les yeux, profitant de ce doux moment avec mon fiancé.

Chapitre 10 (Caleb)

Vampire rebelle

Je marchais dans les rues animées de la ville, absorbé par le chaos des gens et des odeurs. Il me restait quelques jours avant mon prochain meurtre et je voulais décompresser et me ressourcer pour la tâche qui m'attendait. J'avais été surpris quelques jours plus tôt lorsque j'avais rencontré mon client. Je pensais qu'il s'agissait d'une pauvre femme, mais ma mâchoire s'est décrochée lorsque je l'ai reconnue. J'ai failli enfreindre ma première règle, ne pas poser de questions, mais je me suis ressaisi et j'ai gardé mon sérieux. Les clients ne voulaient pas répondre aux questions. Ils avaient leurs raisons et cela ne me regardait pas. Tout ce dont j'avais besoin, c'était de savoir qui, quand et où. Et surtout, quand j'aurais mon argent et combien.

Mais j'ai été encore plus surpris lorsqu'elle m'a dit qui était le véritable client. C'était la première fois dans mon expérience que deux clients s'associaient pour m'engager, et le roi des elfes en plus !

La somme d'argent était si importante que j'avais décidé de prendre des vacances, ce que je faisais rarement, mais elles ont été rapidement gâchées par les affiches placardées dans toute la ville. Il semblerait que l'on recherche un tueur qui exsangue ses victimes. Bien sûr, je suçais à sec toujours mes victimes, mais je prenais soin de me débarrasser des corps correctement pour ne pas laisser de traces. Le tueur responsable de ces morts était manifestement un amateur — laisser des cadavres sur des terres agricoles était un moyen sûr de se faire prendre. Je devais le trouver avant qu'il n'attire trop l'attention des gardes. Avec un tueur en liberté, ils augmenteraient les patrouilles, et il deviendrait gênant de faire mon travail. J'étais passé maître dans l'art d'échapper aux autorités et mes meurtres n'étaient pas découverts, mais ce serait une épine dans le pied s'ils multipliaient les patrouilles.

Voilà pour les vacances.

Je me suis dirigé vers le meilleur endroit pour trouver des hors-la-loi : la guilde des voleurs. Je descendis la rue en courant et tournai dans une ruelle sombre près des docks. Ce quartier était encore pire que la ville basse où se trouvait ma maison. Les gens n'osaient pas s'y aventurer seuls. Les quelques boutiques fermaient à la nuit tombée, leurs propriétaires verrouillant les portes et les fenêtres avec des barres métalliques. C'était le meilleur endroit pour embaucher des criminels et c'était précisément ce dont j'avais besoin.

Même si les gardes ne connaissaient pas mon identité, j'étais bien connu des criminels. Les meilleurs voleurs et assassins gagnaient en notoriété et en respect — un rang officieux se formant parmi les pires crapules de la ville. Ici, ma réputation me précédait, et les gens s'écartaient respectueusement de mon chemin tandis que j'avançais dans la ruelle jusqu'à une porte sans nom.

L'entrée de la guilde n'était qu'une façade, une barmaid vendant de l'alcool avec un simple comptoir et quelques tabourets. Rien de plus. Si des gardes entraient, on aurait dit une taverne sur le point de fermer.

J'ai travaillé avec la Guilde des voleurs pendant des années, acceptant des missions de vol à l'occasion lorsque les contrats d'assassinat se faisaient rares. La guilde était comme une famille pour moi. Je n'y venais plus aussi régulièrement qu'avant, car j'avais suffisamment de contrats, mais j'y passais encore de temps en temps.

J'ai marché jusqu'au bout de la pièce, jusqu'à une porte sur laquelle il y avait un panneau d'*interdiction d'entrer*. Je l'ai ouverte et je suis entré dans la véritable guilde des voleurs.

La porte s'ouvrit sur un grand tunnel intérieur relié aux égouts de la ville. La pièce dégageait une odeur nauséabonde permanente, mais c'était la cachette souterraine idéale pour les personnes travaillant dans ce domaine. C'était aussi un moyen d'accéder aux rues de la ville en s'échappant par les égouts, ce qui permettait à un voleur ou à un meurtrier d'échapper facilement aux autorités. Les bandits les plus recherchés s'y cachaient et des abris de fortune avaient été construits à travers les débris dans les coins de la grotte.

Des armes et des armures bon marché étaient empilées dans une pièce séparée, à la disposition de tous. Je ne les utiliserais pas pour sauver ma vie, mais c'était le choix préféré des jeunes jusqu'à ce qu'ils puissent s'offrir des objets de meilleure qualité.

La guilde s'entraidait comme une confrérie ; les maîtres aidaient les jeunes à apprendre le métier.

Le maître de la guilde avait sa chambre dans un creux du tunnel, là où le sol s'incline. Sa chambre contenait les objets de valeur volés et les trésors accumulés par la guilde, cachés dans un coffre-fort au fond. La guilde utilisait parfois ces richesses pour négocier la libération d'un de ses membres ou pour satisfaire les exigences d'un riche mécène.

Vince m'a accueilli quand je suis entré. « Hé, Caleb. Ça fait un moment. »

J'ai souri au maître de la guilde. Il était grand et avait le crâne rasé, ce qui lui donnait un air un peu méchant, mais sous cette carapace se cachait un bon vampire. Il avait des années d'expérience et était un voleur hors pair, mais il protégeait tous les membres, en particulier les nouveaux venus. Je savais qu'il n'hésiterait pas à tuer quiconque menacerait sa famille et j'étais devenu l'un de ses meilleurs amis au fil du temps.

« Ravi de te voir. »

« Qu'est-ce qui t'amène ici ? demanda le vampire.

« As-tu vu les avis de recherche ? »

Le sourire s'effaça du visage de Vince et il soupira lourdement, marmonnant un mot. « Timmy. »

Je levai un sourcil. « Qui est Timmy ? »

« Ce n'est qu'un enfant, » dit Vince. « L'une de nos dernières recrues, et l'une des plus jeunes aussi. Il n'a que dix ans. »

« A-t-il été transformé ? » Ai-je insisté. Je détestais les gens qui transformaient les enfants en vampires. Je pensais que les enfants ne comprenaient pas pleinement les implications de devenir un vampire et ne pouvaient pas prendre une décision éclairée sur un choix qui aurait un impact sur leur vie entière.

Vincent secoua la tête. « Non, il est né vampire. Il a perdu ses parents il y a quelques semaines. Il s'est enfui et a tué quelques personnes. »

Je pouvais entendre de la compassion dans la voix du maître de guilde et lire de la culpabilité dans ses yeux, mais plus que tout, je pouvais sentir qu'il se sentait responsable des actions du jeune homme.

« J'ai essayé de l'arrêter » — il parlait comme pour essayer de justifier ses propres actions — « j'ai essayé de lui apprendre à garder le contrôle, mais il ne voulait pas se nourrir, il était trop accablé par le chagrin. Je n'ai pas pu le protéger. Depuis, il est en fuite. »

Le silence s'est installé entre nous. Je ne m'attendais pas à ce qu'un garçon soit à l'origine des récents meurtres et cela a désarmé toutes les stratégies que j'avais préparées. La soif de sang était dangereuse. Tous les vampires savaient qu'il ne fallait pas céder à la soif de sang, raison essentielle pour laquelle ils se nourrissaient ou buvaient régulièrement du vin de sang. Seule une poignée de vampires pouvait contrôler le monstre qui était en eux, comme moi, et j'avais même besoin de toutes mes forces pour garder le contrôle, malgré les années d'entraînement.

Je n'aimais pas tuer des enfants, mais je n'avais aucune idée de ce qu'il fallait faire avec un meurtrier enfant en liberté, pris par la soif de sang.

J'ai fini par admettre qu'il s'agissait d'une sacrée merde.

Vince acquiesça. « Tu peux le dire. »

Je soupirai. Il fallait faire quelque chose. Timmy finirait par se faire prendre lorsqu'il s'effondrerait d'épuisement à cause de la soif de sang, mais il aurait le temps de tuer beaucoup de gens entre-temps.

« Tu dois l'arrêter », dit   Vince.

J'ai regardé les yeux suppliants de mon ami — mon cœur s'est brisé à ce moment-là. Je ne voulais plus être le tueur que beaucoup craignaient.

« As-tu une idée de l'endroit où il se trouve ? »

« Tous les cadavres ont été trouvés dans des fermes. Je pense qu'il se trouve dans la forêt à la périphérie de la ville. »

J'ai posé la question évidente qui se cachait entre nous. « Si tu sais où il est, pourquoi n'y es-tu pas allé toi-même ? »

Vince a détourné les yeux, serrant la mâchoire.

« Je ne peux pas, c'est mon neveu. Mon frère et sa femme sont morts dans l'incendie de leur maison. Ils ne sont pas sortis de la maison parce qu'ils le cherchaient. Il s'était enfui de la maison pour jouer dans les bois sans leur dire. Depuis, il est persuadé que c'est de sa faute si ses parents sont morts. »

J'ai été surpris par ces mots — tout était logique. Mais maintenant, je comprenais ce que je devais faire. J'ai acquiescé et je me suis retourné pour partir.

Vince m'a arrêté en me demandant : « Vas-tu le tuer ? »

Je répondis sans me retourner, n'osant pas faire face à mon ami, « Tu sais que la soif de sang ne peut être renversée que pendant un certain temps ».

« Ce n'est qu'un enfant », supplia Vince.

Je déglutis, essayant de cacher mes sentiments, et répondis aussi froidement que possible : « Tu sais que je ne tue pas les enfants, mais on ne peut pas laisser un vampire assoiffé de sang en liberté. »

Je l'ai entendu soupirer derrière moi, et seulement murmurer : « Essaie de l'épargner. »

J'ai quitté la guilde et je me suis dirigé directement vers le marais dans les bois près de la ferme. Le soleil était encore haut lorsque j'arrivai aux marais. C'était l'endroit le plus plausible pour que Timmy se cache.

Les arbres poussaient, leurs racines gorgées d'eau sortaient à travers le marais. Les plantes couvraient la surface de l'eau, le soleil se reflétant sur les rares endroits où l'eau était cristalline. Les oiseaux chantaient dans les feuilles, mais le temps semblait ralentir et une lourdeur envahissait ma poitrine. J'étais venu chercher un enfant en proie à la soif de sang, et je ne savais pas ce que j'allais trouver. Je ne savais même pas s'il serait conscient, car certains vampires devenaient fous à cause des effets du monstre.

Je marchais silencieusement, prenant soin d'insuffler à chaque pas ma force vampirique. Je ne voulais pas qu'il me trouve avant que je ne le voie.

Au bout d'un moment, j'ai entendu des pas dans l'eau. Quelqu'un s'enfuyait.

J'ai crié : « Timmy! Attends ! »

Mais les pas continuaient. Je courus après lui, le rattrapant rapidement, mais à chaque fois que j'essayais de le rattraper, l'enfant glissait entre les arbres. Je l'ai poursuivi jusqu'à ce qu'il soit coincé entre deux gros troncs d'arbres poussant côte à côte, incapable de s'échapper davantage. Nous étions maintenant au cœur de la forêt, séparés du monde.

Mon cœur s'est effondré à la vue du garçon. Il était si petit, les yeux remplis de terreur, et il était déchirant de savoir qu'il avait déjà vécu tant de choses pour son âge. Plus que tout, j'espérais pouvoir le sauver de cette situation difficile.

« Ne me faites pas de mal ! » Sa lèvre inférieure trembla tandis qu'il parlait.

« S'il te plaît, Timmy, je suis là pour t'aider. »

Le petit garçon secoua la tête, les yeux pleins de larmes. « Non, ce n'est pas vrai ! C'est ma faute. Si ce n'était pas pour moi, maman et papa, ils auraient… »

J'ai essayé de l'attraper, mais il s'est éloigné de ma main en tremblant.

« Timmy, » je l'ai supplié, « nous devons retourner à la guilde. Nous pouvons t'aider là-bas. »

Le petit garçon s'est écrié. « Non, c'est trop tard, il en veut encore. »

« Combats-le ! » J'ai insisté. « Tu peux le contrôler. Nous pouvons mettre fin à tout cela. »

S'il se battait suffisamment, il y avait un moyen d'en finir, mais il devait *se battre*. Les yeux du petit garçon étaient vides — la créature qui l'habitait était la seule chose qui le maintenait en vie, mais il était sans aucun doute saisi par la terreur et horrifié par les actes qu'elle l'avait forcé à commettre. Il avait perdu trop tôt l'amour de sa mère et l'autorité de son père. La soif de sang avait été son seul refuge dans un vide infini, un remède empoisonné. Il était désormais l'esclave du monstre, tuant à volonté.

Ses épaules tremblaient tandis qu'il étouffait ses sanglots. « S'il vous plaît, je ne veux plus faire ça. S'il te plaît, fais que ça s'arrête. »

Soudain, il tomba à genoux, ses ongles s'enfonçant dans la terre, sifflant et grognant.

Alarmé par ce changement, j'ai posé ma main sur son épaule et lui ai demandé : « Tu vas bien ? ».

Timmy a levé les yeux et j'ai failli trébucher en arrière. Le rouge a envahi son regard, toute trace de conscience a disparu. Il siffla agressivement comme un animal sauvage et s'élança vers moi, les crocs sortis.

Malgré sa soif de sang, je n'ai pas eu de mal à le maîtriser, étant un vampire adulte. Pourtant, il continuait à essayer de me mordre et de me griffer, et je savais qu'il n'hésiterait pas à me tuer s'il en avait l'occasion.

Mon cœur a sombré. Il était trop tard. Le chaos de la lutte me semblait à des kilomètres de moi lorsque j'ai réalisé qu'il ne restait qu'une seule option.

Je l'ai saisi et lui ai brisé le cou d'un seul coup, l'os se brisant avec un craquement retentissant.

J'avais tué des dizaines de personnes, mais je n'avais jamais ressenti un tel chagrin. La mort de Timmy n'avait rien de grandiose ou de beau. C'était juste triste et désolé. Ses yeux étaient encore rouge vif, même lorsque j'ai déposé son corps à côté d'un champ pour que les autorités le découvrent. De retour en ville, j'ai dit à quelqu'un que le responsable des meurtres avait été retrouvé. Je savais que la nouvelle se répandrait comme une traînée de poudre.

Défait, je suis rentré chez moi. Je me sentais sale et j'ai pris un bain, j'avais besoin de me frotter dans les moindres recoins pour effacer les événements de la journée de ma peau, de mon âme.

Les derniers jours avaient été difficiles. Partout où je marchais dans la ville, les gens murmuraient que le vampire rebelle avait été éliminé et que les meurtres d'humains avaient cessé. Ils étaient tous ravis, mais cela me laissait un goût amer sur la langue.

Vince avait été dévasté par la nouvelle de la mort de Timmy. Il s'était effondré en larmes au milieu de la guilde, alors qu'il était habituellement très fort. Il était difficile de voir mon ami dans un tel état alors que j'avais du mal à accepter les événements. J'ai failli l'attraper pour le secouer et le sortir de sa stupeur, en colère de le voir si brisé alors que cela ne pouvait être évité, mais mes mains sont restées à mes côtés, paralysées par un vieil ami : le chagrin. Lorsque je me suis regardé dans le miroir, mon regard bleu m'a semblé étranger, et pourtant ces yeux étaient les miens.

Un regard meurtrier, peut-être monstrueux, mais néanmoins le mien.

Mais je ne pouvais pas me permettre d'arrêter. C'était le jour de mon prochain meurtre et celui-ci était accompagné d'une grosse somme d'or dont j'avais besoin pour me débarrasser de mes vieilles dettes.

J'étais si jeune, inexpérimenté, et je travaillais comme apprenti forgeron. Je me souviens encore de ma petite amie, Sophia. Elle avait le plus beau des rires, avec des fossettes qui se formaient quand elle souriait. Elle était humaine, et nous avions prévu de sceller le lien qui nous unissait, espérant même fonder une famille. Nous ne pouvions pas imaginer à quel point le destin était cruel.

Elle tomba soudainement malade, et seule une sorcière recluse possédait potentiellement un remède pour la sauver. Il s'agissait d'un remède très rare et très cher, et la maladie de Sophia nécessitait plusieurs doses. Je n'avais pas de famille et nulle part où me tourner, alors je me suis rendu au seul endroit où je pouvais emprunter de l'or : le marché noir. Malgré mes efforts, la maladie ne partait pas, et Sophia refusait que je la transforme en vampire, se croyant partie prenante de quelque chose de plus grand que nous deux.

J'ai maudit le jour où elle m'a quitté. Une partie de moi est morte avec elle, et je me suis juré de ne plus jamais ouvrir mon cœur à qui que ce soit, afin de ne jamais souffrir autant que le jour où elle est morte.

Le contrat d'aujourd'hui pourrait me libérer de mes dettes et faire de moi un vampire libre.

Je mis mon meilleur costume et lissai mes cheveux blonds en arrière, la chemise blanche contrastant avec le noir de ma veste. Je préférais porter du noir pour me fondre dans l'ombre, mais aujourd'hui, je ne pouvais pas le faire.

Je devais me cacher à la vue de tous.

Bien sûr, j'aurais préféré que ce soit une femme, mais ma prochaine cible était un homme. Dommage, mais je trouverai bien une femme pour me tenir chaud plus tard. Mais d'abord, je devais tuer ce type. Avec un peu de chance, ce serait rapide, et j'en aurais fini avec lui.

D'habitude, je travaillais seul et j'étais opposé à l'idée d'avoir une équipe, mais j'ai compris pourquoi lorsque j'ai entendu tous les détails et la planification qui avaient été mis en place. La cible était forte et c'était risqué — nous n'aurions qu'une seule chance de le tuer. Pourtant, j'étais le chef de file de ce contrat. L'équipe n'était qu'une distraction, composée de participants jetables. Mais si je jouais bien mes cartes, aucun d'entre eux ne mourrait.

Pourtant, ce contrat ébranlait mes convictions. Plus vite j'en aurais fini, mieux je me sentirais. Je n'aimais pas avoir une équipe, c'était un handicap.

D'habitude, je me fiais uniquement à mes capacités, mais j'ai aussi apporté un couteau empoisonné pour ce travail. On n'est jamais trop prudent. Et les hommes étant plus forts que les femmes, je préférais avoir plus d'une option au cas où cela tournerait au vinaigre.

J'ai trouvé un bon poison au marché souterrain. J'adorais y aller, je m'y sentais chez moi. L'entrée se trouvait dans une rue sombre, entourée de maisons délabrées dont les fenêtres étaient obstruées par des planches de bois. Des gens vivaient encore dans ces ruines, rejetés, non désirés. La racaille de tous les vampires. L'une de ces maisons était reliée à un circuit de tunnels qui communiquait également avec la Guilde des voleurs. C'était un monde caché qui prenait vie dans l'obscurité des tunnels.

Le marché souterrain.

L'odeur habituelle de moisissure et d'égout m'a empli le nez lorsque j'ai pénétré dans le labyrinthe de passages faiblement éclairés par des torches vacillantes. L'air était glacial, comme imprégné de l'haleine des morts-vivants. Les marchands, drapés dans des manteaux à capuche ou parés d'élégantes tenues, vendaient leurs marchandises avec avidité et prudence. Une mélodie lancinante, d'origine indiscernable, flottait dans le marché. Des chuchotements occasionnels et des conversations à voix basse ponctuaient l'atmosphère, révélant des transactions secrètes et des alliances interdites.

Quelques connaissances m'ont salué, mais beaucoup sont restés discrets. Je faisais partie des habitués et je connaissais presque tout le monde. Je passai devant quelques étals qui vendaient du sang humain frais. Le marché était un royaume où les vampires assouvissaient leurs envies, troquaient leur pouvoir et se délectaient des ténèbres qui définissaient leur existence. Le sang humain était l'un des articles les plus recherchés, mais les vendeurs en demandaient une fortune. Il était impossible de savoir de qui il provenait, comment la victime était morte ou si elle était porteuse d'une maladie. Il est arrivé que des vampires tombent gravement malades après avoir consommé du sang infecté par l'Ebola, le virus inhibant leur capacité de régénération et leurs pouvoirs vampiriques.

Une grande enquête a été organisée par les gestionnaires du marché pour tenter de trouver les responsables. Bien entendu, ils ont tous nié les faits, jurant que leur stock provenait d'une source fiable. Après tout, les vendeurs des marchés clandestins étaient passés maîtres dans l'art de la dissimulation et de la persuasion, sinon ils ne feraient pas ce métier.

C'était l'une des raisons pour lesquelles je n'achetais pas de sang humain ici. Je n'en avais pas besoin non plus, car je préférais le boire directement sur mes victimes. C'était plus chaud ainsi — le sang réchauffé n'avait pas le même goût. De plus, il était gratuit, ce qui était un grand avantage.

Il ne m'avait pas fallu longtemps pour arriver à l'un de mes stands préférés. Caché dans les recoins ombragés d'une ancienne catacombe se trouvait un stand souterrain de vampires connu sous le nom du *Repaire du venin*. À mesure que je m'approchais, l'âcreté des substances venimeuses se mêlait à l'arôme doux et enivrant des fleurs rares et vénéneuses qui ornaient les tables. On y vendait toutes sortes de poisons : des toxines botaniques extraites de plantes rares et mortelles aux breuvages alchimiques d'origine arcanique. Les crocs venimeux de créatures exotiques étaient conservés dans des bocaux de verre, leur essence toxique récoltée et infusée dans des potions, des agents paralysants aux venins à action lente en passant par les poisons instantanément mortels. L'échoppe proposait un large choix de petits récipients de verre mortels de toutes les formes et de toutes les couleurs. J'avais opté pour l'un des poisons les plus puissants. La fiole était petite et facile à cacher.

J'ai pris une grande inspiration, laissant le souvenir s'envoler. Il était presque temps de partir. Je glissai la flasque dans l'une des poches intérieures de mon costume, où elle s'inséra parfaitement. J'avais installé un fourreau d'épaule pour cacher mon couteau. Il était soigneusement caché par la combinaison, mais facilement accessible au cas où j'en aurais besoin. Je ne pouvais pas être mieux préparé pour ce qui allait suivre.

Ce soir, je tuerais le roi.

Chapitre 11 (Élaine)

Éthéré

Je sortis de ma chambre et rejoignis la zone commune de la tour, une rangée de portraits des dieux elfiques me fixant alors que je traversais le couloir. Les elfes avaient toute une panoplie de dieux auxquels ils croyaient. Ils étaient si nombreux que je ne prenais pas la peine de me souvenir de tous leurs noms. Les plus courants et les plus vénérés étaient Aerdrie, la déesse principale et reine des Avariel, Solonor, le dieu de la chasse, et Hanali, la déesse de l'amour. Certains elfes vénéraient même les dieux sombres de la mort et de la vengeance, mais je n'en vénérais aucun. La magie était la seule chose en laquelle j'avais confiance. La seule chose sur laquelle je pouvais compter. Aucun dieu ne m'avait jamais aidé, et c'était tout. Ils étaient probablement trop occupés pour se préoccuper des mortels, et j'espérais que cela ne changerait jamais.

La lourde porte du salon s'ouvrit en grinçant. Oswald se tenait au fond de la pièce. Ses yeux parcoururent l'espace et il sourit lorsqu'il me vit.

« Élaine. »

J'ai marché jusqu'à lui. « Oui, Oswald. »

« Je reviens de Breloques et Bibelots et j'ai aidé à nettoyer la boutique. »

« Merci, Oswald. Le vol de cet artefact menace l'équilibre délicat de la magie dans notre royaume. »

Le grand elfe sourit un instant avant de froncer les sourcils, l'air grave.

« J'ai enquêté sur les lieux. Un frisson m'a parcouru l'échine lorsque j'ai traversé le magasin à un certain moment — je savais que quelque chose n'allait pas. C'était inhabituel. J'ai lancé un sort de divination et le résidu persistant d'une créature éthérée est apparu. »

J'étais stupéfaite par la révélation d'Oswald. J'étais tellement fatiguée d'avoir combattu des gobelins dans les égouts toute la nuit que je n'avais pas remarqué le résidu de la créature éthérée. C'était une bonne chose qu'Oswald soit allé enquêter, sinon nous aurions manqué cette information cruciale. Mais une autre chose me choquait dans ce qu'il venait de dire : les elfes n'étaient pas des créatures éthérées. Il était donc impossible que les Tisseurs d'Ombres soient à l'origine du vol. Cela détruisait complètement les seuls suspects que j'avais en tête.

« Une créature éthérée ? » demandai-je avec étonnement.

Oswald acquiesça. « Cependant, je ne connais aucune créature éthérée qui volerait un artefact. La seule explication qui me vient à l'esprit est que le voleur a utilisé un sort pour voyager à travers les plans qui se superposent au nôtre, ce qui lui a permis d'entrer dans le plan éthéré pour pénétrer dans la zone verrouillée et la voler, puis de faire la même chose pour sortir sans se faire remarquer. »

J'acquiesçai, fière de la logique de mon ami. Beaucoup de mages auraient laissé de côté la trace éthérée, car aucune créature éthérée ne serait intéressée par le vol d'un artefact. Seules des années d'expérience à enquêter sur des scènes de crimes magiques pouvaient développer un tel sens de la déduction.

« Le voleur aurait donc fouillé tout le magasin avant de se rendre compte qu'il était enfermé et d'utiliser un sort éthéré pour l'atteindre. »

C'était astucieux, et je me demandais si les Tisseurs d'ombres avaient quelqu'un d'assez versé dans la magie de transmutation pour réussir ce tour de force. C'était un sort puissant qui nécessitait des années de pratique et beaucoup de mana. Tous les mages n'avaient pas assez d'énergie magique pour y parvenir.

Oswald acquiesça.

Son visage devint sérieux et il prononça les mots suivants avec précaution. « J'ai aussi trouvé quelque chose d'autre… »

Je l'ai regardé fixement, attendant ses prochains mots, mon cœur battant la chamade.

« J'ai trouvé des traces d'un vampire. »

Je pinçai les lèvres à cette révélation. Même si nous étions en paix, je n'aimais pas les vampires. Avoir des vampires délinquants qui cherchent à causer des ennuis ne serait pas une nouveauté. Leur race avait mauvaise réputation auprès des elfes à cause d'années de petits méfaits. Je préférais les éviter, mais ils étaient là, dans notre belle ville. Je n'avais aucune idée de ce qu'ils préparaient, mais cela permettait d'écarter encore plus les Tisseurs d'ombres comme coupables.

Un sentiment de malaise s'est installé dans mon estomac lorsque je me suis souvenu des paroles de Mitra.

J'ai chuchoté : « Les Miłonbloodeurs ».

Oswald secoua la tête. « J'en doute. »

« Pourquoi ? »

« Les Miłonbloodeurs sont méthodiques et méticuleux. Le vol à Breloques et Bibelots a été bâclé et vicieux. Le voleur ne s'est pas soucié de cacher son acte. »

Les paroles d'Oswald sonnaient juste. Si des Miłon-bloodeurs avaient perpétré le vol, ils n'auraient pas saccagé le magasin. Ils auraient caché leurs actes et n'auraient volé que le bâton des origines. Nous avions de la chance que les voleurs ne soient pas eux. Sinon, nous l'aurions découvert trop tard, après qu'ils aient appris à exploiter les pouvoirs de la baguette.

« Tu as raison, » j'en convins. « Cela signifie que je vais devoir enquêter sur ce qui se passe avec les vampires. »

Mes pensées se bousculaient. Peut-être devrais-je d'abord trouver Mitra ? C'était mon meilleur ami et j'appréciais beaucoup son opinion. Mais il avait dit qu'il enquêterait pour savoir si les vampires aperçus dans la ville étaient liés aux Miłonbloodeurs et s'ils travaillaient avec les Tisseurs d'ombres, mais il n'était pas encore rentré.

« Merci, Oswald. Ton aide est vraiment précieuse. »

Une lueur de satisfaction dansa dans ses yeux, reconnaissants de ma reconnaissance. En tant que grande sorcière, tous les autres mages considéraient mon avis comme très important, d'autant plus que j'étais chargé de déterminer qui passerait au rang supérieur et qui méritait d'être pris en considération pour des tâches magiques. Il se redressa et prit congé.

Je parcourus les livres de la bibliothèque, essayant de trouver un ouvrage spécifique sur les Tisseurs d'ombres. Ces derniers jouaient un rôle important dans la magie noire interdite et les anciens rituels elfiques, et je savais qu'ils recherchaient l'immortalité. Au fil des ans, on avait découvert qu'ils sacrifiaient des vies elfiques, essayant d'exploiter la durée de vie du sacrifice pour eux-mêmes. Certains de leurs membres étaient liés à des démons inférieurs afin d'obtenir une plus grande puissance et d'allonger leur durée de vie. Le pire dans tout cela, c'est qu'ils étaient bien organisés et savaient comment naviguer dans la frontière grise des règlements, évitant la plupart du temps d'être punis pour leurs crimes. S'ils se faisaient prendre, l'architecture de l'organisation faisait en sorte que seul le chef était arrêté, laissant les Tisseurs d'ombres essentiellement intacts et libres de continuer.

Des pas ont résonné et j'ai levé les yeux. Mitra. L'inquiétude déforma son visage, il me jeta un coup d'œil et me prit la main.

Il m'a demandé si ça allait, et j'ai réalisé que l'épuisement devait se lire sur mon visage.

Je soupirai. « Oswald a trouvé des traces de vampires à Breloques et Bibelots. Le voleur est probablement un vampire versé dans la magie. »

Mitra fronça les sourcils. « Ce n'est pas bon, et tu ne vas pas aimer ce que j'ai à te dire. »

Mon cœur s'est emballé aux paroles de l'elfe noir.

« J'ai suivi les Tisseurs d'ombre et j'ai confirmé qu'ils travaillaient avec des vampires Miłonblooder ».

J'ai maudit intérieurement. C'était tout ce dont j'avais besoin après tout ce qui s'était passé. « C'est une très mauvaise nouvelle. »

Mitra acquiesça. « En effet. »

Ces deux factions posaient déjà suffisamment de problèmes à elles seules. Leur association ne pouvait que signifier de mauvaises nouvelles. Je ne savais pas grand-chose des Miłonbloodeurs, mais je savais qu'ils vénéraient un esprit de vengeance connu pour être cruel et vicieux. Nous surveillions les deux factions depuis des années, en espérant qu'elles se tiennent tranquilles, ce qu'elles ont fait jusqu'à présent.

« Mitra, j'ai besoin que tu gardes un œil sur eux. Infiltre-les si nécessaire. »

« Tu veux que je me joigne à eux ? », a demandé mon ami, incrédule.

« Si c'est nécessaire », ai-je répondu avant d'ajouter : « Je ne demanderais pas cela, mais j'ai confiance en toi. Je sais que tu peux y arriver ».

Un sourire se dessina sur son visage, mais il était lourd de la demande entre nous. « Je le ferai. » Il réfléchit brièvement avant d'ajouter : « Veux-tu te joindre à moi pour le thé ? Tu as l'air d'avoir besoin d'une pause. »

Je savais qu'il avait raison, mais je ne voulais pas encore me reposer. Tout ce que je voulais, c'était m'enfermer dans ma chambre et étudier davantage sur les Tisseurs d'ombres.

« Je suis désolée, Mitra. J'ai encore beaucoup de travail à faire. »

Ses yeux s'assombrirent. « Les jours où tu prenais du temps avec moi pour boire du thé, rêver et bavarder me manquent, mais je comprends. »

Il avait raison. Avant que je ne devienne grande sorcière, nous passions beaucoup de temps ensemble. Mitra était mon meilleur ami, et nous passions des heures à discuter au bord de la rivière au crépuscule. Nous ne voyions pas les heures passer et nous revenions souvent au petit matin, fatigués, mais heureux, remplis de la sérénité de l'amitié.

« Je promets de prendre du temps après avoir réglé cette affaire. Je suis juste fatiguée en ce moment ».

« Je le vois bien. » Il s'arrêta, réfléchit une minute, effleura ma main et ajouta : « Prends soin de toi, s'il te plaît. Je suis là si tu as besoin de quoi que ce soit. »

Il hésita, comme s'il voulait dire quelque chose, puis finit par dire : « Repose-toi bien. »

J'acquiesçai et m'échappai dans ma chambre, emportant quelques livres avec moi, pensant mentalement qu'il me faudrait aussi de la documentation sur les Miłonbloodeurs.

Chapitre 12 (Nathan)

Le mariage

J« ai pris une grande inspiration en finissant de me préparer. J'avais la bouche sèche et un nœud à l'estomac. Est-ce que je prenais la bonne décision ? Bien sûr que oui. Quoi qu'il en soit, ma vie allait changer à jamais aujourd'hui, et mon cœur battait la chamade à cause de cela.

J'ai boutonné ma chemise rouge avec des broderies d'or. C'était une magnifique chemise royale transmise de père en fils. C'est avec elle qu'il avait épousé ma mère il y a des siècles. C'était un honneur de porter la même chemise que lui.

J'ai pris la veste de recouvrement sur le cintre. Elle était plus lourde que je ne l'avais prévu. Le tissu noir épais et riche descendait par-dessus mon pantalon. Il était entièrement noir, à l'exception du bras gauche, qui était en soie rouge. Ce bras contrastait avec le reste de la veste, comme s'il avait été cousu sur le tissu d'origine, et remontait jusqu'au cou selon un motif asymétrique. La veste était recouverte de riches contours dorés, assortis à ceux de ma chemise.

Ma couronne de cérémonie était posée sur ma tête, ses diamants bleus et son verre argenté contrastant avec ma tenue. J'ai serré la mâchoire, essayant de contenir le stress qui m'envahissait. J'étais nerveux, mais très excité. J'avais attendu ce jour si longtemps, et il était enfin arrivé.

Un coup frappé à la porte m'a fait sursauter.

« Qui est-ce ? » demandai-je avec méfiance. On disait toujours que voir la mariée avant le mariage portait malheur.

« C'est moi », dit la voix derrière la porte.

Je me suis détendu lorsque j'ai reconnu la voix d'Émeraude.

« Entre », ai-je répondu.

La porte s'ouvrit et Émeraude entra dans la pièce, vêtue de la simple robe de cocktail blanche qu'elle avait demandé à porter. Ses cheveux bruns étaient simplement tressés. Elle ne portait pas de bijoux, mais elle n'en avait pas besoin, ses yeux suffisaient. Je n'ai pas pu m'empêcher de sourire à sa vue.

« Tu es magnifique », ai-je avoué.

Elle m'a rendu mon sourire en me regardant de haut en bas. « Cette chemise », s'exclama-t-elle en me faisant signe. « Cette veste, tout ! C'est parfait, Nathan ! »

J'ai souri à son compliment. Je lui ai dit : « Je te remercie. Elle appartenait à mon père. »

Elle mit une main sur sa bouche. « C'est vrai ? Je n'en savais rien. Tu ne parles pas souvent de lui. »

J'ai acquiescé. « Mon père a épousé ma mère dans ces vêtements ».

Un sourire chaleureux se dessina sur ses lèvres. « Il est tout à fait approprié que tu te maries dans cet habit ».

J'acquiesçai et me dirigeai vers la fenêtre pour l'ouvrir et laisser l'air frais pénétrer dans la pièce. Je me retournai pour faire face à Émeraude. J'aspirai une bouffée d'air, tant elle était belle dans sa robe blanche.

Il était presque temps de partir.

Mais le moment pouvait attendre, ne serait-ce que pour cela. « Pourquoi es-tu venu me voir ? »

Émeraude se mordit la lèvre inférieure. « Je sais que ce n'est que le matin, mais je voulais savoir si tu avais besoin de te nourrir… tu sais… avant le mariage. »

Je secouai la tête. « Non, je veux que tu aies toute ton énergie. Je veux que tu sois au mariage. C'est important pour moi. »

Elle acquiesça. « Bien sûr.

"Je me nourrirai ce soir », ai-je ajouté.

Émeraude se tripota les doigts, l'air nerveux.

« Tu ne seras pas avec la reine ? » demanda-t-elle.

Je me suis approché d'elle et j'ai attrapé une de ses mains, sa peau était si chaude contre la mienne.

« Je viendrai te voir dans ta chambre », ai-je commencé, « et après le repas, je retournerai dans ma chambre ».

Elle acquiesça. « Il est temps, Votre Majesté, dit l'un de mes serviteurs. »

Prenant une profonde inspiration, j'ai quitté ma chambre. Une nouvelle vie m'attendait, faite de satisfaction royale et de citoyens ravis. Samantha ferait une excellente reine, je le savais au plus profond de mon cœur. Derrière, Émeraude suivait, ses pas légers comparés aux miens, un rappel constant du soutien éternel que j'ai eu avec elle à mes côtés.

J'avançais dans le couloir, tournant à gauche et à droite, sans même y penser. Ayant grandi ici, je connaissais le château comme ma poche. La cathédrale du château était un peu plus loin. Plus nous nous rapprochions, plus j'étais nerveux. Mes pas et ceux d'Émeraude résonnaient sur les murs, mais j'entendais les invités parler à mesure que nous approchions. Ils étaient déjà là, ils attendaient.

La cathédrale était bondée à mon arrivée, certains invités étant obligés de rester debout, car tous les sièges étaient occupés. J'ai regardé autour de moi, ravi des décorations. La salle était décorée de violet profond, de bordeaux et de noir, avec une touche d'or qui donnait une impression de glamour. Les chandeliers étaient allumés malgré le soleil qui entrait par les fenêtres en mosaïque. Des bouquets de roses rouges et noires donnaient une touche dramatique à la salle massive et remplissaient l'air d'un parfum agréable. Les bancs étaient recouverts d'une luxueuse dentelle de velours noir.

Sur le côté se trouvait une table avec de la nourriture. La réception commencerait dans la cathédrale avant d'être transférée dans la salle de bal plus tard dans la soirée. De cette façon, les invités pourraient profiter des rafraîchissements et de la nourriture ici même. Une fontaine de sang frais avait été installée pour le plus grand plaisir des palais les plus fins. Elle avait coûté une fortune, mais en avoir une à mon mariage était tout à fait approprié ; c'était l'une des rares occasions qui justifiait la dépense de sang humain frais. Le gâteau de mariage était aussi beau que je l'avais imaginé : un gâteau à plusieurs étages d'un rouge profond avec des nuances de violet, les couches étant ornées de filigrane d'or. J'avais demandé à ce que le gâteau ne contienne pas de sang, afin que les invités humains puissent également le manger. Il y en avait quelques-uns, dont Émeraude.

La réalisation que j'allais me marier s'encra en moi à la vue de tous les préparatifs. Ce n'est pas que je ne le savais pas, mais le fait de tout voir le rendait réel. Je me dirigeai vers l'avant, Émeraude se tenant à mes côtés en tant que demoiselle d'honneur avec mon témoin et fidèle conseiller, Lysandre.

L'une des nobles vampiresses et le père de Samantha se tenaient de l'autre côté. La mère de Samantha était morte il y a des années et elle n'avait pas de sœurs. Elle avait donc demandé à l'une de ses amies de prendre la place de sa mère.

Devant elle se tenait l'aînée Báthory, debout dans sa robe noire, ses longs cheveux blancs détachés. Ses doigts osseux tenaient le livre des vampires. Elle était l'une des plus anciennes vampiresses en vie et était réputée pour se baigner dans le sang de ses victimes dans sa jeunesse, avant que des règlements ne soient adoptés pour interdire les meurtres d'humains pour le sang. Depuis, elle s'en tenait aux règles dictées par mon père. Respectée par la noblesse, elle était l'une des rares à officier lors des mariages royaux, réservés aux aînés dans le cas du roi et de la reine.

Comme aujourd'hui.

Les portes s'ouvrirent et la salle devint silencieuse lorsque Samantha apparut. Elle était magnifique dans sa longue robe de mariée en dentelle noire. La robe lui arrivait au menton, mais elle était ornée de bijoux incrustés à partir du buste, dont une grosse pierre précieuse enchâssée dans de l'or, ce qui lui donnait un air de royauté. De longues manches transparentes couvraient ses bras.

Une couronne rouge et or ornée de rubis couvrait sa tête, et ses cheveux étaient relevés et retenus par un long voile noir qui descendait dans son dos. J'étais stupéfait, car devant moi se tenait non pas Samantha, mais une reine.

Elle tenait un bouquet de fleurs rouges — un mélange de coquelicots, de lys canna, d'amaryllis, d'œillets rouges et de roses rouges. Je l'ai regardée en souriant, la poitrine serrée. Elle était plus belle qu'un diamant. Je n'arrivais pas à croire que c'était la femme qui allait devenir mon épouse. Elle a remonté lentement l'allée au son d'une chanson d'amour gothique-romantique, suscitant l'admiration de la foule. Ses yeux ont croisé les miens lorsqu'elle s'est retrouvée à mes côtés, et un sourire s'est dessiné sur ses lèvres.

Comme l'avait expliqué l'aîné Báthory, le mariage se déroulerait en deux parties. La première portait sur les devoirs des rois et des reines, et la seconde sur notre union. Elle commença à parler des rois et des reines du passé. Elle a rappelé les actes glorieux qui avaient été accomplis, mais aussi les actes exécrables, nous rappelant de ne pas répéter les erreurs du passé. Elle a lu le livre des vampires, expliquant comment un roi et une reine devaient agir, une partie fastidieuse, mais nécessaire puisque Samantha était officiellement intronisée.

Lorsqu'elle a fini de parler d'obligations, elle a parlé de mariage.

« Qu'il y ait des espaces dans votre union, commença Báthory, que votre amour soit une mer mouvante entre les rivages de votre âme. Aujourd'hui, nous célébrons l'amour de Nathan, souverain des vampires, et de Samantha, noble vampiresse. »

Le mot « amour » a fait bondir mon cœur. J'étais si heureux de m'unir enfin à Samantha. J'avais hâte de l'appeler enfin mienne, de la tenir dans mes bras tous les soirs. Je ne m'attendais pas à ce que ma femme et ma vassale s'entendent aussi bien, et j'étais reconnaissant à Samantha d'avoir accepté si facilement le rôle de sœur d'Émeraude.

L'aîné Bàthory sortit la Coupe de l'Union, qui transmettait une partie du pouvoir royal à Samantha. Comme elle n'était pas de sang royal, il était de tradition de lui transmettre une partie de mon pouvoir inné, afin que ses capacités soient supérieures à celles d'un vampire commun. Bàthory s'approcha de moi avec une dague et m'ouvrit légèrement le poignet — la douleur étant inexistante dans mon état d'euphorie — laissant couler quelques gouttes de mon sang dans la coupe.

Elle tendit la coupe à Samantha tandis que je refermais la plaie d'une poussée de mon pouvoir.

« Samantha, en tant que reine, acceptez-vous le pouvoir royal offert aujourd'hui ? »

Samantha respira et acquiesça. « Oui. »

Samantha prit la coupe à deux mains, la porta à sa bouche et but mon sang pendant que Bàthory récitait l'ancien sort vampirique qui lierait mon sang au sien, multipliant ainsi sa force.

« Le moment est venu pour vous d'échanger vos vœux », dit Bàthory.

Je me suis éclairci la gorge en regardant Samantha dans les yeux. Il était temps pour moi de parler.

« Je jure de te faire rire, d'essuyer tes larmes et de te serrer contre moi. J'encouragerai tes succès et je te soutiendrai dans les moments difficiles. Je promets d'être ton ami pour toujours et de t'aimer de tout mon être ».

Samantha souriait quand j'ai eu fini, et du coin de l'œil, j'ai vu Émeraude essuyer une larme.

Samantha prit une profonde inspiration et parla avec assurance, sa voix résonnant dans la pièce. « Ce soir marque le début d'une nouvelle vie, et je ne pourrais pas être plus heureuse. Mes prières ont enfin été exaucées. Je me suis réveillée en tant que vampiresse et je me coucherai en tant que reine. Je promets de rester à tes côtés jusqu'à ce que la mort nous sépare. »

« Alors, Nathan, voulez-vous prendre Samantha comme épouse légitime ? »

En regardant Samantha dans les yeux, j'ai répondu : « Oui. »

« Et toi, Samantha, tu prends Nathan comme mari légitime ? »

Samantha prit une grande inspiration. « Oui. »

Mon cœur a battu la chamade à ces mots. La vieille vampiresse prit ensuite la parole : « Je vous déclare mari et femme, roi et reine d'Ichoryllia. Vous pouvez embrasser la mariée. »

La foule s'est levée et a applaudi. J'ai fait un pas en avant, prenant la joue de Samantha dans ma main pour embrasser ma femme…

Un cri retentit, brisant l'instant. Des dizaines d'hommes sortirent de la foule, dégainant des épées ou conjurant des sorts. Mon cœur battait à tout rompre dans ma poitrine et un moment de panique m'envahit, vite remplacé par de la colère. Je n'avais aucune idée de l'endroit d'où venaient ces gens ni comment ils avaient pu apporter des armes à mon mariage.

J'ai ordonné, « Gardes ! Saisissez-les ! »

Les invités bondirent de leurs sièges, tentant de quitter le combat, mais avec une précision mortelle, les assassins abattirent toutes les personnes à leur portée. Les dizaines de gardes présents dans la salle se joignirent à la mêlée, tentant de protéger les invités et de repousser les rebelles.

Sentant le danger, je me suis instinctivement jeté en avant, évitant de justesse une puissante décharge de magie vampirique. Le sort frappa le mur derrière moi, laissant une empreinte. À quelques mètres de là, un grand vampire blond me fixait, ses yeux bleu brillant légèrement. Le vampire grogna et vola vers moi. Ne voulant pas mettre ma femme en danger, j'attrapai une épée tombée au sol et me lançai sur lui.

Nous nous sommes rencontrés dans les airs. L'assassin a tenté de m'attaquer, mais j'ai bloqué son coup avec mon épée du mieux que j'ai pu. Se battre en volant demandait plus de concentration qu'au sol, mais j'avais des années de pratique. D'un coup, je projetai l'assassin vers le plafond, mais il utilisa immédiatement ses pieds pour se propulser encore plus vite vers moi, essayant de me transpercer avec sa dague. Je parai son coup avec mon épée, mais je fus surpris par sa force. Un simple vampire n'était pas censé être aussi fort.

Nous nous sommes battus dans les airs pendant quelques minutes, mais l'effort devenait trop important, et nous sommes finalement descendus au sol, où il était plus facile de repousser un attaquant.

Les gens se défendaient contre des dizaines d'assassins qui semblaient tous vouloir converger vers moi. Tout autour de moi, c'était le chaos. Des vampires et des humains armés d'arcs et d'épées, certains armés d'un pied de chaise cassé ou de tout ce qu'ils pouvaient trouver, se battaient contre des assassins vampires, tous vêtus de leur plus belle tenue. Le bruit des lames qui s'entrechoquent, des sorts et des flèches qui sifflent se mêlait aux cris et aux hurlements des gens.

Je retournai mon regard vers l'assassin blond juste à temps pour bloquer un nouveau coup de sa part. Sa force était déconcertante, et ses yeux brillaient d'une énergie primitive. J'aurais besoin de toutes mes forces pour le repousser. Canalisant mes pouvoirs seigneuriaux, une aura de puissance royale m'enveloppa. Un sentiment d'étrangeté m'envahit tandis que je sentais le loup-garou en moi, joignant sa force à mon côté vampirique, les deux s'unissant pour repousser l'assassin. Cela ne s'était jamais produit auparavant et j'étais abasourdi, mais je ne pouvais pas m'arrêter pour y réfléchir.

Rempli d'une force inégalée, je déchaînai une vague de puissance sur mon agresseur. L'assassin devant moi se figea, mais, contre toute attente, résista à ma magie. Il se ressaisit et sortit un couteau de sa veste, me fixant avec une détermination inébranlable.

L'assassin se déplaçait avec une grâce mortelle, mais j'étais plus rapide que lui en tant que roi et hybride. Ma lame rencontrait chacun de ses coups dans une symphonie d'acier. Nous tournâmes en rond, l'assassin essayant de trouver une faiblesse qu'il pourrait utiliser contre moi, nos corps pris dans une valse mortelle.

Chacun de mes coups était délibéré et contrôlé, et j'y insufflais une immense puissance. Malgré chaque coup, l'assassin continuait à me balancer sa dague avec détermination. Je fus surpris par la résistance de l'assassin — aucun vampire ordinaire n'aurait survécu à autant de coups.

« Qui es-tu ? » Ai-je craché entre deux coups.

L'assassin grogna et dévia l'un de mes coups. « Je suis le traqueur d'ombres. »

« Qui t'a envoyé ici ? »

Mais le Traqueur d'Ombres restait silencieux et continuait d'attaquer sans relâche. Il essaya d'utiliser ses pouvoirs vampiriques sur moi, projetant des illusions de lui-même tout autour, essayant de me tromper, mais cela ne servait pas à grand-chose, je voyais clair dans son jeu.

Les minutes se transformèrent en une éternité tandis que le combat se poursuivait. Le chaos régnait toujours autour de moi, mais de nombreux cadavres gisaient à présent sur le sol, et l'odeur du sang était écrasante. Je me rendis compte, à la réflexion de la lumière sur les armures, que la plupart des cadavres étaient des gardes. Je jetai un coup d'œil et vis Samantha et Émeraude, protégées par quelques gardes restants entourés d'assassins. Intérieurement, j'étais furieux qu'elles ne soient pas encore en sécurité, mais je ne pouvais pas leur venir en aide.

J'ai crié, saturant ma voix d'une force qui a atteint leurs oreilles. « Qu'attendez-vous ? Sortez la reine et ma vassale d'ici ! Mettez-les à l'abri ! »

Inquiet, j'ai été distrait, et la bise froide du métal s'est enfoncée dans mon épaule. Une douleur fulgurante m'a saisi et j'ai titubé en arrière. Le tueur ramassa une épée sur un corps proche et la balança vers moi. J'esquivai le coup, mais perdis pied, ma couronne tombant sur le sol. L'épée de l'assassin frappa la couronne, le verre se brisant en morceaux. J'ai grogné en retirant la dague de mon épaule avec un bruit sourd et écœurant.

L'assassin ricana. « Tu es mort. »

Je réprimai une vague d'agonie et continuai à me battre, mais je m'affaiblissais à une vitesse incroyable, mes coups étaient lents et mes pas mal assurés. Le feu dans mon épaule et mes forces déclinantes ne me laissaient pas d'autre conclusion : la lame était empoisonnée.

Les autres assassins m'entouraient maintenant et il devenait évident que je ne pourrais pas tenir plus longtemps. Je devais partir avant de ne plus avoir la force de voler.

« Nathan ! » Un cri a résonné dans la pièce et mon cœur s'est figé.

Je me suis retournée pour voir Émeraude, sa robe blanche couverte de sang, tenant un couteau dans sa main tremblante. Les assassins étaient sur elle, comme des bêtes sauvages sur leur proie.

« À l'aide ! », a-t-elle crié.

Une cascade de pensées m'assaillit d'un seul coup, suivi d'un sentiment de confusion. Je ne comprenais pas pourquoi les gardes ne l'avaient pas mise à l'abri. S'était-il passé quelque chose ? Au moins, Samantha était partie. Ignorant mes assaillants, je rassemblai mes forces et m'élançai vers le plafond. Mon cœur battait la chamade — rien n'était plus important que de la sauver. La douleur me fit grogner, mais mon loup-garou me prêta à nouveau sa force et je m'élançai vers Émeraude. D'un seul coup, je poignardai l'assassin qui tentait de la tuer et la serrai contre moi d'une poigne serrée.

« Qu'est-ce que tu fais encore ici ? » Sifflai-je. Mais je n'eus pas le temps d'attendre sa réponse, car le traqueur d'ombres était toujours à ma poursuite. Il semblait qu'il ne serait pas satisfait tant que je ne serais pas mort.

« Je connais un moyen de sortir », s'écria Émeraude.

Je l'attrapai, un léger grognement s'échappant de ma poitrine. Je ne savais pas pourquoi mon loup avait choisi ce moment pour se manifester, mais j'étais bien content qu'il l'ait fait. Je n'aurais pas pu résister à la puissance mortelle du poison sans son aide. Ravalant l'agonie, je m'envolai hors de la cathédrale, laissant le chaos derrière nous. Je sentais le vampire blond nous suivre tandis que j'obéissais aux instructions d'Émeraude qui nous emmenait dans les couloirs du château. Bien qu'ayant vécu ici toute ma vie, je n'avais aucune idée de la raison pour laquelle elle me conduisait dans les couloirs de l'ouest, mais je savais qu'il fallait lui faire confiance.

La seule chose qui comptait maintenant était de quitter le château en vie.

Nous sommes arrivés dans un couloir sans issue et j'ai poussé un juron. Émeraude débarqua de mes bras et me fit signe de rester silencieuse. L'assassin n'était pas loin, mais il ne nous avait pas encore rattrapés.

Émeraude trouva un creux dans l'une des briques du château et sortit une petite clé d'une des poches de sa robe. Elle glissa la clé entre les pierres et la tourna — une porte s'ouvrit, petite et étroite. Malgré le choc, je l'ai suivie dans le tunnel sombre. Dès que nous fûmes à l'intérieur, elle appuya sur un interrupteur et l'ouverture se referma derrière nous dans un grondement sourd. Je n'avais aucune idée de l'endroit où menait ce tunnel, mais je n'avais pas le choix.

Je m'affaiblissais, le poison s'enfonçait plus profondément en moi.

Émeraude me fit signe de la suivre et commença à marcher en silence. Je poussai une vague de pouvoir vampirique autour de nous pour étouffer nos bruits. Quelques secondes plus tard, j'entendis l'assassin jurer dans le couloir derrière nous. Nous nous enfonçâmes dans le tunnel sombre — nous devions continuer à avancer.

L'adrénaline qui m'avait permis de tenir le coup commençait à s'estomper, mes pensées s'éparpillaient comme de la poussière, mais je n'arrivais toujours pas à croire ce qui s'était passé. J'ai posé ma main contre le mur pour m'empêcher de tomber, mes jambes devenant faibles, les larmes menaçant de couler de mes yeux, hyperventilant à mesure que la réalité s'imposait à moi.

Ce devait être le plus beau jour de ma vie, celui où j'épouserais la vampiresse que j'aimais. Puis des assassins ont surgi de nulle part et j'ai dû fuir avec ma vassale, sans même savoir si ma femme était en sécurité. La douleur à l'épaule me rappela que je n'étais pas encore sorti d'affaire. Il fallait s'occuper du poison, qui abolissait mon pouvoir de régénération, et je sentais déjà mon loup s'éteindre à nouveau. Je devais agir vite avant que le poison ne s'étende trop loin.

Chapitre 13 (Érendriel)

Cauchemar

« **É**rendriel », a-t-elle murmuré alors que je traversais ce lieu de désolation. Tout autour de moi n'était que ténèbres et brouillard. J'errais dans les environs, cherchant désespérément une issue.

« Érendriel. » Sa voix résonnait de partout. Elle était la maîtresse des lieux.

Puis j'ai senti ses mains froides sur mon dos. Elle ne s'était jamais montrée à moi. Je n'avais vu que le bout de ses ailes grises, qui dépassaient parfois devant moi, et son toucher. Ses mains étaient si froides qu'elles me glaçaient le sang, et je me demandais si ce n'étaient pas les mains de la mort. Mais comme j'étais en vie à chaque fois que je me réveillais, je me disais que ce n'était pas la mort. Ce n'était pas possible.

« Tu m'obéiras, Érendriel », me chuchota-t-elle à l'oreille, sa voix étant empreinte de puissance et d'autorité. Elle n'accepterait pas de réponse négative. En remplissant son contact de magie, je me figeai sur place, enfonçant des aiguilles de douleur dans mon dos.

« Le pouvoir t'attend, mais tu dois faire ce que je te dis… »

J'ai eu du mal à répondre, tant la douleur était intense.

« Oui… Je le ferai », ai-je réussi à dire en gémissant.

Son rire cristallin m'emplit les oreilles tandis qu'elle m'enfonçait à nouveau dans le dos, la douleur étant si grande que je tombai à genoux, luttant pour respirer. Des gouttes de sueur coulèrent de mon front jusqu'au sol alors qu'elle frôlait mon oreille une fois de plus. « Bon garçon ».

Je me suis réveillé en sueur dans mon lit avec une horrible douleur dans le dos. C'était encore ce fichu cauchemar, le même que je faisais depuis des mois. Il devenait de plus en plus intense, de plus en plus vivant.

Je n'avais parlé à personne de ces cauchemars. Qu'en penserait-on si je le faisais ? Les gens penseraient-ils que j'étais fou ? Qui était la personne qui me tourmentait ? Elle avait une telle présence, un tel pouvoir ! Je n'avais jamais vu personne d'autre dans ce monde désolé et obscur.

J'avais tant de questions, mais les marques rouge-bleu sur mon dos me rappelaient que c'était bien plus qu'un cauchemar. Je devais faire ce qu'elle me disait, ou je le regretterais.

Un frisson de peur m'a parcouru. J'ai jeté un coup d'œil à l'extérieur pour voir que le soleil s'était levé depuis longtemps. J'avais dormi plus longtemps que d'habitude. Mon cœur s'est emballé lorsque je me suis souvenu du jour que nous étions. Aujourd'hui était un jour important. Tout allait bientôt se mettre en place.

C'était peut-être déjà fait.

Chapitre 14 (Caleb)

Guilde des voleurs

Ma bouche s'ouvrit lorsque j'arrivai au bout du couloir. Où diable étaient-ils passés ? Avais-je pris le mauvais chemin ? Il n'y avait pas de fenêtre, mais il devait bien y avoir une issue. Je m'approchai du mur, à la recherche d'une porte cachée. Des voix résonnèrent dans le couloir.

« Il est parti par-là ! »

Je frappai de la main la pierre rugueuse, exaspéré. Ces maudits gardes avaient fini par me rattraper.

L'un d'eux s'écria : « Vous êtes en état d'arrestation !

Je sifflai et me lançai sur lui, utilisant ma force physique et vampirique pour le maintenir contre le mur, ma main sur sa gorge. Le garde tenta de me repousser, mais il n'avait aucune chance. Des années de tueries m'avaient entraîné à être plus fort et plus résistant que la plupart des gens, tirant ma force de mon monstre de soif de sang.

L'autre garde tenta de s'interposer, mais je lançai une vague de magie dans sa direction, l'envoyant voler contre l'autre mur, la poussière s'envolant dans les airs, et le garde tombant inconscient sous l'impact. Je continuai à étrangler le premier garde, regardant ses forces s'épuiser, ses luttes diminuer jusqu'à ce que toute vie l'abandonne.

Les gens disaient que la naissance d'une personne était unique, mais je pensais que le fait d'assister au dernier souffle d'une personne était bien plus impressionnant. La fin de la vie est poétique, c'était comme regarder les étoiles et la lune disparaître lorsque la lumière du soleil les éclipse, faire le deuil de quelque chose qui a été et qui ne sera peut-être plus jamais. Le rideau qui tombe après une pièce de théâtre dans laquelle l'acteur n'aura plus jamais de rôle, la vie qui s'estompe d'une fleur qui se referme à jamais. C'était une honte que les gens meurent seuls de vieillesse. Il était bien plus amusant d'être la cause de leur fin.

J'ai entendu des pas venant d'un peu plus loin dans le couloir. D'autres gardes arrivaient. Je suppose que je n'aurais pas le choix. J'ai bondi au plafond et j'ai volé d'un couloir à l'autre, à la recherche d'une fenêtre ouverte. L'une des portes était ouverte et je me suis précipité dans la pièce.

La pièce était encombrée d'objets, d'animaux morts dans des bocaux de liquide, de crânes et de fioles, de vieux livres et de poussière qui s'accumulait sur les étagères. Une odeur étrange flottait dans l'air, mais cela n'avait pas d'importance, car je pouvais voir une fenêtre ouverte au bout de la pièce.

Un très vieux vampire et un jeune se sont tournés vers moi alors que je traversais la pièce. Il s'agissait probablement d'un sorcier et de son apprenti, vu les potions et les objets magiques qui remplissaient la pièce. Le vieux vampire cria quelque chose et tenta de me jeter un sort, mais je l'évitai facilement et m'envolai.

Je ne savais pas si les gardes allaient me poursuivre, alors j'ai continué à voler aussi vite que possible. Je me suis détendu quand j'ai réalisé qu'ils ne me suivaient pas. Au moins, la personne qui m'avait engagé n'avait pas menti en disant que personne ne me poursuivrait. J'atterris lorsque je fus loin du château et continuai à pied pour ne pas attirer l'attention des gens. Les vampires ne volaient pas en ville. Ils ne le faisaient que lorsqu'ils parcouraient de longues distances ou qu'ils fuyaient, car cela leur demandait beaucoup d'énergie.

Je traversai le pont de bois qui enjambait les eaux silencieuses de la rivière et suivis le chemin pavé jusqu'à ce que je sois bien à l'écart de la partie riche de la ville. D'ici, on pouvait apercevoir le château au loin. Une légère odeur d'humidité et de pourriture flottait dans l'air. Des nuages sombres envahissaient lentement le ciel — il pleuvrait ce soir.

L'architecture autrefois élégante des maisons avait succombé à la négligence et au temps ; leur grandeur était maintenant fanée et usée. Les maisons étaient adossées les unes aux autres et formaient une grande façade, leurs portes s'ouvrant directement sur la route. Ici, les gens n'avaient pas les moyens d'avoir une cour ou n'en voulaient pas.

Les enfants se cachaient derrière leurs parents et les gens s'écartaient de mon chemin. Ma chemise blanche était déchirée et couverte de sang, mais je m'en moquais. Dans ce quartier, les gens s'occupaient de leurs affaires et ne posaient pas de questions. Vu mon apparence, ils n'auraient jamais osé s'approcher de moi.

Au milieu de cette rangée de maisons se trouvait la mienne. J'avais réparé les briques et les fenêtres branlantes. Ce n'était peut-être pas la plus belle, mais c'était mon refuge quand je n'étais pas en mission à l'extérieur de la ville.

J'étais reconnaissant que mes voisins ne soient pas là pour me voir. Pour eux, j'étais un vendeur itinérant qui se rendait dans des contrées lointaines pour recueillir des épices exotiques, ce qui expliquait mon absence pendant tant de jours. J'avais gardé le secret sur mon véritable travail et j'avais l'intention que ça reste ainsi. S'ils me voyaient maintenant, je ne sais pas quelle histoire pourrait expliquer un marchand d'épices couvert de sang.

La porte a grincé lorsque je l'ai ouverte — un jour, j'y remédierai. J'ai pénétré à l'intérieur, les tapisseries opulentes étaient craquelées et s'écaillaient. Il y a longtemps que j'avais mis sur ma liste de choses à faire de les enlever et repeindre l'intérieur, mais je n'avais jamais trouvé le temps de le faire.

Quelques livres encombraient le sol. La petite table en bois ne me permettait pas de ranger tous mes livres et je n'avais pas pris la peine d'acheter une étagère. Ma vie me semblait aussi chaotique et désordonnée que mon vieux canapé usé et mité.

J'ai marché jusqu'à l'armoire située à l'extrémité du salon, mes pieds traînant sur le tapis usé, les particules de poussière dansant dans les faibles rayons de lumière qui filtraient à travers les fenêtres.

Je me suis servi un verre de whisky et me suis assis à la table. Malgré son état déplorable, c'était ma maison et j'en étais sacrément fier. Un jour, j'aurais assez d'argent pour la faire réparer. Bon sang ! Je pourrais même rembourser mes dettes, acheter une maison plus grande et peut-être même commencer un travail honnête. Enfin, si j'arrivais à trouver ce putain de roi et à le tuer comme je devais le faire.

J'ai bu une gorgée de whisky, le liquide m'enflammant la gorge en descendant. Je n'arrivais toujours pas à croire qu'il m'avait échappé. Dès le début, je savais qu'il était fort. Mes deux clients m'avaient prévenu lors de mon embauche, et il était clair qu'Érendriel avait peur de lui. J'avais passé en revue tous les points avec l'équipe d'assassins avant le mariage. Nous aurions dû réussir. J'ai même réussi un coup de ma dague empoisonnée ! Je m'attendais à ce qu'elle soit plus mortelle pour lui, mais il s'était enfui et m'avait filé entre les doigts.

J'ai tapé du poing sur la table avec colère, les assiettes en porcelaine ont vibré sous le choc. Je n'ai *jamais* manqué à un contrat. Cela aurait un impact significatif sur ma réputation, un impact que je ne pouvais pas me permettre. Je trouverais ce salaud et le tuerais à mains nues s'il le fallait. Trop de choses dépendaient de cet argent pour que j'y renonce, et tout ce que j'avais pour l'instant, c'était les cinq mille pièces qu'on m'avait données à l'avance. J'ai avalé une autre gorgée de whisky, le regard vide, regardant les nuages bouger avec le vent, écoutant le grondement du tonnerre. La pluie n'avait pas encore commencé, mais cela ne saurait tarder.

Mon verre était vide lorsque j'ai réalisé ce que j'allais faire ensuite. J'ai souri. Ce roi ne pouvait pas rester caché éternellement, n'est-ce pas ? Je le trouverai. J'ai enlevé ma chemise blanche et j'ai enfilé une de mes chemises noires et un jean foncé. Je me suis assuré d'être bien coiffé avant de quitter la maison. Même les tueurs se préparent avec style.

Je me suis rapidement rendu à la guilde des voleurs. Quelques mages encapuchonnés étaient présents lorsque j'entrai. Je haussai un sourcil, me demandant ce qu'ils faisaient ici — il était rare de trouver des mages dans ces passages. Ils discutaient avec Vince, qui tenait un bâton orné d'un cristal.

« Cela ne faisait pas partie du marché », cria le premier mage, plus grand que les autres. Ses cheveux blancs semblaient briller dans l'obscurité de la guilde.

« S'il vous plaît, restons calmes », insista le maître de la guilde, quelques brutes se tenant prêtes au cas où les choses s'envenimeraient, couteaux à la main.

« Le fait est que nous avons travaillé dur pour nous rendre à Mytvathyr et obtenir cet artefact pour vous. Il se trouve que nous avons eu le temps de faire des recherches sur le bâton des origines. Nous avons découvert que de nombreuses personnes seraient intéressées par son achat. Il semble qu'il soit très puissant… Nous savons à quel point cet objet est vital pour les Miłonbloodeurs. Nous ne voudrions pas que vous soyez surenchéri par un autre client. Il est juste que nous vous proposions de l'acheter à un prix plus élevé avant d'aller le proposer à d'autres clients. »

« C'est dix fois le prix que nous avions convenu », dit le premier mage.

« Voleur ! », cria un autre.

Le maître de la guilde sourit, amusé par leur indignation, ses canines apparaissant. « Précisément ! »

« Tu étais censé voler l'artefact pour nous ! » hurla le second mage, plus jeune, ses cheveux bruns dépassant du capuchon de sa cape.

« Nous l'avons fait », répondit Vince en haussant les épaules. « Ce n'est qu'un léger changement de plan. Mais si vous n'êtes pas satisfait du prix demandé » — ses yeux brillaient en parlant — « nous pouvons le mettre sur le marché et voir combien nous en obtiendrons. »

Les mages marmonnèrent quelque chose. « Très bien… *Nous nous en souviendrons* », siffla-t-il.

Le maître de guilde haussa les épaules, imperturbable. « Tu pourras apprendre à voler et le faire toi-même la prochaine fois. »

Le premier mage fronça les sourcils. Ma lèvre se retroussa aux paroles de Vince, car je savais pertinemment que les mages n'iraient pas voler eux-mêmes et qu'ils reviendraient faire affaire avec la guilde malgré le prix exorbitant. La guilde des voleurs était la meilleure, et personne ne pouvait rivaliser avec leurs compétences. Le mage fit un geste vers les autres, qui sortirent des pochettes de leur cape et comptèrent les pièces d'or. Le maître de la guilde sourit malicieusement, s'assurant que tout était là avant de remettre l'objet tant désiré.

« C'est un plaisir de travailler avec vous. »

Les mages me dépassèrent en sortant de la guilde, le cristal du bâton scintillant légèrement dans l'obscurité.

Vince a souri en me voyant. « Caleb! Quelle belle surprise ! Je ne m'attendais pas à te voir. »

J'ai souri en retour. Je n'étais pas venu ici depuis l'autre jour, lorsque j'ai annoncé la mort de Timmy. J'avais voulu venir plus tôt, mais je n'avais pas trouvé le courage de le faire.

« Je voulais savoir comment tu allais. »

« Beaucoup mieux, merci. »

Ces mots m'ont soulagé. J'avais craint que la mort de l'enfant ne change à jamais mon vieil ami, mais j'étais heureux de retrouver la personne que j'avais connue il y a si longtemps.

J'ai ajouté : « J'ai aussi des affaires à régler. »

Le maître de la guilde remit les pièces d'or aux voyous qui se trouvaient à proximité pour qu'ils les rangent, tandis qu'il s'avançait pour me saluer comme il se doit. Au fil des ans, j'avais aidé la guilde à quelques reprises lorsque des demandes de meurtre avaient été formulées, mais que personne n'avait osé les exécuter. Je ne demandais que très rarement des services à la guilde, alors c'était exceptionnel.

Il s'exclama théâtralement en s'inclinant légèrement. « Ce n'est pas tous les jours que Maître Caleb a besoin de nos services ! »

Je me suis esclaffé. « Qu'est-ce que je peux dire ? Tu as la crème de la crème ! »

Vince rit. « Alors, que pouvons-nous faire pour toi ? »

« J'ai besoin d'informations. »

Il est devenu sérieux et a crié : « Tout le monde ! Rassemblez-vous ! »

Une poignée de voleurs s'est approchée, formant un cercle autour de nous.

La voix du maître de la guilde retentit alors qu'il parla. « Vas-y, fais ta demande. »

Tous les regards étaient braqués sur moi et j'ai pris une grande inspiration. « Vous n'êtes peut-être pas au courant, mais le château a été attaqué et le roi a disparu. »

Le maître de la guilde rit, rompant le silence. « Tu nous sous-estimes si tu penses que nous ne sommes pas au courant. Les nouvelles se répandent vite, et nous sommes toujours les premiers à savoir. »

J'ai gloussé, heureux que la guilde soit restée fidèle à sa réputation.

« Bien, je dois savoir où se trouve le roi. »

« C'est un grand défi et une personne importante. J'ai cru comprendre que tu offres une bonne quantité d'or en échange ? »

L'avance d'argent qu'Érendriel m'avait donnée était tout ce que j'avais pour l'instant, mais j'obtiendrais bien plus lorsque j'aurais tué la cible. Le prix en valait la peine.

« Cinq mille pièces. »

Tout le monde est resté bouche bée à cette annonce. Il suffisait à un homme d'arrêter de voler et de mener une vie modeste sans trop se préoccuper du travail. Le maître de la guilde hocha la tête, impressionné. « J'en déduis que tu as de bonnes raisons de partir à la recherche du roi ? »

J'ai acquiescé. « L'implication de la guilde des voleurs dans cette affaire sera gardée secrète et la réputation de personne ne sera en jeu. Tout ce que je veux, c'est l'information. Je travaillerai seul par la suite. »

Vince acquiesça, satisfait de ma réponse. La protection de la guilde et de ses membres a toujours été une priorité pour le maître.

« Venez me voir personnellement quand vous saurez où se trouve le roi. Vous aurez l'argent quand j'aurai mis la main sur lui. »

Des murmures se répandirent parmi les hommes. Le maître de la guilde prit la parole avant tous les autres. « Vous l'avez entendu. Allez-y ! »

J'ai regardé les hommes se disperser et sortir de la guilde, satisfait. Il ne restait plus qu'à attendre, et je trouverais ce maudit roi. Ensuite, je récupérerais le reste de mon argent.

Chapitre 15 (Samantha)

Nouvelle reine

Je faisais les cent pas dans ma chambre, le cœur battant fort dans ma poitrine. Qu'est-ce qui se passait ? Mon mariage n'était pas censé se dérouler comme ça, quel désastre ! Je me suis arrêtée devant la fenêtre, regardant les nuages gris dans le ciel, essayant de me calmer, mais j'hyperventilais. J'ai ouvert la fenêtre et une brise d'avant l'orage, chargée de lourdeur et d'humidité, est entrée dans la pièce, imprégnée de l'odeur de la mer. Nous étions loin des vastes étendues d'eau, mais les tempêtes qui remontaient de cette région dégageaient souvent une odeur unique, que j'aimais généralement.

Calme-toi, Samantha ! Tout va bien, me dis-je. De qui je me moquais ?

Tout devait bien se passer, dis-je mentalement à Alastor, les larmes menaçant de couler de mes yeux.

Mon père disait toujours : « Trouve le positif dans chaque situation, Samantha. »

C'était sa façon de gérer les choses, qui lui réussissait toujours. Peut-être que je devrais essayer, peut-être que cela me conviendrait. Il n'y a pas de meilleur moment que le présent pour commencer.

Positif. Voyons voir, eh bien, j'étais maintenant officiellement la reine d'Ichoryllia. C'était bien, en fait, c'était époustouflant. Je rêvais depuis longtemps de devenir reine, et j'avais rétabli mon nom de famille.

Père serait fier.

Mon cœur se serra. Avait-il échappé à l'attaque ? Je n'avais pas eu le temps de voir s'il était en sécurité dans ce chaos. Je fermai les yeux et récitai une rapide prière, demandant à Alastor que mon père soit sain et sauf.

J'étais tellement occupée à regarder le combat de Nathan que j'avais perdu de vue tout ce qui m'entourait. À tel point que j'ai crié quand le garde a essayé de m'attraper et de me mettre à l'abri. Je l'avais pris pour un assassin. Même si je voulais rester pour voir ce qui allait se passer, j'ai obéi. Il ne serait pas approprié pour une reine de brandir une épée. Même si j'étais entraînée au combat, je n'utiliserais mes compétences qu'en dernier recours.

J'ai écouté pendant un moment et j'ai réalisé que je n'entendais aucun son. Le combat était-il terminé ? Nathan était-il victorieux ? Comment allaient les autres ? Tant de questions sans réponse — ne pas savoir me tuait.

Je tentai d'ouvrir à nouveau la porte, mais les gardes l'avaient verrouillée. Je m'écroulai sur le lit, vaincue, laissant échapper une grande bouffée d'air. Il ne me restait plus qu'à attendre.

J'ai regardé autour de moi dans la chambre où je m'étais réveillée ce matin. Ce soir était censé être la nuit où je pourrais enfin dormir dans la chambre royale, ce dont je rêvais depuis des mois. Je n'avais aucune idée de ce qui m'attendait maintenant.

Quelqu'un a frappé à la porte avant de la déverrouiller et de l'ouvrir.

« Votre Majesté », annonça l'un des gardes du château.

J'ai retenu mon souffle, impatiente d'entendre les nouvelles qu'il apportait. « Oui ? »

« Je crains que le roi n'ait disparu. »

J'ai sursauté en entendant ces mots.

« Que voulez-vous dire par disparu ? Est-il mort ? »

Le garde secoua la tête.

« Non, je veux dire que nous ne savons pas où il est. Il est parti. »

L'agitation a envahi mes membres et j'ai serré le drap dans mes mains. J'étais une jeune mariée et je ne savais même pas si mon mari était en vie. C'était désastreux !

« Les gens attendent », poursuivit-il, inconscient. « Vous devez leur parler. »

Je suis soudain revenue à la réalité. En tant que reine, il était de mon devoir de rassurer les gens, même lorsque ma vie était bouleversée. J'étais un pilier pour eux. Si je tombais, la ville tomberait aussi. J'ai acquiescé.

« Conduisez-moi à eux. »

Je suivis le garde et nous traversâmes les couloirs silencieux du château jusqu'à la cathédrale, répétant les pas que j'avais faits ce matin avant mon mariage. Je me souvenais de la joie que j'avais ressentie, mais elle était maintenant remplacée par l'effroi.

Mon cœur a sombré lorsque j'ai vu la destruction de la cathédrale. Une forte odeur métallique de sang emplissait la pièce, mélangée à l'odeur des matières fécales, me forçant à retenir la nausée qui montait. Des débris jonchaient le sol, des cadavres avaient été écartés pour laisser passer les survivants, la plupart des bancs et des chaises avaient été brisés, et le gâteau était éparpillé sur le sol. Les gens se serraient les uns contre les autres, effrayés, les larmes coulant sur leurs joues, regroupés en une foule dense vers le centre de la salle. Tous les efforts déployés pour organiser ce mariage n'avaient servi à rien.

« Samantha ! »

Le soulagement m'a envahi lorsque j'ai reconnu la voix de mon père. Je me suis retournée. Il courait vers moi, les bras tendus, les larmes aux yeux, et je suis allée le rejoindre dans son étreinte.

« J'avais tellement peur de te perdre », a-t-il murmuré, de doux sanglots brisant sa voix.

« Moi aussi », ai-je répondu. Je ne pouvais pas imaginer une vie sans lui.

Nous avons rompu l'étreinte et j'ai passé mes mains sur le devant de ma robe encore intacte, je lui ai souri et je suis restée calme comme une reine devrait l'être — comme j'avais *besoin* de l'être. Je regardai tout le monde, prenant le temps d'observer chacun.

« Je suis soulagée de voir que vous allez tous bien. »

Je m'approchai de la plate-forme surélevée, où je me trouvais il y a quelques heures à peine avec Nathan et l'aînée Báthory.

Les gens me dévisageaient lorsque je passais devant eux, leurs regards étaient à la fois réconfortants et paralysants. Il était étrange d'être ici quelques minutes seulement après la mort de tant de gens, mais ceux qui étaient encore en vie avaient besoin de réconfort maintenant. Je me reposerai plus tard, quand tout sera rentré dans l'ordre.

Les gens se sont rapprochés de moi, le pas incertain, comme s'ils pensaient que le sol pouvait s'effondrer. J'ai attendu un moment, respirant profondément, essayant de trouver quoi dire. Mon cœur s'emballait et mes pensées s'embrouillaient. Il s'était passé tellement de choses en si peu de temps que je ne savais pas par où commencer, mais lorsque mes yeux ont balayé la pièce et que j'ai revu l'horreur des corps empilés, j'ai su que je n'étais pas la seule à avoir été testée. Je leur devais à tous de reconnaître la perte qu'ils avaient subie.

« Les événements qui se sont produits ici aujourd'hui sont terribles et inattendus. C'est une tragédie que nos proches aient perdu la vie et je pleure leur mort avec vous. J'espère seulement que le temps pourra consoler nos cœurs. »

Je fis une pause, laissant passer les sanglots de quelques vampires dans la foule avant de reprendre. « Le pire, c'est que mon roi bien-aimé, Nathan, a disparu. »

Des murmures s'élevèrent alors dans la foule et j'attendis, observant les gens. Lorsque le silence revint, je continuai : « N'ayez crainte, nous trouverons le roi, je vous le promets. En attendant, j'insiste sur le fait que la meilleure chose à faire est de rester calme. »

C'était la première fois que je prenais la parole en tant que reine et j'espérais que ce serait suffisant. J'étais fière de voir les gens applaudir. Le début de mon règne ne s'était pas déroulé comme je l'avais prévu, mais j'allais relever le défi.

« Vous pouvez rentrer chez vous et vous reposer. Si vous voyez le roi, prévenez le palais. »

J'ai regardé les gens partir, épuisés et encore choqués par ce qui s'était passé.

Mon père est venu me voir.

« Ce n'est pas tout à fait ce à quoi tu t'attendais, n'est-ce pas ? »

J'ai acquiescé, souriant malgré les événements. Mon père me connaissait si bien.

Il a ajouté : « Tu gères la situation comme une vraie souveraine. Je suis fier de toi, ma fille ».

Les mots me manquaient, mais une idée m'est venue à l'esprit. Je savais que ce n'était pas si important maintenant, mais mon père a travaillé si dur pour que ce jour arrive que j'ai senti que je devais le lui dire.

« Soyez heureux, Père, notre nom de famille a été restauré. »

Un sourire se dessina, mais il semblait tendu. « C'est vrai, mais je serai heureux quand tu seras en sécurité avec ton mari ».

Ses mots ont résonné dans mon cœur. « Ne t'inquiète pas, Père. Nous le trouverons. Tout ira bien. »

Il s'est légèrement incliné, reconnaissant ainsi mon nouveau titre, avant de partir.

Lorsque je me suis retrouvée seule avec les gardes, j'ai ordonné : « Vous deux, nettoyez ce désordre. Demandez aux serviteurs de commencer les réparations dès que possible. Vous autres, fouillez la ville. Ramenez le roi au château. »

Les gardes acquiescèrent et se mirent au travail tandis que je me retirais dans mes appartements, complètement vidée. Une prière s'imposait avant de me préparer aux tâches qui m'attendaient. C'était ce que je faisais toujours lorsque je me sentais perdue. Prier mon dieu était le réconfort dont j'avais besoin en ce moment. Il me donnerait la force nécessaire pour la suite.

Chapitre 16 (Nathan)

Fuite

Nous avons marché pendant ce qui nous a semblé être une éternité dans l'obscurité. J'ai serré mon épaule de l'autre main, essayant de contenir la douleur qui irradiait de plus en plus à chaque pas. Nous sommes arrivés à un cul-de-sac. La douleur m'envahit et je m'appuyai contre un mur pour me soutenir. Émeraude ne semblait pas ébranlée et fouillait le mur. Elle sembla trouver ce qu'elle cherchait et on entendit le bruit de briques en mouvement. Elle se tourna vers moi avec un sourire et je vis avec stupéfaction un passage s'ouvrir sur la cour arrière du château. Les mots me manquaient. Avoir vécu tous ces siècles dans le château sans connaître ce tunnel. Y en avait-il d'autres ?

Émeraude s'apprêtait à sortir, mais je l'en empêchai. Je n'avais entendu aucun bruit, mais je voulais m'assurer qu'un assassin ne nous attendait pas. Je sortis, retenant mon souffle, prêt à bondir sur tout intrus qui se trouverait à proximité.

Je me détendis lorsque je fus certain que nous étions en sécurité, et fis signe à Émeraude de me suivre. Elle me rejoignit dans le jardin de vignes du château. Nous nous trouvions dans un jardin luxuriant. Entourées de roses et de feuillages, nous étions à l'abri des regards indiscrets, même s'il faisait jour.

« Depuis combien de temps savais-tu pour le tunnel ? » demandai-je, encore abasourdi.

« Je le sais depuis que je vis au château », répondit-elle.

Cela n'avait aucun sens ! « Comment pourrais-je ne pas le savoir ? J'ai vécu ici toute ma vie ! »

Émeraude rougit. « Eh bien, ce sont les tunnels des serviteurs. Ils ont été construits il y a des siècles pour permettre aux serviteurs d'échapper à l'impitoyable seigneur vampire qui régnait à l'époque. Les serviteurs ont travaillé dur pour garder ces tunnels secrets. Ils ne devaient jamais être montrés à la royauté ou aux vampires et ne devaient être utilisés qu'en cas d'extrême urgence. »

J'ai haussé un sourcil. « Jamais montré à aucun vampire ? »

Émeraude se mordit la lèvre inférieure et haussa les épaules. « Nous devions nous échapper. La situation semblait appropriée pour les utiliser. »

J'ai souri. « Je suis content que tu m'aies montré. Sans toi, je ne serais probablement pas en vie. »

Un sentiment profond m'envahit à ce moment-là. Toute la puissance que les gens attribuaient à mes malédictions n'était pas suffisante pour que je batte l'assassin. Pourtant, Émeraude m'avait sauvé.

J'ai pris une grande inspiration et j'ai demandé : « Pourquoi n'étais-tu pas en sécurité avec les gardes ? Sais-tu où se trouve Samantha ? »

Émeraude secoua la tête.

« Les gardes voulaient nous emmener, Samantha et moi, dans nos chambres respectives. Ils ont tué les assassins pour pouvoir s'enfuir avec Samantha, mais j'ai été rapidement encerclé par d'autres assassins. Samantha avait disparu et les gardes qui me protégeaient ont été tués avant que je puisse m'échapper. J'en ai achevé un avec une dague, mais il en restait un. »

Elle a baissé les yeux sur ses mains et sa robe tachée de sang. Je pouvais entendre son cœur battre plus vite, encore choquée par ce qui s'était passé. Était-ce la première fois qu'elle tuait quelqu'un ?

« Tu es forte. Je suis fier de toi. Nous traverserons cette épreuve ensemble. »

Émeraude sourit à ces mots, apaisée. J'étais soulagé de savoir que Samantha était probablement en sécurité dans sa chambre. Cependant, je ne savais pas si les assassins étaient toujours dans le château ni combien de temps elle resterait en sécurité. Je craignais qu'elle ne soit attaquée.

Et qu'en était-il de ce traqueur d'ombres ? Il semblait prêt à tout pour me tuer. Je serrai les dents tandis qu'une nouvelle vague d'agonie me traversait l'épaule.

« Nous devons retourner à l'intérieur du château », ai-je dit en essayant de cacher la douleur dans ma voix.

« Nous ne pouvons pas. Tu es blessé ! Nous devons d'abord nous occuper de toi ! » cria Émeraude.

« Pourquoi ? » demandai-je. « Les meilleurs guérisseurs sont au château. »

Émeraude ouvrit la bouche pour parler, puis s'arrêta et prit une profonde inspiration. « Lorsque les assassins ont attaqué, nous avons été encerclés, et je les ai entendus dire que les tentacules de l'organisation s'étendaient plus loin que nous ne le pensions. Après cela, Samantha a été emmenée dehors, et le reste de ce qui s'est passé, vous le savez déjà. Quoi qu'il ait voulu dire, je ne pense pas que le château soit sûr, et je ne suis pas sûre de leur faire confiance pour s'occuper de toi… »… »

Il s'agissait d'implications sérieuses. Je faisais confiance à Émeraude et entendre cela me mettait incroyablement mal à l'aise : si elle était inquiète, je devais l'être aussi. Cela signifiait que je ne pouvais faire confiance à personne au château tant que je ne savais pas ce qui se passait. L'idée que tout cela ait pu être planifié… Je ne pouvais même pas commencer à le concevoir.

J'ai haleté, la douleur étant soudainement insupportable. Je tombai à genoux, mes jambes me lâchant, et je m'écrasai sur le sol, les épaules les premières. Émeraude était au-dessus de moi, à genoux, le visage crispé par la peur.

Je n'étais pas en état de me battre, de courir, de faire quoi que ce soit. Si j'essayais de retourner dans le château maintenant, j'étais mort.

« Nathan ! Qu'est-ce qui se passe ? » demanda-t-elle, inquiète.

Je grimaçai, étouffant un gémissement. « J'ai perdu trop de sang. »

« Prends le mien ! » ordonna-t-elle, enlevant les cheveux de son cou d'un coup sec.

Je grimaçai alors qu'une nouvelle vague de torture s'abattait sur moi, sapant le peu de force qu'il me restait. Les mains chaudes d'Émeraude se posèrent sur ma poitrine, étudiant la blessure et cherchant d'autres blessures qui pourraient être cachées, évaluant mon état. Des doigts pressèrent et tirèrent autour de mon épaule et je la vis haleter, les yeux écarquillés, devant la blessure.

« Nathan, ta peau… Il y a du noir partout. »

Mon corps était en feu, mon propre cœur se cognait contre ma cage thoracique, désespéré d'être libéré de cette agonie. « La lame… C'était du poison. »

« Pourquoi n'as-tu rien dit ? », s'est-elle emportée. « Peu importe, tu dois te nourrir… »

« Je ne sais pas si ça va marcher. »

Émeraude s'est jetée dans mon visage, les yeux à quelques centimètres des miens. « Nous devons essayer ! » Elle s'est détournée, dévoilant la peau délicate de son cou. Nos corps étaient si proches que je pouvais sentir la chaleur du sien malgré les rayons du soleil.

« S'il te plaît », supplia-t-elle.

Je plongeai mes crocs dans son cou et un gémissement émana de la femme au-dessus de moi. Le liquide chaud emplit ma bouche et je me délectai de son goût, avalant goulûment, espérant qu'il serait mon salut. Mes instincts prirent le dessus et je me retrouvai esclave de son sang, buvant gorgée après gorgée. Je sentais le cœur d'Émeraude battre à travers le mien, je sentais sa prise sur mon bras s'affaiblir.

Elle gémit : « Nathan ».

Je savais que je devais arrêter, je sentais son corps perdre de la force, mais le prédateur en moi refusait d'obéir.

Elle a demandé : « Je… S'il te plaît, assez. »

Ce n'est qu'à ce moment-là que je parvins à reprendre le contrôle de mon monstre. La femme prit une grande inspiration lorsque je retirai mes crocs de son cou et nous restâmes ainsi un moment ; Émeraude reprenant ses esprits et moi attendant que l'effet du sang se fasse sentir en moi.

« Tu vas bien ? » J'ai chuchoté.

Sa respiration était encore irrégulière, mais elle hocha doucement la tête. « Ça a marché ? »

J'espérais trouver de l'énergie, mais je me sentais toujours aussi faible, épuisé.

« Ça ne marche pas. » Mes mots semblaient aussi effrayés que je l'étais.

« Comment est-ce possible ? » murmura-t-elle, ses yeux verts me cherchant, comme si la réponse se trouvait quelque part sur mon corps.

Les mots qui suivirent eurent un goût aigre sur ma langue, tant cette prise de conscience était cruelle. « Le poison est trop fort. »

« Je vais chercher Lysandre… »

Mais j'ai secoué la tête, interrompant ses paroles. « Les assassins sont peut-être encore dans le château. »

Ses yeux sont devenus vitreux et mon cœur s'est emballé à cette vue. À quoi bon quitter le château si je mourais de toute façon ? L'assassin avait raison, j'étais déjà mort. J'attrapai les mains d'Émeraude, frottant mon pouce sur sa peau douce, écoutant le chant des oiseaux, seule chose qui brisait le silence entre nous.

Émeraude m'a soudain serré les mains. « Je sais exactement qui nous devons voir ! »

Je voulais demander, mais je n'en avais ni le temps ni l'énergie. Déjà, Émeraude m'empoignait, exigeant que je me lève. « S'il te plaît, suis-moi », insista-t-elle. « Je ne peux pas faire ça toute seule. »

Une agonie atroce m'a traversé alors que j'essayais de me tenir debout, mais je devais la supporter. C'était la seule solution. Émeraude ne pouvait pas me soulever seule, alors j'ai rassemblé toutes mes forces restantes et j'ai lutté pour me lever. Émeraude souleva un de mes bras et le passa autour de son épaule.

Nous sortîmes lentement du jardin du château, en suivant des chemins de terre cachés parmi les plantes, sur lesquels je ne m'étais jamais aventuré auparavant. J'étais étonné de constater que nous restions entièrement à l'abri des regards sous les vignes, même moi je ne pouvais pas voir le château d'ici. Le chemin était stratégiquement placé, et je me demandais si mes serviteurs l'utilisaient souvent à mon insu.

Nous sommes sortis du jardin et avons emprunté une rue étroite qui se promenait comme une allée cachée au cœur de la ville. Ce chemin sans prétention était à l'écart des grandes artères, niché entre les arrière-cours de magasins animés. Des pavés effrités formaient sa surface usée, portant les marques du temps. Le bruit des conversations provenait des devantures, étouffé et lointain. Les rues étaient probablement bondées de monde, sachant l'attaque qui avait eu lieu au château. J'étais heureux d'être à l'abri des regards dans cette petite rue déserte.

Je gémis tandis qu'une nouvelle vague de douleur m'envahissait, me forçant à m'arrêter sous peine de m'effondrer. Un mal de tête m'assaillit et ma vision se brouilla un instant. Je sentais le poison couler dans mes veines, comme si j'avais été plongé dans le feu. Ma respiration était sifflante et il m'était de plus en plus difficile de marcher. Tout ce que je voulais, c'était m'allonger, au diable le reste. J'étais prêt à fermer les yeux pour de bon.

Comme si elle sentait ma lutte, Émeraude murmura : « Nous ne sommes pas loin. Continue. »

Nous passâmes devant quelques autres bâtiments. Ils se ressemblaient tous, mais Émeraude s'arrêta devant l'un d'eux et frappa à la porte. Nous avons attendu pendant ce qui nous a semblé être une éternité jusqu'à ce qu'un homme mince ouvre la porte. Il sursauta et ses yeux s'écarquillèrent lorsqu'il me reconnut. « Émeraude ! Qu'est-ce qui se passe ? »

« Darryl. Nous avons besoin de ton aide », plaida-t-elle.

Il m'a regardé de haut en bas. « Je vois ça ».

Chapitre 17 (Nathan)

L'herboriste

Je n'arrivais pas à me débarrasser de l'odeur terreuse des herbes séchées. J'étais sur un canapé, je ne pouvais plus supporter mon propre poids et je souffrais — la sueur coulait de mon corps, trempant les coussins. J'étais entouré d'herbes séchées et de préparations diverses.

Mes yeux se posèrent sur Émeraude, assise sur un canapé voisin. L'homme — Darryl, je crois — était à côté d'elle et me fixait, vêtu d'une longue tunique et les cheveux noirs attachés en chignon.

Je ne savais pas combien de temps s'était écoulé avant que je ne sente l'homme évaluer mon état. Je l'ai entendu marmonner : « C'est grave. »

« Peux-tu l'aider ? » Cette fois, c'est Émeraude qui a parlé, sa voix s'estompant au fur et à mesure que je glissais entre les royaumes du sommeil et de la conscience.

J'ai entendu des bouteilles de verre s'entrechoquer pendant qu'il cherchait quelque chose. Une légère odeur de fruits mélangée à des épices m'a envahi le nez.

« Essayons ceci ».

J'ai senti la main de l'homme sur mon épaule et j'ai lutté pour ouvrir les yeux, mais ils étaient trop lourds.

« Tu m'entends ? Peux-tu ouvrir la bouche ? » demanda-t-il.

J'ai ouvert la bouche, mais à peine. Darryl a pressé quelque chose de froid contre mes lèvres.

« Bois ceci », ordonna-t-il.

Les pensées se bousculaient dans mon esprit. Je voulais lui dire que je ne pouvais pas boire autre chose que du sang, mais j'étais trop faible. Je ne me souvenais même pas de la dernière fois où j'avais essayé de boire autre chose que du vin de sang.

J'ai fermé les yeux — le liquide avait un goût étranger après avoir bu uniquement du sang pendant plus de trois siècles. Il avait un goût de framboise, et je découvris que je l'aimais. Le fait d'avoir enfin autre chose que du sang me rappelait toutes les choses que cette malédiction m'empêchait de savourer. Et j'étais là, à me remémorer des choses qui n'avaient jamais été et ne seraient jamais. C'était peut-être ce qui arrive quand on est proche de la mort.

Deux bras chauds m'entourèrent pendant que je m'endormais, et je reconnus la peau douce d'Émeraude. Mes lèvres se retroussèrent et je sombrai dans un sommeil sans rêves, espérant qu'il ne serait pas éternel.

Je ne savais pas si c'était le jour ou la nuit ni où j'étais, mais je savais que j'étais en vie. Tout me revint en mémoire : les assassins, le poison, le goût prononcé des framboises, Darryl. L'odeur des herbes était faible, et j'étais dans un lit, les couvertures entravant mes mouvements. Ils avaient dû m'amener ici alors que j'étais inconscient.

J'ai pris une grande inspiration. Ma tête me lançait encore, mais je sentais mes pouvoirs vampiriques couler dans mes veines. Le remède avait fonctionné, le soulagement qui m'envahissait à ce moment précis chassa l'air de mes poumons. Ce n'était qu'une question de temps avant que mes pouvoirs vampiriques ne me guérissent complètement.

J'ai tourné mon attention vers l'intérieur, me concentrant sur mon loup pour voir si je pouvais lui parler. Il s'était manifesté plus récemment qu'au cours de mes 334 années de vie, et je mourais d'envie de savoir pourquoi. Je voulais le remercier, car sans son aide, je serais mort. Mais à ma grande déception, il était toujours inaccessible, loin de ma portée.

Bien que ma mère soit un loup-garou, nous n'allions presque jamais à la meute. Les loups-garous vieillissaient si vite par rapport aux vampires que la plupart des membres de la famille de ma mère étaient morts il y a des siècles, ne lui laissant que la famille qu'elle avait dans notre château — un oncle et mon père. Son oncle avait été transformé en vampire par ma grand-tante, ce qui lui avait permis de vivre pendant des siècles.

Ma mère a vécu très longtemps, et elle n'était pas une vampire. J'avais l'impression que c'était un mystère, même si elle avait essayé de me l'expliquer à plusieurs reprises. La déesse de la lune — la déesse des loups-garous — lui avait accordé une plus grande longévité pour la remercier d'avoir sauvé sa fille. C'était difficile à croire, mais comme ma mère avait vécu pendant des siècles et n'était morte que quelques décennies avant mon père, je savais que son histoire était vraie.

Pourtant, à cause de cela, je n'ai presque jamais été amené à la meute de loups-garous et j'ai peu connu mon héritage. Peut-être que si j'avais pu prendre ma forme de loup, mes parents m'auraient amené quand j'étais enfant.

J'avais lu sur les loups-garous au fil du temps et j'en connaissais pas mal sur eux et leur culture, que je considérais toujours comme mon héritage. Mais j'aurais aimé avoir quelqu'un pour me guider, pour m'aider à apprivoiser mon loup. Du coup, je m'en voulais de ne pas avoir fait plus d'efforts pour leur rendre visite ou même pour parler à Siméon, le représentant des loups-garous au sein du comité. N'ayant jamais senti mon loup auparavant, j'avais négligé de le faire, et maintenant je me retrouvais en fuite, devant faire face seul à ces nouveaux sentiments.

J'entendais de loin les voix d'Émeraude et de Darryl. De quoi parlaient-ils ? Avaient-ils entendu des nouvelles du château ? J'espérais que Samantha allait bien. Tout ce que je voulais, c'était la serrer dans mes bras. J'avais mal au cœur : quel roi était un roi s'il ne pouvait pas protéger sa reine ?

Je voulais appeler Émeraude et Darryl, mais ma gorge était rauque et je n'arrivais pas à émettre un son. Désorienté, j'ai essayé de m'asseoir, mais j'étais trop faible et ma tête a commencé à tourner. Je suis retombé dans l'étreinte du sommeil.

J'ai ouvert les yeux. Je me trouvais dans la même pièce qu'avant. Les rideaux étaient fermés. Sur la table de nuit, il y avait une seule bougie, dont la flamme vacillait paresseusement.

Dehors, l'orage faisait rage, les éclairs se faufilaient dans la chambre malgré les rideaux. La pluie tambourinait contre la fenêtre.

Je me sentais en bien meilleure forme que tout à l'heure, les sens plus aiguisés et l'énergie renouvelée. Je fouillai la pièce, l'odeur familière de ma vassale attirant mon regard sur ma gauche.

Émeraude dormait la tête et les bras sur le lit, tout en était assise à côté du lit. Sa proximité suffisait à éveiller mon affection. Une fois de plus, j'étais redevable à Émeraude. Combien de fois cette femme m'avait-elle sauvé ? En y pensant, j'ai tendu la main et caressé ses doux cheveux — mon loup a ronronné.

Je m'arrêtai, choqué, et tentai immédiatement d'attraper mon loup. Mais mon attention fut détournée lorsque Émeraude releva la tête, les yeux écarquillés, en murmurant « Nathan, tu es vivant ! ».

J'ai attrapé sa main et l'ai engloutie dans la mienne. « Grâce à toi. »

« Et à Darryl », corrigea-t-elle.

J'ai acquiescé.

« D'où le connais-tu ? ai-je demandé.

« Darryl est un ami d'enfance », expliqua Émeraude en baissant la voix.

« Où sommes-nous ? » J'ai regardé autour de la chambre une fois de plus, espérant trouver quelque chose qui me permettrait de savoir où nous sommes.

« Tu t'es évanoui après avoir bu le remède », m'a-t-elle dit. « J'ai aidé Darryl à te porter dans une des chambres à l'étage de son magasin. Il a dit que nous pouvions y passer la nuit. »

Je lui ai souri. « Et tu as pensé que dormir par terre à côté de moi était la meilleure option ? »

Elle rougit à ma remarque. « Te voilà, à peine remis d'avoir frôlé la mort et déjà en train de faire des blagues ? »

Je gloussai, soulagé de pouvoir à nouveau plaisanter de la sorte. « Désolé, je n'ai pas pu m'en empêcher. »

Elle rit doucement. « Je n'avais pas l'intention de m'endormir ».

« Où est Darryl ? »

Émeraude pointa le sol. « Sa chambre est en bas. Il est probablement déjà endormi. » Puis son visage changea et ses yeux se remplirent de tristesse. « Je m'inquiétais tellement pour toi. »

Son regard portait le poids du monde, mais je n'osais pas détourner les yeux. Les mots me faisaient mal, mais je les prononçai quand même. « Mais tu aurais été libre si j'étais mort. »

Ses yeux brillèrent. Elle prit une grande inspiration, ses doigts s'enroulèrent autour de ma main.

« Tu ne vois pas que je ne veux pas être libre ? »

Ses paroles m'ont frappé et je me suis demandé comment j'avais pu être aussi aveugle. Toutes ces années et je n'avais jamais réalisé la réalité qui s'offrait à moi. Mon cœur s'emballa et, pendant une fraction de seconde, mon loup s'agita à l'intérieur de moi avant de glisser sous la marée de ma force vampirique. Fixant les yeux suppliants d'Émeraude, je me demandais ce qu'il fallait penser de ses sentiments, par où commencer. J'étais marié, j'aimais vraiment Samantha et j'avais hâte de la revoir. Ces sentiments qu'Émeraude avait avoué vouloir n'arriveraient jamais, ne *pourrait pas*, et je ne voulais pas la blesser. Le bruit de la tempête fut le seul à briser le silence qui s'était installé entre nous.

Les mots me manquaient et j'ai balbutié : « Émeraude… »

Une larme brilla, roulant lentement sur sa joue.

« C'est bon », murmura-t-elle, la voix à peine audible. « Je comprends. Je ne suis que ta vassale. Comment pourrais-tu m'aimer ? »

Sa voix s'est brisée en sanglots. Je me suis redressé dans le lit, parlant maladroitement. « En tant que roi, les gens attendent beaucoup de moi. Et j'aimerais pouvoir… Mais je ne peux pas… »

Mon cœur se fendait de la voir dans cet état. J'avais été l'esclave de cette femme plus qu'elle ne pourrait jamais le savoir, captivé par son parfum et tout ce qu'elle était. Même si j'avais épousé Samantha et que je l'aimais profondément, Émeraude était ma bouée de sauvetage et représentait bien plus pour moi que Samantha ne le ferait jamais.

J'ai essuyé les larmes sur sa joue et j'ai pris son visage dans ma main.

« Émeraude, tu ne comprends pas. »

Ses yeux larmoyants fixaient les miens, attendant mes prochaines paroles. Aussi puissant que je puisse être, je me sentais impuissant face à elle. C'était une fleur délicate, et je craignais qu'elle ne s'effondre sous l'effet de mes paroles.

Les mots me manquaient pour m'expliquer, et j'espérais qu'elle comprenait ce que je voulais dire. Chaque mot que je prononçais me donnait l'impression de la poignarder en plein cœur — je ne pouvais pas le supporter, alors j'ai cessé de me justifier. Je me suis senti idiot en essayant de me convaincre que j'étais censé me sentir d'une certaine façon alors que ce n'était pas le cas. Je me moquais des attentes, de la politique, de tout cela. Je n'avais jamais joué le jeu et tout ce que cela avait donné, c'était un massacre à mon propre mariage.

« La vérité, » avouai-je, « c'est que tu es peut-être ma vassale, mais que tu vaux plus que n'importe qui, même Samantha. »

Les mots ont résonné bien plus profondément que je n'aurais pu l'imaginer, et mon âme a frémi — c'était différent de tout ce que j'avais ressenti auparavant.

« C'est vrai ? », demanda-t-elle. « Ou est-ce que tu dis ça seulement pour que je me sente mieux ? »

J'ai tiré sur sa main, l'entraînant dans mes bras. Elle s'est instinctivement recroquevillée contre ma poitrine et je l'ai serrée contre moi.

« Je ne te mentirais jamais, Émeraude. »

Elle a chuchoté : « Alors, c'est tout ce dont je n'aurai jamais besoin. »

Alors que je la tenais dans mes bras et que j'écoutais la pluie, les battements de son cœur s'intensifiaient à mes oreilles et mes crocs grandissaient instinctivement. J'ai gémi, luttant contre l'envie primitive de planter mes dents en elle. Je me sentais encore faible et j'avais peur de perdre le contrôle à cause de la soif de sang. Je ne me pardonnerais jamais si je la blessais. Émeraude leva les yeux vers moi et sursauta en voyant mes dents.

« Tu aurais dû dire quelque chose ! »

Je voulais protester et dire que j'allais bien, mais cela n'en valait pas la peine — elle me connaissait trop bien après toutes ces années.

Je sifflai en sentant mes instincts vampiriques prendre le contrôle. Ma vision se brouilla, mes yeux devinrent rouges. Je savais que j'étais proche de la soif de sang et commençais à paniquer. Mes sens s'aiguisèrent et je respirai l'odeur du sang d'Émeraude, la faim m'envahissant.

Mes doigts parcouraient le dos d'Émeraude, et je sentais le sang battre dans ses veines, m'envoûtant. Le bruit de la pluie avait disparu, tout comme le grondement du tonnerre. Rien ne comptait plus que les battements doux et alléchants du cœur dans la poitrine de cette femme, qui faisaient frémir la bête en moi. Un grognement s'échappa de ma poitrine et je me léchai les lèvres par anticipation.

La voix d'Émeraude résonnait dans mon esprit, à des kilomètres de là. « Nathan, reste avec moi. »

Mais il était trop tard. Émeraude sauta du lit et s'éloigna de moi, mais je la traquais comme un prédateur de sa proie. Son sang m'appelait, me contrôlait. J'allais la prendre, et rien ne m'arrêterait. Émeraude recula d'effroi à mon approche et je penchai la tête sur le côté, étudiant ses mouvements.

« Nathan, ne fais pas ça », supplia-t-elle d'une petite voix et elle recula encore.

Je continuai quand même, le bruit de son cœur se faisant de plus en plus fort. Je m'approchai d'elle alors qu'elle s'appuyait contre le mur, incapable de reculer davantage, inhalant son parfum mêlé de peur. Elle frissonna lorsque je léchai son cou, si séduisant, si *chaud*. Mes crocs tracèrent une veine le long de son cou. Jamais de ma vie je n'avais eu autant envie de quelque chose.

« S'il te plaît, ne le fais pas », répéta-t-elle, les larmes coulant sur ses joues.

Au moment où j'allais planter mes crocs dans son cou, une force incroyable me traversa. Un grognement jaillit de ma poitrine et je tombai au sol tandis que le loup engloutissait mes sens et se heurtait à tout ce que j'avais connu. La douleur m'envahit et j'enfonçai profondément mes ongles dans le parquet, serrant les dents. Les secondes me parurent des heures alors que j'attendais, incapable de bouger, victime de la guerre qui faisait rage en moi — une guerre dans laquelle je ne pouvais pas intervenir.

Au bout d'un moment, les bruits sont revenus et le brouillard dans ma tête s'est dissipé. Je laissai échapper une respiration que j'ignorais avoir retenue et levai les yeux. Émeraude se dirigeait vers moi, d'un pas prudent et lent.

« Nathan ? » Sa voix tremblait d'une émotion indéniable : la peur.

J'ai relevé la tête, mes yeux se sont fixés sur elle alors qu'elle m'étudiait. La culpabilité me tenaillait le cœur. J'avais failli la tuer.

« Je… Je suis vraiment désolé », bégayai-je, encore choqué par ce qui venait de se passer. La soudaine démonstration de force de mon loup m'avait fait trembler.

Malgré ses mains tremblantes, Émeraude se reprit et s'empressa d'écarter ses cheveux. « Faisons-le maintenant. » Sa voix était pressante, exigeante.

Je n'avais pas l'habitude qu'elle commande le repas, mais je savais qu'elle avait raison. J'étais presque en proie à la soif de sang, et je devais me nourrir maintenant avant de perdre à nouveau le contrôle. J'ai ramené Émeraude vers le lit.

Je l'ai regardée dans les yeux et elle a hoché la tête, m'offrant un sourire rassurant. C'était tout ce dont j'avais besoin. Elle se cambra et s'accrocha à mon bras, gémissant, tandis que j'enfonçais mes dents dans son cou, m'abandonnant à ma faim. Je gémis lorsque le goût de son sang toucha ma langue. Connecté à elle une fois de plus, un sentiment irrésistible m'envahit, éveillant un profond désir.

Je me détendis à mesure que ma faim s'apaisait. Lorsque je fus certain que mes besoins étaient assouvis, je retirai mes crocs du cou d'Émeraude, ma langue s'attardant sur sa peau, de sorte que la blessure se referma. Elle frémit et gémit de la façon la plus agréable qui soit. « Nathan, s'il te plaît. »

Elle n'avait pas besoin de me le demander, boire son sang avait suscité le même désir. Je m'emparai de ses lèvres et sa langue dansa avec la mienne, ses mains parcourant mon torse, tirant sur mes vêtements avec besoin. Revigoré, j'avais retrouvé mes forces. J'allongeai doucement Émeraude sur le lit, son corps frémissant d'impatience.

J'admirais la beauté d'Émeraude tandis que je la déshabillais, ses cris m'encourageant à embrasser sa peau. Je me suis imprégné du parfum enivrant de son excitation. Elle ressemblait à la plus délicate des fleurs, et j'aimais la douceur de sa peau tandis que je parcourais son corps. Je bandais déjà pour elle, mais je voulais la voir s'épanouir à mon contact.

Émeraude gémit dans notre baiser quand mes doigts trouvèrent son clito, déjà lubrifié. Elle se tordit sous moi tandis que je l'encerclais, son plaisir ne faisant qu'accroître mon désir. Elle poussa un cri silencieux lorsqu'elle eut un orgasme, et je me souvins que nous n'étions pas chez nous au château et que nous devions rester silencieux, ce qui rendait encore plus amusant le fait de la taquiner.

J'ai aspiré une bouffée d'air et j'ai murmuré à son oreille : « Tu es si parfaite. Montre-moi ce que tu ressens. »

Le corps d'Émeraude réagissait à chacun de mes contacts, de manière hypersensible, alors qu'elle essayait de garder le silence. Tout ce à quoi je pouvais penser, c'était à quel point j'avais besoin d'elle en ce moment, et quand j'ai senti ses pulsations autour de mes doigts alors que ma langue effleurait son clitoris, je n'en pouvais plus.

Je lui ai ordonné de se mettre à genoux et je l'ai pénétrée, haletant lorsque sa chaleur m'a entouré d'un paradis humide. J'ai tenu ses hanches pendant que je glissais en elle, cherchant à me libérer, comblé par les doux halètements qui s'échappaient de sa bouche. Je l'ai gardée près de moi tandis que je la berçais plus fort, allant plus loin en elle, la pression augmentant. Le temps semblait s'être arrêté alors que nous étions perdus dans un raz-de-marée de bonheur. J'ai finalement joint mes cris aux siens, nos cœurs battant ensemble dans ce moment parfait.

Allongé avec elle dans mes bras, rassasié, je me suis souvenu que nous étions censés garder le silence comme dans la maison de Darryl. La passion avait été telle que nous n'avions pas pu nous retenir, et je m'en moquais. S'il avait entendu, je suis sûr qu'il aurait compris l'affection qui s'était manifestée à ce moment-là.

Une question m'est soudain venue à l'esprit. Ma voix était rauque à mes propres oreilles. « Comment as-tu su que c'était la soif de sang ? »

Ses yeux se fixèrent dans les miens. « Tu me l'as dit quand je suis devenue ta vassale. Tu m'as dit de me méfier si tes yeux devenaient rouges, que je devais te sortir de là avant que tu ne te nourrisses, et de ne jamais te laisser te nourrir quand tu étais dans cet état, car c'était dangereux. »

Une question lui vient alors à l'esprit. « Que se serait-il passé si tu étais resté dans cet état ? »

J'ai serré les dents lorsque les images de son cadavre ensanglanté m'ont envahi, le sang dégoulinant de mon menton et de mes mains. Je tressaillis involontairement, envahi par un profond sentiment d'effroi.

« La soif de sang ne pardonne pas. Même si je ne veux pas te faire de mal, je risque de ne pas pouvoir me contrôler si le monstre qui est en moi se libère. »

Émeraude passa ses ongles sur mon torse. « Dans ce cas, il faut que j'apprenne à contrôler ton monstre. »

Elle l'a dit si simplement que j'ai hoché la tête et répondu : « C'est vrai. Il faut juste que tu apprennes à le faire. »

La vérité était qu'un vampire rebelle était une chose effrayante, mais j'espérais vraiment qu'on n'en arriverait jamais là. Le silence s'installa entre nous pendant un moment, que j'appréciai.

Émeraude rompit le silence. « Darryl avait dit que tu aurais besoin de sang pour te rétablir complètement si le remède te sauvait. »

Darryl... Je devais le remercier. Il m'avait sauvé et m'avait donné un toit. Demain, je serais complètement guéri, ce qui aurait été impossible si j'avais été humain. Je devais trouver un moyen de retourner au château. Les assassins étaient-ils encore au château ? Que voulaient-ils dire par les tentacules de l'organisation qui s'étendent plus loin qu'on ne le pensait ? S'étaient-ils emparés du trône ? Les citoyens accepteraient-ils le règne des assassins ?

Mes pensées sont retournées à Samantha. Je l'imaginais seule et effrayée dans sa chambre, avec les assassins qui essayaient de faire irruption. Un sentiment de honte m'envahit lorsque je repensai à tout ce qui s'était passé. Je n'avais pas su défendre le château et la femme que j'avais épousée. Étais-je seulement apte à régner ? Un roi se devait de protéger le château et les citoyens de son royaume. Pire encore, j'avais failli mourir. Le doute s'est insinué dans mon esprit, petit à petit, comme de minuscules araignées se frayant un chemin jusqu'à ce que je me sente submergé par leur culpabilité. Je n'étais pas le grand souverain qu'avait été mon père. J'étais peut-être un demi-loup-garou, mais il n'y avait qu'une chose que j'étais vraiment : maudit. J'étais maudit de ne pouvoir boire que du sang et condamné à n'appartenir à aucune race. Que penserait ma mère de moi ? J'étais une honte. Je me demandais si je pourrais un jour retrouver le trône.

J'ai repoussé ces pensées du mieux que j'ai pu. Il n'y avait aucune raison de ruminer ce qui s'était passé — ce qui est fait est fait. Ce qui comptait, c'était ce que j'allais faire maintenant. Demain, tout s'arrangerait.

Chapitre 18 (Nathan)

Scorchfire

J« ai ouvert les yeux et j'ai réalisé qu'Émeraude était déjà debout. Je ne me souvenais pas d'un seul jour où je m'étais réveillé après elle. J'entendais la pluie dehors, et la voix d'Émeraude qui venait d'en bas, ainsi qu'une voix masculine, probablement celle de Darryl.

J'ai respiré profondément, prenant un moment pour évaluer mon état, et à mon grand soulagement, j'ai réalisé que le sang et le remède avaient vraiment fait l'affaire. Je me sentais très bien. Ma blessure ne paraissait plus lorsque je l'examinais, et je remerciais à nouveau mes pouvoirs vampiriques.

Mes yeux se sont posés sur la petite table de nuit. Un pantalon propre et une chemise blanche étaient soigneusement pliés.

Ceux que j'avais portés hier étaient déchirés, pleins de sang et je ne les voyais nulle part. J'ai enfilé les vêtements propres, surpris qu'ils m'aillent si bien.

Je descendis les escaliers. Le fait d'être un vampire me rendait furtif, et je savais donc qu'Émeraude et Darryl ne m'avaient pas entendu. Le son de leur voix était de plus en plus fort et des bribes de leur conversation sont venues à mon oreille. Debout dans l'ombre de l'escalier, j'écoutais.

« Merci encore de nous avoir aidés », a déclaré Émeraude.

Darryl s'esclaffa. « D'après ce que j'ai entendu hier soir, l'antidote a fonctionné. »

Je ne pouvais pas voir Émeraude depuis l'escalier, mais je devinais qu'elle rougissait.

« Désolée », a-t-elle marmonné.

Darryl éclata de rire. « Ne t'inquiète pas pour ça. Je suis juste content que tu sois heureuse. »

Émeraude a répondu : « Tu as toujours été un si bon ami ».

« Hé, tu m'as aidée aussi. Tu as toujours été ma petite sœur. »

Alors que je pensais faire du bruit pour qu'ils m'entendent, une phrase de Darryl m'a fait m'arrêter, trop curieux de savoir ce qu'il allait dire ensuite pour l'interrompre.

« Tu te souviens… Tu te souviens du jour où ma mère a été tuée ? »

Le bruit d'une tasse contre du bois brisa le silence qui régnait dans la pièce. La voix d'Émeraude était douce. « Bien sûr que oui. Comment pourrais-je oublier l'attaque de Scorchfire ? »

Scorchfire. Entendre ce nom fit resurgir une tristesse enfouie. Le dernier dragon. Il vivait paisiblement au sommet d'une montagne depuis des années. Personne ne savait pourquoi il avait soudainement attaqué les quartiers humains d'Ichoryllia il y a vingt ans. Son feu a brûlé des dizaines de maisons, tuant sans pitié des enfants et des adultes innocents. J'étais en voyage d'affaires dans les terres naines lorsque tout cela s'est produit. Mes conseillers s'étaient occupés du dragon et m'ont raconté ce qui s'était passé à mon retour. Tout ce que je savais, c'est que les humains et les vampires avaient uni leurs forces, convoquant les guerriers les plus puissants et les mages les plus féroces du royaume pour tuer la bête. Cette nuit-là, une grande cérémonie avait été organisée pour honorer les vies perdues, y compris celle de Scorchfire. Même si tout le monde était heureux d'avoir gagné, ils savaient qu'il s'agissait du dernier dragon, et personne ne célébra donc l'extinction de leur majestueuse et ancienne race.

« C'est le jour où tu es venu vivre chez mes parents », poursuivit Émeraude. « C'est le jour où tu es devenu mon grand frère ».

L'homme soupira de nostalgie et de vérités inexprimées. « Émeraude, si seulement tu savais… »

J'en avais déjà assez entendu et je sentais que j'allais entendre quelque chose que je n'étais pas censé entendre. Malgré ma furtivité vampirique, je descendis les dernières marches, essayant de faire du bruit.

Darryl grimaça à ma vue, confirmant que j'interrompais quelque chose d'important, mais je m'en moquais. Émeraude a souri, et je leur ai adressé un signe de tête.

« Nathan ! Tu es debout. »

Darryl prit ensuite la parole. « Bonjour, Votre Majesté. J'espère que notre conversation ne vous a pas dérangé ? »

« S'il te plaît, appelle-moi Nathan », ai-je dit à l'homme. « Je viens de me lever. Votre conversation ne m'a pas dérangé du tout ».

Darryl se détendit à ces mots et je les rejoignis à la table.

« Merci pour ton hospitalité et pour m'avoir sauvé », ai-je ajouté.

Darryl et Émeraude prenaient leur petit déjeuner. Un demi-pain, des fruits frais et du fromage étaient sur la table. D'habitude, j'évitais les repas, car je ne pouvais pas manger, mais il me semblait juste de donner de la compagnie à notre hôte. J'ai souri, reconnaissant de l'hospitalité de cet homme. Après m'avoir sauvé la vie, je lui enverrais une récompense à mon retour au château. Je ferais même de lui un chevalier d'honneur, une juste récompense pour avoir sauvé le roi.

« J'ai été surpris de pouvoir boire l'antidote que tu m'as donné sans être malade. »

L'homme posa une tranche de pain. « Les graines d'Aristhtaka sont réputées pour être faciles à digérer. Comme je savais que tu ne pouvais pas boire autre chose que du sang, je les ai mélangées à quelques gouttes de vin de sang et à des framboises, en les concentrant au maximum. Au final, tu n'as bu que l'équivalent de quelques gorgées ».

J'ai acquiescé et j'ai demandé : « Pourquoi m'as-tu sauvé ? Tu n'avais pas à le faire. »

Émeraude s'est arrêtée de manger et m'a regardée, surprise, mais Darryl avait un regard compréhensif. Peu de gens ont un bon cœur, c'est du moins ce qu'il me semble. Je ne pouvais pas m'en empêcher, je devais lui demander quel était son objectif.

Darryl inclina la tête. « Tu es un bon roi, mais ce n'est pas la seule raison pour laquelle je t'ai sauvé.

Les yeux de l'homme se tournèrent momentanément vers Émeraude, l'affection y brillant.

« Je l'ai aussi fait pour que mon amie d'enfance soit heureuse ». Il m'a fixé d'un regard résolu. « Même si je ne comprends pas pourquoi, tu es tout pour elle. Ta mort lui causerait une immense douleur, c'est pourquoi je devais te sauver. »

Le poids des mots non prononcés est tombé sur mes épaules et j'ai hoché la tête, comprenant ce qui n'avait pas besoin d'être dit à voix haute.

« Merci. Je veillerai à ce que tu sois récompensé lorsque je récupérerai le trône. »

Darryl secoua la tête. « Il n'est pas nécessaire de me récompenser. C'est un honneur de t'aider. »

La gentillesse de cet homme me rappelait exactement pourquoi j'avais été ravi de devenir roi : c'était pour protéger et gouverner ce genre de personnes. Et c'est exactement pour cela que je devais me battre. Rempli de ce nouveau courage, je me concentrai sur ce que nous devions faire ensuite.

« Nous devons élaborer un plan pour que je puisse retourner au château et sauver la reine si elle est encore en vie. Nous ne savons pas si les assassins sont toujours là, mais Émeraude a entendu certains d'entre eux parler d'une organisation. Partons du principe qu'il n'est pas sécuritaire d'y retourner. »

Émeraude et Darryl se redressèrent sur leurs sièges.

« Je préparerai un antidote au cas où tu serais à nouveau empoisonné », dit Darryl.

« Comment vas-tu rentrer dans le château ? » demanda Émeraude.

« Je pourrais utiliser les tunnels que nous avons empruntés pour nous échapper », ai-je suggéré.

Émeraude acquiesça. « C'est une bonne idée ! Nous partirons dès que possible. »

Je secouai la tête. « Non. »

Ils me regardèrent tous les deux avec surprise. Une cloche nous a interrompus et une voix a demandé : « Bonjour ? Il y a quelqu'un ? »

Elle venait de l'avant du magasin.

« Veuillez m'excuser ». Darryl se leva alors. « Je vais m'occuper du client. »

Émeraude et moi sommes restés seuls. « Je veux que tu restes ici avec Darryl », lui ai-je dit.

Émeraude a ouvert la bouche pour dire quelque chose, mais je l'ai interrompue.

« Ce sera dangereux. Je ne veux pas que tu sois en danger. »

« Tu ne trouveras jamais l'entrée des tunnels sans moi ! »

« Tu peux m'expliquer, me dire comment trouver les tunnels secrets. Je les trouverai. »

Darryl est revenu pendant que nous parlions. Émeraude répliqua : « Je veux venir avec toi ! »

Je secouai la tête. « La réponse est non. Tu resteras ici. Je reviendrai personnellement te chercher lorsque j'aurai récupéré le trône. Il est hors de question que je te mette en danger. »

« Mais… »

« Darryl s'occupera de toi pendant mon absence », dis-je fermement.

L'homme acquiesça résolument et dit : « Tu n'auras pas besoin de passer par les tunnels. Le client a dit que les gardes te cherchent. Il semble que les assassins soient partis. »

Émeraude a sursauté et l'espoir m'a envahi à ces mots. C'était un énorme soulagement ! Cela signifiait que ma douce Samantha était en sécurité et j'avais hâte de la revoir. J'ai souri.

« Bien, alors je vais passer par la porte d'entrée. »

Rempli de l'espoir de récupérer mon trône, je quittai le magasin, laissant Darryl et Émeraude.

Chapitre 19 (Élaine)

La tanière du dragon

J« avais à peine vu le roi de toute la matinée et chaque fois que je le voyais, il avait l'air tendu et préoccupé. En tant que grand mage, je devais aider le roi pour tout ce qui concernait la magie. Il m'avait fait comprendre qu'il n'avait pas besoin de mes services pour le moment, et je suis donc retournée dans mon laboratoire magique personnel.

C'était une petite pièce, pas plus grande qu'un placard, cachée derrière une porte secrète de ma chambre. Elle contenait un petit banc d'alchimie, quelques fioles et des étagères de réactifs magiques jusqu'au plafond, pour maximiser l'espace de stockage. Le dernier grand sorcier me l'avait montré peu avant sa mort, me laissant toutes ses notes de recherche dans un vieux carnet relié en cuir. Seule la chambre du grand sorcier possédait cette pièce cachée — ni la guilde magique ni les autres sorciers du château n'en connaissaient l'existence. En tant que grands sorciers, nous étions parfois confrontés à des cas tellement exceptionnels qu'il valait mieux découvrir leurs secrets en privé.

Je faisais des recherches secrètes depuis des années. Non pas qu'elles fussent interdites, mais elles étaient d'une telle importance que je n'en révélais les résultats que s'ils étaient concluants. L'idée même qu'ils puissent s'avérer confirmés représentait un risque pour la stabilité magique de notre monde. Si la nouvelle de ces hypothèses s'ébruitait, cela pourrait déclencher une panique.

J'ai pris le récipient en verre ambré. Le centre du récipient brillait d'une forte lueur jaune, la magie qu'il contenait étant bien scellée par une rune très puissante. J'avais dû utiliser la plus vieille rune que je connaissais, tant la force qu'elle contenait était puissante, car en vérité, au fond du récipient se trouvait la griffe de Schorchfire.

La nouvelle de l'attaque et de la mort du dragon s'était répandue comme une traînée de poudre. Des mages de toutes races se précipitèrent dans la cité vampirique pour retrouver les restes de la bête. Les vampires n'avaient pas voulu partager le corps de la bête et en une seule nuit, les restes avaient disparu. Quelques griffes et deux dents, c'est tout ce que le roi vampire avait récupéré avant la disparition. Néanmoins, Érendriel, qui entretenait de bonnes relations commerciales avec Nathan, avait réussi à négocier le don d'une griffe au peuple elfique.

Le roi m'avait immédiatement confié la griffe, avec pour mission de découvrir si le peuple elfe pouvait bénéficier de la magie draconique qu'elle contenait. Le roi pensait que la race elfique pouvait être amplifiée par les pouvoirs de la griffe. Il voulait l'utiliser à son avantage dans les négociations commerciales et augmenter la puissance de son armée, mais je n'étais pas d'accord avec lui. Mon principal souci était de découvrir ce qui avait motivé l'attaque sauvage du dragon sur la ville. La disparition des dragons était un mystère, et j'étais bien décidée à faire toute la lumière sur cette affaire.

L'analyse de la griffe du dragon occupait la majeure partie de mon temps libre. C'était devenu une obsession, et mes amis mages avaient du mal à me faire sortir de ma chambre, où je faisais semblant de lire des livres pour éviter qu'ils ne se doutent de ma véritable occupation.

Scorchfire vivait paisiblement dans les collines de Nokorath depuis des siècles. Il n'y avait aucune raison pour que la bête attaque soudainement. Beaucoup de gens pensaient que le dragon avait un compte à régler avec les humains, mais je n'y croyais pas.

Quelques semaines avant l'attaque, j'avais perçu un changement substantiel dans l'équilibre magique, et j'étais certaine qu'il était lié à l'attaque. J'en avais alors parlé au roi, mais il n'en avait pas tenu compte, me disant de me concentrer sur d'autres tâches plus importantes pour le trésor royal. J'ai obéi au roi malgré ce que mon instinct me disait.

Le roi avait été stupéfait par l'attaque, et la nouvelle s'était répandue jusqu'aux confins du royaume. Je m'étais immédiatement sentie coupable de la mort de Scorchfire. Si j'avais enquêté sur la vague de magie que j'avais ressentie quelques semaines plus tôt, j'aurais peut-être pu empêcher une mort aussi grave. J'avais donc pris sur moi de faire la lumière sur cette affaire, essayant de réparer la conséquence de mon inaction.

Je me souvenais encore de la force que j'ai ressentie lorsque j'ai mis la main pour la première fois sur la griffe de Schorchfire. Vingt ans plus tard, elle émettait la même énergie, sans jamais faiblir. Au fil des ans, j'ai découvert qu'elle avait été entachée de ténèbres. C'était à peine perceptible, mais grâce à mes capacités, je pouvais sentir cette puissance malveillante dans la force draconique. J'étais convaincue que ces ténèbres étaient à l'origine de l'attaque de la bête, mais je ne pouvais pas le prouver.

En cherchant la cause, j'ai découvert quelque chose d'effroyable. Une chose si choquante que je n'ai eu d'autre choix que de l'annoncer au roi : la magie elfique s'éteignait peu à peu.

Le roi avait été horrifié quand je le lui avais dit, et j'avais menti, cachant mes recherches sur la griffe du dragon, prétendant l'avoir sentie au cours d'une opération de routine. Je me sentais très coupable d'avoir menti au roi, mais il ne voulait utiliser le pouvoir de la griffe que pour le peuple elfique. Je savais qu'il était inutile de lui parler du maintien de l'ordre magique ou du retour de la race draconique. J'avais déjà remarqué au fil des ans que le roi ne se préoccupait que de son trésor ou de la puissance de son armée. Le maintien de l'ordre magique n'était important pour lui que si cela servait son règne et donc, malgré mes obligations envers lui, je préférais garder le secret sur l'enquête de la griffe.

Le roi m'avait immédiatement demandé de trouver la cause de l'affaiblissement de notre magie sans la révéler au peuple ni à aucun des mages de peur de semer la panique. J'aimerais au moins pouvoir en parler à Mitra, mon meilleur ami.

Toutefois, si l'érosion de la magie était suffisamment lente, personne ne s'en apercevrait à court terme, ce qui me laisserait le temps de trouver une solution.

Il était alarmant de savoir que nos pouvoirs diminuaient. Comme il s'agissait d'un processus graduel, les moins doués étaient les premiers touchés. Comme je faisais partie des plus doués, j'avais plus de temps que les autres. Je ne pouvais m'empêcher d'imaginer un sablier dont les grains s'écoulaient lentement, chaque seconde scellant à jamais le destin de notre race. La peur de perdre complètement mes pouvoirs magiques me tiraillait l'âme, et je m'investissais beaucoup dans cette tâche.

Il était interdit de visiter l'antre de Schorchfire. L'antre était dangereusement chaude en raison de la nature du dragon qui l'avait habité pendant des siècles, et les rumeurs disaient que la magie draconique y était encore active, vestige de la bête qui y habitait autrefois. Mais j'avais pris ma décision. Il fallait que j'aille là-bas pour continuer l'enquête, que ce soit autorisé ou non. Avec un peu de chance, je pourrais peut-être trouver une explication. J'ai préparé un petit sac ne contenant que l'essentiel : quelques parchemins de sorts et la griffe de Scorchfire. J'avais repoussé le périple assez souvent. Aller dans les collines de Nokorath était la seule chose qui me permettrait d'avoir l'esprit tranquille. Les énigmes s'accumulant, j'espérais que la visite de l'antre du dragon me permettrait d'en savoir plus sur l'extinction de cette race légendaire.

J'ai croisé Mitra en sortant du château. L'elfe noir m'a regardé avec surprise.

« Tu pars en excursion ? »

J'ai essayé de minimiser la chose, me sentant mal de mentir à mon meilleur ami. Il semblait que tout ce que je faisais était de mentir ces jours-ci.

« Juste une petite enquête magique, rien de plus ».

L'elfe sourit. « D'accord, n'hésite pas si tu as des tâches à me confier. »

J'ai souri à ses paroles. En tant que grande sorcière, je confiais régulièrement des ordres à d'autres mages, je déléguais des tâches, mais cette fois-ci, je devais le faire moi-même.

« Bien sûr », ai-je répondu.

Il a déplacé sa main vers moi, replaçant une mèche de cheveux derrière mes oreilles, tout en ajoutant : « Prends soin de toi. »

Les collines de Nokorath n'étaient pas loin au sud de Myt-vathyr, et j'ai atteint le sommet en un rien de temps grâce à ma magie, en faisant apparaître des ponts de glace au-dessus des ravins, ce qui m'avait permis de traverser en ligne droite plutôt que de devoir suivre le long chemin sinueux. J'ai utilisé un sort pour dissimuler ma présence à toute créature qui pourrait me vouloir du mal.

La neige recouvrait le sommet de la montagne. C'était autrefois la demeure des nymphes de l'air, mais elles avaient toutes été tuées il y a des siècles lors de la Grande Guerre contre Eurynomos. On pouvait encore voir des morceaux de cadavres des nymphes de l'air dépasser de la neige, les manches des épées dépassant des bancs de neige. Il faisait trop froid pour que les morts se décomposent ici, comme si la mort avait voulu que cet événement reste à jamais gravé dans les mémoires.

L'air était encore lourd de deuils, et un profond sentiment de respect m'envahit à la vue de ce carnage. Je n'étais même pas née lorsque Will, le loup-garou Alpha, bouleversé par la perte de son âme sœur, avait décidé de s'allier au démon et de massacrer les nymphes de l'air. Je n'avais lu que des livres d'histoire à l'école. Le voir en vrai, c'était autre chose, et j'ai prié la déesse Aerdrie pour que les âmes reposent en paix.

C'était la première fois que je venais ici, mais l'emplacement de l'antre de Scorchfire était bien connu. J'ai traversé cette terre déserte, longeant des lacs glacés et des rochers couverts de neige, jusqu'à ce que j'arrive à une grotte dans la roche. La glace avait recouvert les pierres extérieures, mais l'intérieur était encore chaud, l'essence du dragon de feu emplissant encore l'air d'une douce chaleur. Bien que l'énergie finirait par s'éteindre complètement, j'étais heureuse d'être arrivée alors qu'il en restait encore un peu, espérant trouver des traces magiques des derniers jours de la bête.

Je suis entrée dans la caverne. L'entrée s'élargissait, révélant un vaste espace. Le plafond s'élevait en arc, orné de stalactites. Je ne pouvais qu'imaginer la chaleur intense qui devait rayonner dans le repaire lorsque Scorchfire était en vie.

J'entrai discrètement, évitant les ossements des créatures qui avaient probablement servi de repas au dragon. Un grand nid de roches volcaniques occupait le centre de la pièce, décoré d'émeraudes, de quartzite et de marbre, des pierres précieuses formées par des siècles de chaleur intense.

J'ai tout de suite remarqué des traces de griffes sur le mur du fond. Un miasme nocif et inquiétant flottait dans l'air, s'épaississant au fur et à mesure que je m'aventurais dans la grotte. Une énergie malveillante semblait pulser de partout. Je sortis la griffe de Scorchfire de mon sac et remarquai qu'elle semblait pulser avec l'énergie environnante, en synchronisation. De toute évidence, ce qui avait contaminé la griffe du dragon provenait de cet endroit précis. Les marques de griffes sur le mur s'accentuaient au fur et à mesure que j'avançais jusqu'à l'endroit où du sang séché s'étalait sur la paroi rocheuse.

Un malaise s'empara soudain de moi, et je dus poser ma main sur une stalagmite pour ne pas tomber. Une vague de rage m'envahit, me donnant la nausée. Fixant le sol, des perles de sueur dégoulinant, j'eus la sensation d'urgence de devoir m'arracher la peau comme si elle était trop petite pour moi, mes entrailles brûlant de douleur, cherchant à se libérer sans savoir comment. La tête me tournait et je me demandais si je n'allais pas sombrer dans la folie.

Mes bijoux incrustés brillaient — c'était un mécanisme d'autodéfense conçu pour protéger l'hôte, drainant ma mana. Saisissant le peu de contrôle que j'avais encore sur mon esprit, je lançai un sort de protection autour de moi, espérant me protéger de la magie noire. L'effet fut immédiat, me permettant de respirer à nouveau normalement. Mes yeux trouvèrent un sigil sur le mur de la grotte. Je le connaissais bien, ayant lu tous les livres de magie de la tour. Il s'agissait d'une magie noire, interdite, conçue pour torturer le corps, l'esprit et l'âme. Cette magie tordue agressait tous ceux qui se trouvaient à proximité, elle était si puissante qu'elle tuait n'importe quel elfe en quelques minutes. J'étais reconnaissante de mes capacités magiques, sinon je serais probablement tombée sous l'influence du sigil.

J'ai essayé de l'effacer, en injectant beaucoup de force dans mon sort « Deleo ! ».

Toutes mes tentatives furent vaines ; le sigil restait fort. Je respirai profondément, reprenant des forces.

Une bête légendaire comme un dragon était assez forte pour résister à la force du sigil pendant longtemps. Qui sait, peut-être même résister complètement à la magie noire. Mais avec le temps, il était évident que la magie avait fini par atteindre le dragon, le rendant fou. La rage m'envahit lorsque je compris ce qui avait poussé Scorchfire à attaquer la cité vampire. Je ne connaissais qu'une seule faction fascinée par cette magie : les Tisseurs d'ombres. Ils avaient réussi à échapper aux autorités par le passé, mais je m'étais fixé comme objectif personnel de mettre fin à leurs activités une fois pour toutes.

Je m'apprêtais à repartir enquêter sur les Tisseurs d'ombres lorsque j'ai remarqué une fresque sur la paroi de la grotte, un peu plus loin.

Une femme aux longs cheveux blancs était assise dans un champ de marguerites, regardant derrière elle. Une couronne de feuilles d'ivoire tressées reposait sur sa tête, le soleil brillant sur elle pour représenter la pureté. D'une grâce inconditionnelle, elle portait une robe de soie vert pâle et un voile sur les bras qui descendait dans les fleurs, se mêlant aux marguerites — une allure délicate. Elle semblait incarner la beauté et la grâce de tout ce qui l'entourait. Seuls un collier orné d'une fleur métallique et un bracelet rond en argent pendaient à son cou, suggérant qu'elle était importante. Je n'avais aucune idée de qui elle était, mais j'ai été immédiatement émue par sa beauté. Le fait qu'elle soit sur le mur de Scorchfire était un indice important.

À droite de la femme se trouve une autre fresque : un dragon blanc, géant et majestueux, qui rugissait. Il était au moins quatre fois plus grand que la femme. Je sentais que son regard était celui de la sainte justice et j'avais l'impression qu'il me fixait. Je savais que ce n'était qu'une peinture murale, mais je ne pouvais pas me débarrasser du sentiment qu'il me jugeait et qu'il décidait de mon destin. J'ai reculé, me détachant de son regard. Le dragon ne ressemblait en rien à Scorchfire et je me demandais quel était son lien avec cette femme. La bête semblait plus grande et plus puissante que n'importe quel dragon, et je pensais qu'elle pouvait remonter à une époque antérieure, oubliée. Je n'avais jamais entendu parler d'un tel dragon saint de la justice.

Mon sort de protection commençait à faiblir, et je savais que je devais partir lorsque mon regard tomba sur un grand autel de pierre au centre des deux fresques. Sur celui-ci reposait un énorme volume poussiéreux. Je ne pouvais en lire le titre, car il était écrit dans une langue elfique ancienne et oubliée, dont je n'avais vu que quelques références et dessins. J'aurais préféré ne pas le prendre, mais je savais qu'il devait contenir des informations précieuses. Il fallait que je le ramène pour l'étudier davantage.

Retenant ma respiration, je pris le livre dans mes mains et fermai les yeux un instant, attendant de voir si une malédiction ou un piège allait s'abattre sur moi. Comme rien ne se produisait, je poussai un soupir de soulagement et me dépêchai de retourner à la tour des mages avant que mon sort de protection ne s'épuise.

Chapitre 20 (Samantha)

Trahison

Quelques jours avaient passé, et toujours pas de nouvelles de Nathan ou de sa vassale. Était-il encore en vie ? Sa vassale était-elle avec lui ? La nouvelle de la disparition du roi s'était répandue partout. Je priais tous les jours pour qu'il revienne. Les gens m'acceptaient comme reine légitime et Lysandre m'aidait beaucoup. Malgré tout, je me sentais à ma place, et la peur initiale de l'attaque le jour du mariage s'était dissipée. J'étais prête à relever les défis qui se présenteraient à moi. Pendant ce temps, les réparations de la cathédrale étaient terminées.

La salle du trône devait être redécorée. Les sièges en bois devaient disparaître. J'en voulais un en marbre avec le meilleur coussin possible. Les rideaux rouges devaient également disparaître, et j'avais besoin d'un endroit pour placer un autel à mon dieu, peut-être même une statue de lui. Oui, une grande statue ferait l'affaire, et je veillerais à ce que tous les portraits d'Hécate soient retirés. Après tout, c'était Alastor qui avait rendu tout cela possible. Il m'avait choisi et je devais le remercier. Mais je devais d'abord régler certaines choses. Je pensais que ce serait déjà fait, mais les plans avaient mal tourné.

« Votre Majesté ! Le roi a été vu ! »

Mon cœur s'est accéléré à ces mots. Nathan était vivant !

« Où ? »

« Il s'en vient au château. »

« Parfait ! J'ai hâte de le voir. »

Ma journée venait de s'améliorer. Peut-être que les choses allaient se calmer plus vite que prévu, après tout.

J'ai appelé « Ambre ».

« Oui, Majesté ? » répondit la vampiresse, ses yeux dorés brillant contre sa peau bronzée.

« Préparez le retour du roi. »

Elle s'est inclinée. « Bien sûr, Votre Majesté. »

J'ai regardé ses tresses brunes se balancer tandis qu'elle sortait rapidement de la salle du trône.

Au bout de quelques minutes, j'entendis les pas de Nathan dans le couloir et mon cœur s'est emballé. Je m'assis sur mon trône, attendant patiemment son arrivée.

Un garde ouvrit la pièce. Il était vêtu de vêtements ordinaires, mais il avait l'air en forme. Je me demandais comment il était possible qu'il ne soit pas blessé. Je me souvenais l'avoir vu se battre avec les assassins. Je m'attendais à ce qu'il soit dans un état pire que ceci.

« Nathan, tu es de retour ! » m'exclamai-je.

Il m'a souri, est entré dans la pièce et s'est tenu à quelques pas, les yeux rivés sur moi.

Sa voix portait une trace de vulnérabilité lorsqu'il parla. « Samantha, j'étais si inquiet… »

« Je me suis demandé à chaque instant si tu allais bien », ai-je répondu doucement, mais les derniers mots se sont échappés avec une amertume infâme.

Les sourcils de Nathan se froncèrent — il avait entendu le changement de ton.

« Est-ce quelque chose te préoccupe ? » demanda-t-il.

Je l'ai regardé fixement tandis que des gardes et des vampires encapuchonnés remplissaient la salle du trône. Nathan s'arrêta et regarda les vampires autour de lui. Les gardes nous regardaient, Nathan et moi, ne sachant que faire.

Nathan insista : « Je t'en prie, Samantha. Si quelque chose te préoccupe, je te prie de m'en faire part. »

Ambre revint dans la pièce, souriante, son armure de cuir lui allant comme un gant.

« Tout est en ordre, Votre Majesté. »

« Ah, parfait ! Merci, Ambre. »

« Samantha, » plaida Nathan, « qui sont ces gens ? »

« Je ne sais pas par quelle grâce tu as survécu », ai-je dit froidement, « mais cette affaire était censée être réglée le jour de notre mariage. Je crains qu'il y ait des forces en jeu que même toi ne peux pas rivaliser. Mes compatriotes Miłonbloodeurs et moi-même avons préparé cela depuis des années, gonflant nos forces, attendant patiemment le bon moment. Maintenant, nous allons nous occuper de tout et purger ce monde des pécheurs. Les anciennes règles vampiriques seront restaurées. »

« Milonbloodeurs ? Des règles anciennes ? Qu'est-ce que tu racontes ? » demanda Nathan, son expression changeant, un mélange d'inquiétude et de surprise creusant les traits de son beau visage.

J'ai ri et je l'ai regardé avec pitié. « Mon pauvre Nathan… Alastor a parlé. Il m'a choisi. Je suis son essence et le réceptacle de sa vengeance. Je deviendrai lui lorsque j'accomplirai la Grande Prophétie d'Alastor et qu'il reviendra dans notre monde. »

Alors que Nathan me regardait, bouche bée, trop stupéfait pour bouger, j'ai ordonné : « Ambre ! ».

« Oui, prêtresse ? »

« Terminez ce qui a été commencé. » Puis j'ai donné des instructions aux gardes : « Ne laissez pas le roi maudit quitter le château. »

Chapitre 21 (Érendriel)

Reine méchante

« **É**rendriel », murmura-t-elle, « la trahison changera le cours du destin. »

Je sifflai et jurai de douleur, cloué sur place par sa magie froide. Elle se tenait devant moi, son visage si près du mien que je pouvais sentir son souffle glacé sur ma peau, une brume s'échappant lorsque j'expirais. Avec ses ailes, elle dégageait un air de puissance et de cruauté à la fois captivant et effrayant. Sa peau était grise comme si elle était faite d'argile, mais elle se déplaçait comme n'importe quel être vivant, me donnant un sentiment étrange qui me faisait dresser les cheveux sur la nuque. Sa beauté éthérée cachait un cœur aussi froid que le vent d'hiver.

Bien que je n'aie jamais rencontré personne dans ce monde de cauchemar, sa présence imposait son autorité. J'ai décidé de l'appeler la méchante reine, puisque je ne connaissais pas son nom. J'étais certain qu'elle était responsable de ce royaume et de bien d'autres choses encore.

« Les nains », murmura-t-elle. C'était la première fois qu'elle parlait des nains. « C'est par eux que tout commence ».

Une douleur m'a parcouru le dos lorsqu'elle l'a pressé à nouveau avec sa magie froide.

« Qu'en est-il d'eux ? » ai-je demandé péniblement.

« Prends leur ville », ordonna-t-elle.

J'ai arrêté de respirer, abasourdi par ce qu'elle me demandait. Je détestais les nains, mais nous étions en paix depuis des années et nos échanges commerciaux étaient bons.

« Mais cela signifierait les trahir. »

La méchante reine se rapprocha, ses lèvres froides effleurant mon oreille. « Précisément ».

Elle a reculé et s'est retournée quand j'ai demandé : « Et si je refuse ? »

Ses ailes frémirent et je sentis une aura de magie tonner de colère autour d'elle. Elle se retourna vers moi et je craignis que son seul regard ne me tue.

« Ne t'avise pas de me désobéir, car les conséquences seraient bien plus graves que tu ne peux l'imaginer. »

J'ai avalé ma salive, trop choqué pour dire quoi que ce soit.

Elle haussa le ton. « Me suis-je bien fait comprendre ? »

Voyant qu'elle attendait une réponse, j'ai hoché la tête nerveusement. Satisfaite, la méchante reine se retourna et s'éloigna.

Je me suis réveillé en sursaut. Mon dos me faisait encore souffrir, mais une force inconnue circulait dans mes veines. J'étais encore étonné de ce qu'elle m'avait demandé de faire. Historiquement, nous avions eu plusieurs guerres avec les nains, mais c'était du passé. S'il était vrai que les nains n'ont aucun sens de l'humour ou de passion pour le raffinement et l'art, ils avaient tout de même des qualités, comme celle d'être doués pour l'exploitation minière et la forge d'armes. D'un point de vue stratégique, la conquête de la cité naine pouvait être une bonne idée. Leur port était un important centre de commerce, et nous pourrions faire plus de profit en profitant des luxes exotiques et rares des explorateurs des quatre coins de la mer.

Je me suis levé et j'ai pris une douche pour détendre mes muscles endoloris. Bien sûr, cela choquerait le Comité des races unies, mais je m'en moquais. Ce serait l'occasion de prouver une fois pour toutes la supériorité des elfes et d'apporter de nouvelles richesses à mon peuple.

C'était un pari dangereux, mais qui pouvait s'avérer payant. Il me faudrait quelques semaines pour préparer mes troupes, et j'avais plusieurs choses à régler avant de faire la guerre. La magie qui coulait en moi avait une volonté propre, et elle exigeait une chose : je dirigerais moi-même l'armée. Un frisson me parcourut à cette pensée — la magie en moi était excitée. Une voix résonna dans mon esprit alors que je sortais de la douche.

« Bon garçon ».

Assis sur mon trône, je fixais des parchemins ennuyeux que je devais lire et signer. J'avais hâte de me préparer à l'invasion des nains, mais je devais d'abord m'occuper de ces parchemins. La vie d'un roi n'était pas toujours glorieuse, je préférerais que quelqu'un d'autre s'occupe de ces parchemins.

« Votre Majesté ! »

Mon chancelier, Mathias, entra dans la salle, essoufflé, replaçant ses longs cheveux blonds derrière ses oreilles. Ce n'était pas son genre de perdre son calme.

J'ai posé le parchemin que je tenais.

« Qu'est-ce qu'il y a ? » demandai-je.

Mathias s'est arrêté quelques pas devant moi, reprenant son souffle.

« Il semble qu'il ait échoué, Votre Majesté. »

Je me suis levé, la colère m'envahissant, et j'ai crié : « Comment ça, il a échoué ? ».

Mathias s'est replié sur lui-même.

« Tout le royaume cherche le roi. Ils ne savent pas où il est allé. »

Je me redressai, serrant les poings, le cœur battant dans ma poitrine. Cet imbécile incompétent ! Je savais que nous aurions dû nous occuper de cette affaire nous-mêmes. J'étais tellement préoccupé à cacher notre implication dans cette affaire pour ne pas ternir la réputation de notre race que j'avais perdu une occasion en or.

Et cette Samantha. Elle avait été très utile pour contacter l'assassin, et j'avais passé un accord avec elle que je respecterais… tant que j'aurais besoin d'elle. Son organisation semblait obscure, mais je savais qu'elle irait jusqu'au bout du monde pour le tuer. Je n'en attendais pas moins d'elle.

« Ils le cherchent. Savent-ils s'il est blessé ? Y a-t-il une chance qu'il soit mort ? »

Mathias a acquiescé.

« D'après ce que j'ai entendu, le roi a été empoisonné et blessé dans sa fuite. Ils ne savent pas où il est. »

J'ai pris une grande inspiration. Au moins, il y avait une chance qu'il soit mort. Son existence même menaçait notre existence, qu'il le sache ou non. Ce n'était qu'une question de temps avant que notre monde ne soit condamné à cause de lui. L'Oracle l'avait prédit, et je serais damné si je restais là à le regarder nous détruire tous !

« Il s'agit d'une question cruciale. Tenez-moi au courant ».

Mathias a acquiescé et a quitté la pièce. C'était une question que je devais régler, mais je ne pouvais pas la laisser entraver mes préparatifs de guerre.

Maintenant que Matias était parti, je me concentrai à nouveau sur les parchemins, mais juste à ce moment-là, Élaine fit irruption dans la pièce.

« Est-ce que tout le monde en fait une habitude ? » J'ai claqué, agacé.

Élaine s'est arrêtée, les yeux écarquillés de surprise, se demandant ce que je voulais dire. J'ai grogné, balayant la question d'un revers de main. Bien sûr, elle ne pouvait pas savoir ce que je voulais dire et je ne voulais pas l'expliquer.

« Qu'est-ce qu'il y a ? » demandai-je à nouveau.

Élaine se redressa, replaçant le bas de sa longue chemise verte.

« Je suis venu faire mon rapport. »

J'ai acquiescé. « Allez-y. »

Elle se racla la gorge, et je vis ses bijoux enchâssés briller légèrement. J'admirais la force magique de cette femme. J'avais bien fait de la nommer grande magicienne.

« Des Miłonbloodeurs ont été vus à une réunion des Tisseurs d'ombres. Nous pensons que les deux factions pourraient s'associer. »

Je me suis renfrogné. Ces maudits Tisseurs d'ombres étaient une véritable plaie. Ils faisaient honte à notre belle race, mais je n'avais pas trouvé de solution puisque chacun pouvait suivre la religion qu'il voulait — il n'y avait pas encore de loi qui le stipulait. Je les tolérais tant qu'ils ne causaient pas d'ennuis. La plupart des gens suivaient de bons dieux, comme Solonor, le dieu de la chasse, ou Hanali, la déesse de l'amour. Cependant, les Tisseurs d'ombres vénéraient Shevarash, le demi-dieu des morts-vivants. Ils étaient connus pour étudier la magie noire, mais ne causaient pas beaucoup de tort aux gens. Cela pourrait changer s'ils commençaient à fréquenter ces suceurs de sang.

« Savez-vous ce qu'ils faisaient ensemble ? »

Élaine secoua la tête.

« Pas encore, sire. Mais j'ai l'intention de le découvrir ».

« Merci, Élaine. Continuez à faire du bon travail. »

Élaine s'inclina et prit congé.

« Merci, Votre Majesté. »

« *Elle est trop puissante* », murmura la méchante reine, mais je secouai la tête. Élaine était une magicienne digne de confiance, et je ne voulais pas entendre le contraire.

Le silence régnait dans la pièce alors que j'étais à nouveau seul sur mon trône. Je regardais les parchemins, les documents qui me fixaient, attendant que je les prenne et reprenne mon travail là où je l'avais laissé. Je n'avais plus l'intention de travailler. Toutes ces mauvaises nouvelles m'avaient enlevé toute motivation. Le simple fait de prendre la plume pour écrire me semblait un obstacle insurmontable.

La prophétie de l'Oracle résonna dans mon esprit, et je me demandai un instant s'il y avait des détails sur les hybrides qui m'avaient échappé. Tout ce que je pourrais utiliser contre le Roi maudit s'il découvrait le pouvoir en lui. Peut-être y avait-il des gens qui en savaient plus que moi sur les hybrides ?

Rassemblant mon courage, je me levai et me dirigeai vers mon bureau. J'avais besoin de me débarrasser de Nathan pour pouvoir me concentrer pleinement sur les préparatifs de guerre.

Un sentiment de paix et de sérénité m'a envahi alors que je me tenais dans la pièce, examinant les livres sur l'étagère. J'ai souri. Les femmes de ménage avaient fait du bon travail. Il ne restait pas de poussière et chaque livre avait été soigneusement nettoyé pour ne pas l'abîmer.

En parcourant les titres des livres plus anciens, je suis tombé sur celui que je cherchais : *Hybrides et démons — Légendes et mythes.*

Un frisson me parcourut l'échine lorsque je pris le lourd tome dans mes mains, une odeur de cuir et de papier ancien envahissant mon nez. Je me laissai tomber lourdement dans mon grand fauteuil rembourré, prêt à me plonger dans la lecture de connaissances anciennes et oubliées.

Mon enthousiasme initial a été de courte durée lorsque j'ai réalisé que le livre contenait des informations insignifiantes. Tout ce qui y était écrit était rabâché, des connaissances générales connues de tous ou des légendes sans fondement. Frustré, j'ai remis le livre à sa place.

Assis dans mon grand fauteuil rembourré, j'ai appelé mon fidèle chancelier. « Mathias ? »

L'elfe apparut aussitôt.

« Vous avez appelé, Votre Majesté ? »

J'ai acquiescé.

« Trouvez-moi quelqu'un qui a des informations sur les hybrides. Tous les livres ici sont inutiles. Je veux connaître leurs secrets. »

Mon chancelier s'inclina légèrement avant de partir. Je pris une profonde inspiration et fermai les yeux, me détendant en écoutant les sons provenant de la fenêtre ouverte, respirant le vent frais.

Chapitre 22 (Nathan)

Miłonbloodeurs

Mon esprit était envahi par des émotions contradictoires tandis que je rassemblais les fragments de la vérité. Les chuchotements et les ombres avaient convergé, révélant un réseau de tromperies qui avait piégé ma femme autrefois bien-aimée. Un sentiment d'impuissance s'est installé dans ma poitrine. La seule fois où j'avais enfin ouvert mon cœur à l'amour, pour le voir détruit par la trahison.

Cette prise de conscience m'a frappé comme un coup de tonnerre. Je pouvais presque entendre les échos de ses promesses, ses mots doux teintés de trahison. Comment ai-je pu être aussi aveugle à ses véritables intentions ? Comment ai-je pu manquer le goût amer de la trahison dans son baiser ? La colère déferla dans mes veines, alimentant ma détermination. Je serrai les poings. Dire qu'elle faisait partie des redoutables Miłonbloodeurs. Notre mariage, les assassins, la perte de ces vies innocentes, elle avait tout planifié. Je voyais encore le visage de l'assassin blond défiler devant mes yeux. La bile me monta à la gorge, mais je la ravalai.

Elle paierait pour tout cela.

J'ai regardé autour de moi, mais je n'ai vu ni Lysandre ni aucun de mes serviteurs habituels. Samantha les avait tous remplacés par ses fanatiques. Ils étaient des dizaines dans la pièce.

Le poids de la bataille imminente pesait sur mes épaules, et je me demandais si j'étais assez fort pour gagner contre tout le monde ici. Je fixai la vampiresse que j'avais cru aimer, son regard glacial fixé sur moi. J'allais reprendre mon trône et faire subir ma colère à ceux qui cherchaient à mettre fin à mon règne. N'étant plus lié par l'amour ou la peur, j'embrassai la colère qui coulait dans mes veines, me jurant de m'élever au-dessus de la trahison dont j'avais été victime.

Ils connaîtraient la colère du Roi maudit.

Les Miłonbloodeurs m'entouraient, alimentés par leurs croyances zélées, mais j'étais abasourdi que certains gardes suivent les ordres de Samantha.

« Comment osez-vous ? » demandai-je avec indignation. « N'oubliez pas qui est votre roi ! »

Mais ils ont croisé mon regard et m'ont répondu : « Notre prêtresse est notre reine. »

C'est alors que j'ai réalisé qu'ils étaient membres de l'organisation des fanatiques et qu'ils étaient bien plus infiltrés dans le château que je ne l'aurais imaginé. Alors que je me demandais si quelqu'un m'était encore fidèle dans le château, je remarquai que quelques gardes l'étaient encore et se rangeaient à mes côtés. Ils m'entourèrent, épées levées vers notre ennemi, et me firent un signe de tête.

Avec une agilité surnaturelle, j'esquivai les coups de l'assaillant sans effort, mes capacités royales me donnant un avantage. Libérant mes pouvoirs, j'envoyai une vague de magie autour de moi, des vrilles de ténèbres tourbillonnantes qui emprisonnèrent mes assaillants, les arrêtant momentanément. Avec une précision mortelle, je brisai le cou du plus proche, son corps tombant lourdement sur le sol. Grâce à mes sens vampiriques accrus, je pouvais anticiper les mouvements de mes assaillants et contrer leurs attaques. L'air crépita d'énergie tandis que j'invoquais mes forces vampiriques.

Alors que le combat se poursuivait, d'autres fanatiques entrèrent dans la pièce, certains armés d'épées et d'arcs, d'autres lançant de puissants sorts. J'étais à nouveau en infériorité numérique, comme le jour de mon mariage. Le souvenir de la lame empoisonnée me revint à l'esprit et je réalisai que je ne pourrais pas gagner cette bataille seul. J'avais vu la mort de trop près pour m'y risquer à nouveau. Je savais que si j'échouais, il n'y aurait pas de retour possible, alors abandonner était la meilleure solution.

J'ai volé jusqu'au plafond, prenant mes agresseurs par surprise. Quelques-uns des gardes m'ont suivi.

J'ai demandé : « Laissez-moi passer ! ».

Les gardes encore loyaux obéirent et bloquèrent les assaillants, me laissant passer. En arrivant au bout de la pièce, je me retournai pour voir ceux qui m'avaient aidé encerclés.

Samantha a crié : « Jetez-les dans le donjon ! Ne laissez pas le roi s'échapper ! »

Sans perdre de temps, j'ai quitté le château, jurant de rassembler mes forces et de reconquérir mon trône.

J'ai regardé derrière moi et j'ai réalisé que je n'étais pas suivi. Les partisans de Samantha étaient sans doute trop occupés avec mes hommes. Bien qu'encerclés, j'étais convaincu qu'ils se battraient jusqu'au bout plutôt que de se laisser enfermer dans le donjon.

J'utilisai ma force vampirique pour donner à mes mouvements bien plus de vitesse que je ne l'aurais osé d'habitude. La boutique de Darryl n'était pas loin, juste un peu plus loin sur le chemin sinueux qui sortait des jardins du château, mais prendre ce chemin me permettait aussi d'éviter les regards indiscrets. Je continuai à jeter des coups d'œil par-dessus mon épaule pour m'assurer que personne ne me suivait.

Darryl et Émeraude étaient assis ensemble lorsque j'entrai, brisant pratiquement la porte. La vérité de ce qui s'était passé m'a frappé alors que je pénétrais dans la sécurité de la boutique. Une pression s'est installée dans ma poitrine et j'ai eu besoin de m'asseoir avant que mes jambes ne se dérobent sous moi. Leurs visages sont passés du soulagement à l'inquiétude lorsqu'ils ont vu l'état dans lequel je me trouvais.

Émeraude se leva, la chaise grinçant contre le sol. « Tu vas bien ? Qu'est-ce qui s'est passé ? »

Elle a essayé de m'attraper par les bras, mais je l'ai dépassée et je me suis laissé tomber dans un fauteuil, l'engourdissement m'envahissant.

« La reine est-elle morte ? » demanda Darryl.

J'ai serré les dents en entendant ce mot. *Reine*. Elle avait obtenu tout ce qu'elle voulait, n'est-ce pas ? Elle avait pris le titre et m'avait ensuite jeté comme un déchet. J'avais été stupide de croire que je pouvais être aimé, j'étais juste *maudit*. Moitié vampire, moitié loup-garou. Je n'aurais jamais ma place nulle part. Personne ne me ferait confiance. Personne ne m'aimerait.

Personne d'autre que…

Mes yeux se posèrent sur le vert profond d'Émeraude. Une fleur délicate liée à moi pour ma survie égoïste, mais elle donnait chaque jour sans regarder en arrière, sans se soucier du prix à payer pour son corps. Elle était tout ce qui me restait. Je lui devais, ainsi qu'au peuple, de récupérer mon trône.

J'ai serré les mots entre mes dents, la réponse étant aigre sur ma langue. « La reine va bien. Elle me veut mort. »

Darryl et Émeraude furent surpris.

J'ai continué : « Elle m'a trahi. Le palais était plein de Miłonbloodeurs. »

La mâchoire de Darryl s'est crispée à ce moment-là, quelque chose a vacillé dans les yeux de l'homme — je pouvais y lire de la fureur.

« Miłonblood est une religion maléfique. Ils vénèrent Alastor, un esprit de vengeance ! Pouvez-vous croire ? »

En réalité, je ne connaissais pas grand-chose de cette religion. Ma connaissance d'eux se limitait à ce que je devais savoir en tant que roi. C'étaient des fanatiques, prêts à tout pour obtenir ce qu'ils voulaient.

« Alastor est connu pour se venger sur les jeunes générations des crimes de leurs ancêtres », expliqua Darryl. « Il est particulièrement cruel et préfère tuer la famille du meurtrier plutôt que le meurtrier lui-même. Il était autrefois mortel, mais il a été tué par son propre père. Depuis, il fait couler le sang, s'assurant que la cruauté de sa mort ne soit pas oubliée. »

Émeraude fut la première à prendre la parole. « Ce n'est pas un dieu. »

J'ai acquiescé. « Effectivement. »

Darryl se racla la gorge, serrant les poings à plusieurs reprises. « Les Miłonbloodeurs prêchent une interprétation stricte et intransigeante de leur foi. Ils croient que leur divinité les a choisis comme instruments de la colère divine, chargés de purger le monde des pécheurs et des hérétiques. »

Comprenant désormais les convictions de ces personnes, j'étais plus que jamais convaincu que nous devions mettre un terme à Samantha.

« Tu as l'air d'en savoir beaucoup sur eux », dit Émeraude.

Darryl pinça les lèvres, baissant le regard. « Des Miłonbloodeurs ont enlevé mon père alors que je n'étais qu'un bébé. Il a emmené ma sœur aînée et a laissé ma mère m'élever seule. Je ne sais même pas s'ils sont encore en vie. »

« Tu as une grande sœur ? » demanda-t-elle.

Darryl secoua la tête, la voix résolue. « Tu es ma seule sœur, Émeraude. L'autre est morte pour moi depuis longtemps. Je ne saurais même pas à quoi elle ressemble. »

Cet homme ne cherchait pas la pitié. Il avait pleuré la perte de sa famille il y a longtemps. Il voulait se venger de ceux qui les lui avaient volés.

Je lui ai touché l'épaule. « Aujourd'hui, je te le jure, je reprendrai mon trône et nous arrêterons les Miłonbloodeurs pour qu'ils ne déchirent pas d'autres familles ».

Une larme a brillé dans les yeux de l'homme, et j'ai su que j'avais dit ce qu'il espérait entendre. Il a posé sa main sur la mienne.

« Alors je me tiendrai à tes côtés. Trône ou pas, tu seras toujours mon roi, et je me réjouirai le jour de notre victoire. »

Les paroles de cet homme m'emplirent d'orgueil. Si je pouvais porter le poids des espoirs des gens, j'étais sûrement digne d'être roi.

« Nous aurons besoin d'alliés », ai-je dit.

Ils ont tous deux acquiescé.

« Nous devrions aller à la taverne », proposa Émeraude.

Darryl a acquiescé, mais nous a mis en garde. « Attention, si les Miłonbloodeurs sont dans le palais, alors ils sont partout ».

J'ai pesé les mots de l'homme, prenant cet avertissement au sérieux.

« Pendant que vous faites cela, » ajouta-t-il, « je vais rassembler mes forces. J'ai de nombreux alliés, des gens dignes qui ne nous trahiront pas. »

J'ai acquiescé et nous avons passé la majeure partie de la journée à planifier nos prochaines actions.

Chapitre 23 (Caleb)

Rumeurs

Je marchais dans les rues bondées quand j'ai entendu deux vampires discuter.

« As-tu entendu ? Le roi a été renversé ! »

« Quoi ? Es-tu sérieux ? »

Le premier vampire acquiesça « Il y a eu une attaque au mariage. J'ai entendu dire que ça faisait partie d'un plan ! »

Le second secoua la tête. « Quel dommage ! J'aimais bien ce roi, il était plutôt gentil et s'occupait du peuple. »

« Oui », répondit le premier. « J'aimais beaucoup son père. C'est dommage que sa lignée ne soit plus sur le trône. »

Je m'approchai des deux vampires, comprenant qu'ils parlaient de Nathan.

« Vous ne le dites pas ? » demandai-je en m'immisçant dans la conversation.

Le premier vampire s'est tourné vers moi, ajoutant avec beaucoup trop d'émotion à mon goût : « J'ai entendu dire que des dizaines de personnes étaient mortes ! ».

« Vraiment ? » J'ai fait semblant d'être stupéfait. « Quelqu'un a vu le roi ? Que lui est-il arrivé ? »

Le vampire haussa les épaules.

« J'ai entendu dire qu'il avait disparu ! Personne ne l'a vu depuis. »

J'ai juré intérieurement. J'avais espéré qu'il ait des informations sur l'emplacement de ma cible. Au moins une rumeur.

« Eh bien, c'est toute une histoire ! » observai-je avant d'incliner la pointe de mon chapeau en guise d'au revoir, les deux vampires acquiesçant.

J'ai continué à me déplacer dans la foule, essayant de saisir des bribes de conversation, mais c'était partout la même chose.

« Quoi ? Le roi n'est plus ? » demanda un humain.

« Bon débarras ! », répondit un vampire. « J'attends toujours le jour où nous aurons notre dû et que seront restaurés nos droits. »

« Ce jour n'arrivera pas », rétorqua l'humain.

Le vampire souffla agressivement. « Tu peux être sûr que je serai le premier à m'occuper de toi le jour où ces règles stupides de protection des humains seront abolies ».

L'humain recula, mais la vampiresse qui les accompagnait calma le jeu. « Arrêtez, vous deux ! Tu peux dire ce que tu veux, mais je sais que tu seras le premier à le protéger si les règles changent. »

Le vampire regarda l'humain, essayant de déterminer si elle avait raison.

« Vous pensez vraiment que cela va arriver ? » demanda l'humain. « Qu'ils vont restaurer les anciennes lois vampiriques ? »

La vampiresse haussa les épaules.

« Nathan était un défenseur des droits humains, tout comme son père. Bien que beaucoup soient d'accord avec lui, une branche de la droite réclame depuis des siècles que les choses changent ».

Le vampire s'exclama : « Il est temps que ça change ! ».

Ses deux amis se tournèrent vers lui et il ajouta : « Mais c'est vrai que je ne voudrais pas qu'il t'arrive quelque chose ».

J'ai regardé les amis s'éloigner, me rappelant que j'avais été jeune et innocent comme eux, me souvenant d'une époque où les problèmes étaient légers.

En marchant dans la ville, je me suis rendu compte à quel point les gens étaient divisés. Bien que la majorité de la population soutienne le roi, plusieurs camps ayant des opinions bien arrêtées étaient heureux de le voir partir. Je n'avais jamais réfléchi à ces implications avant d'accepter le contrat, mais je voulais aller jusqu'au bout. Je ne voulais pas que ma réputation de meurtrier soit ternie par ce contrat.

Au fur et à mesure que la journée avançait, je sentais la soif monter en moi. Il était temps d'aller me chercher une douce victime à savourer.

Chapitre 24 (Nathan)

La dernière goutte

La journée passa plus vite que je ne l'avais prévu, les heures filant à toute allure, et le soir arriva sans que je m'en rende compte. Nous avions convenu de nous rendre à la taverne, Émeraude et moi, et d'essayer de trouver des informations sur les Miłonbloodeurs. Connaître son ennemi était le meilleur moyen de le vaincre. Je voulais savoir où se trouvait leur repaire et tout ce que je pourrais utiliser contre Samantha pour reprendre le trône.

La pluie n'a pas cessé de la journée. Elle trempait mes vêtements tandis que nous marchions dans les rues sombres de la ville. J'étais heureux qu'Émeraude ait un imperméable pour la protéger.

Je me suis alors rendu compte que je n'avais jamais mis les pieds à la taverne, même si j'essayais d'aller en ville et de faire connaissance avec les gens. Je ne pouvais écouter qu'une partie des problèmes lors des séances quotidiennes. Pour les connaître, un roi devait être *avec* son peuple.

Nous nous sommes dirigés vers le bâtiment de briques grises qui se profilait à l'horizon. Les deux lanternes placées de part et d'autre de la porte brillaient d'une lueur jaunâtre, leur flamme coupant l'obscurité causée par la pluie. Une lumière éclairait les chambres du deuxième étage de la taverne, qui faisait office d'auberge et offrait du repos aux voyageurs fatigués. Un pieu portait une pancarte avec le nom de la taverne, La Dernière Goutte. Le propriétaire avait trouvé ironique que son enseigne soit soutenue par la chose même que les humains utilisaient autrefois pour nous tuer.

Je souris amèrement, me rappelant les leçons d'histoire que l'on m'avait enseignées lorsque j'étais jeune prince. Il y a des millénaires, les vampires se cachaient parmi les humains, le plus souvent pour dissimuler leur nature. Les humains ne voulaient pas être utilisés comme nourriture, et bien que les vampires soient plus puissants que les humains, ils étaient bien plus nombreux que nous. Pendant des années, les humains plantaient un pieu dans le cœur des vampires avant de les décapiter. Un frisson me parcourut l'échine à cette idée.

Il a fallu des siècles aux vampires pour créer une grande révolution, s'unir et mettre les humains à genoux. Aujourd'hui, un équilibre avait été trouvé, les vampires évoluant en une société respectable. Je m'étonnais que la simple vue d'un pieu suscite en moi de tels sentiments et je me demandais si en avoir un bien en vue dans la ville était une bonne idée.

Le bruit des rires et l'odeur de l'alcool m'ont mis l'eau à la bouche lorsque j'ai ouvert les portes, cherchant à me protéger de la pluie avec Émeraude. La Dernière Goutte était un endroit exclusif où les vampires pouvaient se divertir et se rencontrer. Les humains y étaient également admis, mais ils étaient peu nombreux. Ils préféraient la taverne des quartiers humains de la ville, l'endroit préféré des humains qui travaillaient dans les établissements vampiriques. Quelques-uns d'entre eux venaient tout de même ici, accompagnant leur amant ou ami vampire. La taverne était un lieu où l'alcool repoussait le jugement et où les amants osaient être vus ensemble.

Une barmaid vampire vendait divers alcools, du vin de sang et même de coûteuses potions de sang pour les clients les plus riches. Des bardes se relayaient automatiquement pour chanter ou jouer d'un instrument. Des lieux comme celui-ci leur offraient l'espoir de devenir célèbres.

Il y avait plusieurs petites tables rondes en bois avec des chaises disposées autour, mais j'ai décidé de m'asseoir sur un tabouret au bar. Des vases de fleurs mauve foncé décoraient le bar, mais je ne connaissais pas leur nom. Quelques étagères sur les murs contenaient des bibelots comme des statues de corbeaux et de gargouilles, des bijoux rares et des armes décoratives. J'ai pensé qu'Émeraude serait probablement ravissante avec ce collier d'opale noire et je me suis dit que je reviendrais une fois que j'aurais regagné mon trône et que je le lui achèterais. Je savais que ces choses n'étaient pas à vendre, mais chacun a son prix, et je ne connaissais rien qu'un trésor royal ne puisse acheter.

La barmaid nous a accueillis lorsque nous nous sommes assis au bar. Ses yeux violets pétillaient et son sourire dévoilait ses canines. Repoussant ses longs cheveux blancs derrière ses oreilles, elle demanda en essuyant un verre : « Que puis-je vous servir ? »

L'épaule d'Émeraude toucha la mienne alors qu'elle se rapprochait de moi, visiblement peu préoccupée par le fait que mes vêtements étaient encore trempés.

« Avez-vous du vin sans sang ? » demanda-t-elle.

La serveuse lui fait un clin d'œil. « Bien sûr, nous en avons ! »

Émeraude acquiesça. « Alors je prendrai un verre de vin blanc, s'il vous plaît. »

La serveuse s'est tournée vers moi.

« On dirait qu'il a beaucoup plu ! » s'exclama-t-elle en éclatant de rire. Puis elle fit un signe vers le côté de la pièce.

« Rajak, viens ici, s'il te plaît. »

Un homme de grande taille s'est approché de nous. Il mesurait au moins un mètre quatre-vingt-dix, sa peau était brun foncé et ses yeux jaunes brillaient. Il avait des oreilles d'elfe, mais la carrure d'un humain qui travaille dur. Il fixa la barmaid avec un sourire.

« De quoi as-tu besoin, ma douce Mirena ? »

Les yeux de la serveuse brillaient d'affection en regardant l'homme.

« Peux-tu sécher cet homme avant qu'il n'abîme le parquet ? »

L'homme gloussa et avant que je puisse me demander ce qui se passait, un vent chaud m'enveloppa. Je fermai les yeux, m'abandonnant à la magie, attendant que mes vêtements sèchent complètement. Lorsque je les ouvris, je constatai que l'imperméable d'Émeraude avait lui aussi séché.

Rajak s'est légèrement incliné lorsqu'il a terminé.

« Tout pour toi, mon amour. » Puis il m'a regardé et a ajouté : « Et pour mon roi. »

Des murmures s'élevèrent dans la taverne à la mention de mon titre, et je me demandai si j'aurais dû cacher ma véritable identité. Y avait-il des Miłonbloodeurs dans la taverne ? Nous avions pris le risque de venir ici sans le savoir, mais il était trop tard pour s'en préoccuper maintenant.

Mirena sourit lorsque Rajak retourna servir les tables. « Alors, commença-t-elle, que puis-je vous servir ? »

« Un verre de vin de sang. »

Elle a acquiescé et est allée chercher notre commande.

J'ai jeté un coup d'œil à Émeraude lorsque nous nous sommes retrouvés seuls. Elle s'est mordu la lèvre inférieure avant de murmurer : « Ne me laisse pas seule ici. »

Les vampires la dévisageaient, la faim se lisant dans leurs yeux. La vérité était qu'ils étaient probablement ivres de vin de sang et que leur instinct de prédateur refaisait surface. J'étais sûr qu'aucun d'entre eux n'oserait l'attaquer, mais je comprenais le malaise d'Émeraude. Elle était une proie dans la fosse aux lions.

« Ne t'inquiète pas », lui ai-je répondu à voix basse, « je ne laisserai personne te faire du mal ».

Émeraude a acquiescé, mais je sentais qu'elle était encore nerveuse. Elle a pris son tabouret et l'a rapproché de moi, sa cuisse touchant la mienne.

« Voilà, mes chéris ». Mirena nous fit un clin d'œil en plaçant un verre de vin devant Émeraude et de vin de sang devant moi. D'après sa teinte et son odeur, je devinais qu'il contenait une bonne quantité de sang, ce qui signifiait qu'il s'agissait probablement d'un produit de grande qualité.

Je fermai les yeux, appréciant le goût du breuvage dès la première gorgée. Cela faisait longtemps que je n'avais pas bu un aussi bon vin de sang. La voix d'Émeraude résonna dans mon oreille. « Mm, ce vin est si bon ! »

Une voix d'homme retentit à côté de moi, interrompant mon moment. « Je ne m'attendais pas à vous rencontrer ici ! »

J'ai regardé à ma gauche et j'ai vu deux yeux gris qui me fixaient. L'homme était grand et ses cheveux bruns étaient soigneusement coiffés. Une fois de plus, je me suis dit que j'avais déjà vu cet homme quelque part, comme la première fois que je l'avais rencontré.

« Xavier, content de te revoir ».

L'hybride humain-vampire sourit, heureux que je le reconnaisse. J'étais moi-même surpris de m'en souvenir — c'était comme si son image avait été gravée dans mon cerveau la première fois que je l'avais rencontré.

« Qu'est-ce que tu fais ici ? » demanda-t-il.

Je me suis dit qu'il pourrait être un bon informateur, voire un allié, puisqu'il était présent le jour du bal.

« Je cherche des informations sur les Miłonbloodeurs. Toutes les informations que je peux obtenir. Leur lieu de rencontre, leurs croyances, n'importe quoi. »

Émeraude posa sa main sur mon bras tandis que l'homme fronçait les sourcils, marmonnant : « Vous ne devriez pas parler d'eux avec autant de légèreté. Vous ne voudriez pas attirer une attention non désirée. »

Un frisson me parcourut l'échine tandis que je jetais un coup d'œil autour de moi, sentant le poids des regards sur mes épaules. Je me reprochai de parler avec autant d'insouciance, ce qui ne me ressemblait pas. Les événements récents m'avaient-ils troublé à ce point ?

La porte de la taverne s'ouvrit avec fracas. Un vampire de grande taille entra dans la pièce, les cheveux noirs rehaussés d'une mèche de cheveux blancs, ce qui lui donnait un air étrange. Il était légèrement grassouillet et pas particulièrement musclé, mais imposant tout de même, dépassant largement le mètre quatre-vingt-dix. Il s'assit à la droite d'Émeraude, ses yeux d'un noir profond me fixant droit dans les yeux. L'homme grogna, passant ses doigts sur sa barbe noire en réfléchissant, sans détourner le regard. Au bout de quelques secondes, il prit enfin la parole, en grondant. « Eh bien, eh bien, eh bien, qu'avons-nous là ? »

Je me tournai vers l'homme, un grognement s'échappant de ma poitrine, et serrai Émeraude contre moi — je n'aimais pas ce vampire. Tout en lui respirait l'agressivité, et je ne laisserais rien arriver à ma vassale. Alors que j'entourais Émeraude de mes bras, l'homme sortit un papier de sa poche. Il le déplia et nous le montra.

Lorsqu'il a brandi le papier, j'ai été stupéfait de voir un avis de recherche avec mon portrait. Dix mille pièces d'or et le service à vie de deux vassaux étaient offerts à quiconque me trouverait. C'était une offre exceptionnelle — dix mille pièces d'or suffiraient pour que d'honnêtes vampires me trahissent — mais l'offre des deux vassaux scellait le marché, faisant douter même l'allié le plus sincère de ses motivations. Ces affiches n'existaient pas lorsque nous nous sommes promenés dans les rues, elles ont donc dû être placées récemment. Le sceau du palais figurait sur l'affiche, ce qui signifiait que Samantha était prête à tout pour mettre la main sur moi. Le sang se glaça dans mes veines et je resserrai ma prise sur Émeraude.

Le vampire parla fort, attirant l'attention de toute la taverne sur nous. « Il semblerait que je me sois trouvé dix mille pièces d'or et deux vassaux. »

lèvres pulpeuses, savourant l'intimité de notre moment. Nos langues dansaient une valse délicate, nos mains étaient les instruments de nos besoins.

Un ronronnement de satisfaction s'échappa de ma poitrine tandis qu'Émeraude parcourait mon corps. Le désir m'a envahi et mes instincts se sont emballés, me poussant vers la peau du cou d'Émeraude. Elle s'agrippa à mon épaule, sachant ce qui allait se passer. Son dos se cambra et elle ne put retenir un gémissement lorsque je plantai mes dents dans son cou.

Elle était mon salut, ma pluie après la sécheresse, et je me délectais de son goût. Le parfum de son excitation emplissait l'air, et je savais qu'elle le partageait aussi. J'ai laissé mes mains parcourir son corps tandis que je buvais lentement, ajoutant à son corps déjà trop sensible, compte tenu de notre union intime.

Elle gémit à nouveau tandis que mes doigts roulaient contre elle. J'ai lentement retiré mes dents de son cou, ma soif étanchée. J'ai admiré sa beauté tandis qu'elle frémissait, s'épanouissant à mon contact. C'était une fleur délicate, et j'étais le seul à pouvoir accéder à son cœur. Je la désirais ardemment, voulant égoïstement la garder pour moi. Je sentais au plus profond de mon âme qu'elle le voulait aussi.

Je l'ai sentie frémir d'un grand souffle silencieux. Satisfait, je l'ai laissée retomber sur le lit et je me suis préparé à la prendre, déjà dur d'impatience. Ses lèvres se sont pressées contre les miennes tandis que je la pénétrais, la savourant de l'intérieur. Mon cœur battait au rythme du sien tandis que j'entrais et sortais, des vagues de plaisir s'abattant sur moi. Elle était si parfaite, et je n'ai pas pu me retenir lorsqu'elle a enfoncé ses ongles dans ma peau et s'est cambrée de nouveau dans l'extase, joignant ma voix chuchotante à la sienne alors que j'atteignais mon paroxysme.

Profitant de ce moment parfait, je l'ai serrée contre moi. Elle a murmuré : « Je ne veux pas que ça change. » Ses respirations étaient chaudes et roulaient sur ma peau à chaque mot.

J'ai embrassé le sommet de sa tête, caressé son dos en murmurant : « Ça n'arrivera jamais ».

Émeraude a fermé les yeux et est plongée dans le sommeil. Je restai éveillé, écoutant le bruit régulier de sa respiration. La nuit serait longue, mais je n'étais pas fatigué. Ne faisant pas entièrement confiance à Xavier, je me suis dit qu'il valait mieux que je ne dorme pas. La nuit était silencieuse et la pluie avait cessé. Je laissai mon esprit dériver tandis que je tenais Émeraude dans mes bras dans le petit lit, vigilant au cas où quelqu'un entrerait dans notre chambre.

Chapitre 25 (Élaine)

Naissance tragique

J« étais épuisée, mais pour une bonne raison. J'avais passé la nuit à fouiller dans la grande bibliothèque de la tour des mages, essayant de replacer les livres sur les étagères pour ne pas tout mettre sens dessus dessous. J'avais fini par trouver quelques livres qui faisaient référence à l'ancienne langue elfique.

La plupart des livres anciens avaient été brûlés lorsque la grande bibliothèque avait pris feu il y a des milliers d'années. Ce fut un grand désastre, l'incendie s'étant déclaré la nuit, alors que la plupart des elfes dormaient. Ils sonnèrent l'alarme et tout le monde se mit à l'œuvre. Certains tentèrent d'éteindre le feu avec leur magie, tous voulant sauver des générations de culture et d'histoire précieuses, mais en vain. Le feu fit rage pendant des heures, alimenté par les parchemins, le bois sec et les livres. Finalement, seuls quelques livres furent sauvés. L'ancienne langue elfique n'étant déjà plus très répandue, la connaissance de l'histoire ancienne de notre race fut presque entièrement perdue.

Le soleil se levait à peine lorsque je me suis enfermée dans ma chambre avec les précieux tomes, me dépêchant avant que les autres mages ne se réveillent.

J'ouvris les livres, tournant les pages, jusqu'à ce que je trouve les symboles de la langue elfique oubliée. Aucun des livres ne les contenait tous, alors je les traçais dans mon carnet au fur et à mesure que je les trouvais, en espérant en trouver suffisamment pour déchiffrer le vieux livre trouvé dans le repaire de Scorchfire.

Certains symboles étaient complexes et je devais passer beaucoup de temps à m'assurer que je n'oubliais aucun détail. Au fur et à mesure que je traçais les caractères, je sentais la fatigue m'envahir, mais même si le soleil était déjà levé, je ne voulais pas m'arrêter. Mes pensées s'embrouillaient et j'avais de plus en plus de mal à garder la plume droite dans ma main. J'ai dû refaire plusieurs fois certains symboles parce que je faisais des erreurs.

J'ai ouvert les yeux, un terrible mal de tête m'assaillant, et j'ai juré en réalisant que je m'étais endormie dans le livre que je regardais. Je vérifiai anxieusement que je n'avais pas renversé mon encrier sur les pages de mon carnet et poussai un soupir de soulagement en constatant que je n'avais fait que baver un peu. Je séchai rapidement la page avec un sortilège de vent.

J'avais faim, mais je ne voulais pas quitter ma chambre avant d'avoir terminé. Lorsque j'eus fini de feuilleter les livres, j'avais trouvé cinquante-deux symboles issus de trois dialectes différents, certains représentant des idées plutôt que des sons. Je ne savais pas combien de symboles et de dialectes contenait l'alphabet ancien, mais j'espérais en avoir assez pour déchiffrer ce dont j'avais besoin.

Vu la taille du livre, je savais que j'en aurais pour des heures, alors j'ai décidé d'écouter le grondement de mon estomac et d'aller chercher quelque chose à manger.

J'ai dû m'accrocher à ma chaise pour me lever, réalisant que j'étais plus fatiguée que je ne le pensais, ma tête tournant sous l'effet de l'effort. Je n'avais aucune idée de l'heure qu'il était, mais il faisait beau.

La salle commune étant vide, j'empruntai le couloir qui reliait la tour des mages au château. Des bruits se faisaient entendre au loin. Les serviteurs s'activaient et l'odeur de la nourriture emplissait mon nez, me faisant saliver. Quoi que fassent les cuisiniers, l'odeur était appétissante.

Je me dirigeai vers les cuisines, préférant prendre discrètement un plat plutôt que de participer au repas royal. J'avais l'intention de manger dans un coin et de retourner dans ma chambre sans attirer l'attention.

L'un des serviteurs a hoché la tête en me voyant entrer dans la cuisine.

« Veneficus dei », salua-t-il respectueusement.

Les autres serviteurs se sont tournés vers moi à ces mots. Plusieurs serviteurs du château m'appelaient ainsi. Ils croyaient que mes pouvoirs étaient un don des dieux et que je les sauverais, mais je ne croyais pas aux dieux. Non pas qu'ils n'existaient pas, je savais qu'ils existaient et qu'ils détenaient une grande magie. La vérité, c'est que les dieux ne se souciaient pas de nous et ne se donnaient pas la peine de nous aider lorsque nous étions en difficulté. Ils se tenaient à l'écart des mortels, nous laissant nous débrouiller avec nos propres problèmes.

Après avoir joué avec la magie autant que je l'ai fait, tué tant de créatures et vu tant de groupes religieux extrêmes prêts à faire n'importe quoi pour leur foi, j'en avais eu assez et j'ai renoncé à toute foi. Je ne croyais qu'en moi et en mes pouvoirs magiques, sur lesquels je pouvais compter pour combattre les gobelins ou les harpies.

« Ne m'appelez pas comme ça », ai-je demandé, « je ne suis pas un agent des dieux, seulement une mage qui fait son travail ».

L'homme m'a souri. Je savais qu'il voulait bien faire en m'appelant ainsi, mais je ne me prenais pas pour une sauveuse. Je ne faisais que mon travail et le fait d'être appelé le mage de Dieu ajoutait une telle pression sur mes épaules, d'autant plus que je n'avais aucune idée de ce dont ils voulaient que je les sauve.

« Je sais que vous m'avez déjà demandé cela, mais… »

« Pas de mais. Je m'appelle Élaine. »

L'elfe baissa les yeux vers le sol.

« Je ne pourrais jamais vous appeler par votre prénom. Ce serait déplacé de le faire ».

Je soupirai. « Alors, appelez-moi grande sorcière. C'est mon titre. »

L'homme acquiesça. « D'accord. »

J'ai reporté mon attention sur la nourriture.

« Ça sent vraiment bon », ai-je commenté, mon estomac exigeant que je prenne un peu de tout.

« Merci », répondit l'un des chefs. « Le repas d'aujourd'hui est composé de poulet et de légumes glacés avec une sauce aux herbes.

Cela avait l'air absolument délicieux, et j'ai demandé : « Puis-je avoir une assiette ? »

Le serviteur acquiesça et alla me servir une portion.

« Bien sûr, grande sorcière. »

« Merci. »

J'ai ramassé l'assiette et me suis apprêtée à partir au moment où Mitra est entré dans la cuisine. Ses yeux s'écarquillèrent lorsqu'il m'aperçut.

« Élaine, c'est donc ici que tu te cachais », dit-il d'une voix pleine d'inquiétude.

Je me suis figée un instant, me demandant quoi dire.

« Je ne me cachais pas. J'ai juste faim », ai-je répondu de la manière la plus décontractée possible.

L'elfe noir fronça les sourcils. « Tu es une très mauvaise menteuse ».

Je soupirai. Mitra me connaissait bien.

Je lui ai proposé de s'éloigner un peu.

Il a acquiescé et m'a suivie lorsque nous avons quitté la cuisine ensemble, en prenant soin de rester près de moi, comme si j'allais disparaître si je faisais un faux pas.

Nous arrivâmes dans une petite pièce isolée du château. Il n'y avait pas grand-chose, c'était plus un boudoir qu'autre chose, mais il y avait une petite table ronde en bois posée contre un mur avec une grande fenêtre, ce qui nous permettait d'apprécier la grandeur de la cité elfique.

Je m'assis sur l'une des chaises et posai mon assiette devant moi. Prenant une profonde inspiration, je fermai les yeux, appréciant l'air doux de l'après-midi qui entrait par la fenêtre. En bas, je pouvais voir les gens se promener dans les rues. J'appréciais la tranquillité de ces gens qui vaquaient à leurs occupations. Ma vie me semblait soudain si compliquée par les événements de ces derniers jours. J'aurais aimé pouvoir changer de vie un instant pour aller chercher un pain frais à la boulangerie sans me demander qui avait commis le vol au magasin d'artefacts ou si l'équilibre fragile de la magie du monde était sur le point de basculer. J'ai poussé un long soupir. Ma vie était peut-être tumultueuse, mais j'avais de la chance de pouvoir faire une telle différence dans notre royaume, et je devrais plutôt en être reconnaissante.

Le rire de Mitra m'a sorti de mes pensées.

« N'essaie pas de me dire que tout va bien. Tu es restée assise à regarder par la fenêtre et tu n'as même pas pris une bouchée de ton assiette. »

Pendant un instant, j'avais complètement oublié qu'il était là, et maintenant il était trop tard pour essayer de tout lui cacher.

J'ai pris une bouchée, en essayant de trouver ce que j'allais dire.

« Tu as raison », ai-je finalement murmuré.

Mitra avait l'air inquiet. « Alors, qu'est-ce qui ne va pas ? »

J'ai continué à manger un peu avant de répondre. « Je ne peux pas tout te dire. »

« C'est absurde ! » rétorqua l'elfe noir. « Je suis l'un de tes meilleurs amis, ou du moins je l'espère. À qui peux-tu parler si tu ne peux pas me parler ? »

Je lui ai souri. « Oui, tu es mon meilleur ami… ». J'ai fait une pause. Ce secret me pesait depuis un moment, me tiraillait l'âme. Incapable d'en contenir le poids plus longtemps, j'ai ajouté : « Je vais te dire ce que je peux ».

L'elfe hocha la tête. « Je préférerais que tu me dises tout, mais c'est mieux que rien. »

La bouche de Mitra s'ouvrit plusieurs fois de surprise quand je lui dis que j'avais été dans le repaire de Scorchfire, racontant comment la griffe avait été entachée de magie noire. Je n'ai cependant pas parlé de la magie elfique qui s'affaiblissait. Il resta silencieux, absorbant toutes les informations que je lui donnais en lui disant que j'avais trouvé un sigil des Tisseurs d'Ombre dans le repaire et un livre ancien à déchiffrer.

« Je n'arrive pas à croire que tu m'aies caché tout ce que tu as fait ! Je croyais que nous étions amis ! » s'exclama-t-il, visiblement vexé. « Tu as une griffe du dernier dragon *et* un livre ancien ! Je peux les voir ? »

Je me suis mordu la lèvre inférieure, réalisant que j'en avais trop dit et que j'aurais dû garder cette information pour moi.

« Peut-être plus tard ? » ai-je suggéré.

L'elfe sourit — le genre de regard qu'il a quand il sait que j'évite la question. « Tu vas tout faire toute seule, comme d'habitude ? »

Je roulai des yeux. « De la façon dont tu le dis, je fais toujours tout moi-même ».

« Eh bien, c'est vrai ! »

Je secouai la tête. « Ce n'est pas vrai. Tout le monde m'aide pour le vol de l'artefact. »

L'elfe se moqua. « D'accord, laisse-moi reformuler. Tu gardes pour toi tout ce qui est important et intéressant, et tu nous confies des tâches ennuyeuses. »

Je m'arrêtai momentanément, les mots de Mitra s'imprégnant en moi. Il avait raison.

« Le vol de l'artefact est important », ai-je rétorqué.

Il laissa échapper un soupir. « C'est vrai, mais pas aussi important que tout ce que tu m'as dit ».

Je soupirai à mon tour.

« Tu as raison. Mais j'ai été chargé par le roi lui-même de garder le secret. J'en ai déjà trop dit. S'il te plaît, dis-moi que tu n'en parleras pas. »

Le sourire de l'elfe m'a fait chaud au cœur.

« Bien sûr, je n'en parlerai pas. Je ne serais pas ton ami si je le faisais. » Mitra m'a pris les mains et les a serrées affectueusement. « Sache que je suis là pour toi. »

Je les ai serrés en retour. « Merci, Mitra. »

Je me suis remis à manger et nous avons bavardé comme si de rien n'était.

Une fois que j'ai eu terminé, Mitra m'a raccompagné dans ma chambre.

« Tu es sûre que tu n'as pas besoin de moi ? » demanda-t-il.

« Non, c'est gentil de demander », ai-je répondu, heureuse que mon ami s'occupe de moi. La main de Mitra se leva, mais à peine, avant de retomber à son côté.

« Bon après-midi », dit-il. Avant de se détourner, il a ajouté : « N'oublie pas de dormir aussi. »

J'ai ri. « Bien sûr. »

J'ai fermé la porte derrière moi. Je commençais à m'exciter, sachant que le livre m'attendait. J'avais hâte de découvrir ses secrets.

Je transcrivis minutieusement le contenu du livre sur un parchemin, en utilisant les anciens symboles que j'avais esquissés dans mon journal. Je n'avais pas les symboles nécessaires pour déchiffrer l'ensemble du tome, mais je pouvais en saisir l'essentiel.

Il racontait l'histoire de Célestia, une demi-déesse de la beauté. D'après sa description dans le livre, je dirais qu'il s'agit de la femme peinte sur la fresque de l'antre de Scorchfire. Sa beauté était telle que personne ne pouvait résister à l'envie de tomber amoureux d'elle, pas même le dragon sacré, Aurelion.

Contre toute attente, Célestia tomba également amoureuse du dragon blanc. Les autres dieux et dragons n'approuvaient pas leur amour et ils leur interdirent de se voir.

La demi-déesse pleurait le cœur lourd, ses larmes se répandant dans le ciel étoilé, créant des nébuleuses colorées. Entendant les cris de sa compagne, Aurelion s'envola vers elle, déchirant le ciel et la terre pour détruire les obstacles qui l'empêchaient de voir sa bien-aimée, affrontant les Titans et Hercule lui-même.

Au cours d'une nuit secrète, il la rejoignit enfin, blessé, mais rempli du courage que donne l'amour. Elle grimpa sur son dos et ils s'enfuirent vers une montagne sacrée, loin des autres dieux et des dragons. Là, ils avaient prévu de vivre ensemble, à l'écart du monde, baignés dans un amour éternel.

Hélas, ils ne connaissaient pas l'étendue de la cruauté des autres dieux. L'épée avec laquelle Aurelion avait été blessé était maudite, et sa peau avait changé lorsqu'ils étaient arrivés sur la montagne. En conséquence, le dragon avait été affecté par un sort qui faisait de tout contact avec Célestia une brûlure insupportable.

Les écailles, autrefois lisses, étaient maintenant si tranchantes que Célestia se déchirait la peau chaque fois qu'elle essayait de s'approcher de lui.

Les deux amants étaient enfin réunis, mais ils réalisèrent qu'ils ne pourraient jamais célébrer leur amour. Ils s'étreignirent donc pour la dernière fois, brûlant le dragon à la mort tandis que Célestia se vidait de son sang. Ils mêlèrent leurs âmes et leur magie, unis à jamais malgré la malédiction qui pesait sur eux. De leur mort naquit une nouvelle race. Ils avaient la grâce et la beauté de Célestia et la magie d'Aurelion.

J'ai regardé avec stupeur les images sur les pages. Une nouvelle race. Il n'y avait aucun doute à ce sujet, et je ne pouvais pas y croire… Personne ne s'était jamais demandé d'où venaient les elfes. Mais savoir que nous étions issus de l'union d'un dragon et d'une demi-déesse… C'était époustouflant ! Mais comment une partie aussi essentielle de notre histoire avait-elle pu être perdue ? Pourquoi n'ai-je jamais rien lu de tel dans un livre ou un cours d'histoire ? C'était une information importante.

Je contemplai avec stupéfaction le seul livre rappelant la naissance tragique de notre race, caché dans l'antre d'un dragon. La bête le gardait probablement, empêchant quiconque de trouver ou d'accéder à l'ancien volume. Si quelqu'un était tombé dessus après la mort du dragon, il n'aurait pas pu le traduire, car la langue ancienne était perdue. Notre race étant issue d'une demi-déesse et d'un dragon, il était évident que le déclin de notre magie avait été causé par l'extinction de leur race, rompant ainsi notre lien originel.

Je suis restée sans voix devant cette révélation, assise dans l'obscurité de ma chambre, le soleil s'étant couché, ne sachant que faire. Devais-je confier ces découvertes à Mitra ? J'étais déchirée entre mon devoir de grande sorcière et mon amitié avec Mitra. J'avais déjà révélé plus à lui qu'à n'importe qui d'autre cet après-midi. Serait-ce si grave de lui dévoiler cette dernière découverte ? Et si je lui montrais tout ?

Avoir quelqu'un à qui confier mes découvertes serait merveilleux, un soulagement — je ne savais pas comment gérer tout cela toute seule. Après quelques minutes, j'ai décidé de tout lui dire demain matin. Mitra était déjà un grand ami, il pouvait donc aussi être mon confident.

Chapitre 26 (Samantha)

Nouvelles règles

C « était le matin et j'avais à peine dormi. Nathan n'avait toujours pas été retrouvé. J'avais besoin qu'il soit mis hors d'état de nuire, sinon j'étais sûre qu'il reviendrait réclamer son trône. Avec un peu de chance, j'aurais accompli la Grande Prophétie d'Alastor d'ici là, en devenant son vaisseau lors de sa renaissance, et en devenant inarrêtable.

Je me souvenais encore du pèlerinage que j'ai effectué avec mon amie Ambre. C'était une amie de longue date et une fervente croyante. Ensemble, nous avions prié Alastor à plusieurs reprises et propagé les écrits de notre dieu. Au fil du temps, nous étions devenues des amies proches et avions approfondi ensemble la connaissance de notre foi.

Les prêtres de Miłonblood avaient dit que les ancêtres qui vénéraient Alastor résidaient dans des ruines au sommet d'une montagne. Ambre et moi avions immédiatement cherché l'endroit, bien décidées à communier comme nos ancêtres l'avaient fait il y a bien longtemps.

Cela faisait des jours que nous errions et nous tenions à peine debout. Nous étions toutes deux épuisées lorsque nous avons finalement aperçu des pierres ressemblant à des ruines. Pleines d'espoir, nous sommes entrées dans la grotte, à la recherche de tout ce qui pourrait confirmer que c'est bien là que résidaient les ancêtres de notre religion.

Au bout d'un certain temps, je suis tombée sur de vieux manuscrits à moitié rongés par le temps. Heureusement, la plupart des textes étaient encore lisibles. J'avais été stupéfaite en lisant le titre : *La grande prophétie d'Alastor.*

Retenant mon souffle, je lisais les détails, Ambre à mes côtés lisant par-dessus mon épaule. L'essence d'Alastor avait été divisée en six êtres : humain, loup-garou, elfe, vampire, nain et dragon. Il était possible de ramener Alastor dans notre monde si les six parties de son essence étaient réunies.

Juste au moment où j'ai fini de lire cette partie, je suis tombée inconsciente. Ambre m'a raconté à quel point elle était paniquée quand c'est arrivé. Mais c'est pendant ce moment sacré qu'Alastor est venu à moi dans mon rêve. Il m'a confirmé que j'étais le fragment vampirique de son essence et que je devais être le réceptacle de sa prophétie. Je fusionnerais avec lui, lui permettant de revenir dans ce monde pour assouvir sa vengeance.

Bien que mes souvenirs soient flous après ce moment, Ambre dit que je lui ai tout raconté dès mon réveil. Nous étions toutes les deux affaiblies d'avoir erré si longtemps, mais heureusement, Alastor a envoyé un griffon vers nous. C'était tout à fait inattendu. En remerciant notre dieu, nous avons tué la bête, bu son sang et mangé sa chair, ce qui nous a permis de reprendre des forces.

Ainsi, nous pouvions descendre de la montagne et annoncer notre découverte à nos congénères Miłonblood — j'étais la prêtresse qui nous sauverait tous et nous ramènerait notre dieu. Depuis, j'étais la grande prêtresse des Miłonblood, préparant nos forces.

J'ai crié, incapable de rester calme. « Ambre ! »

« Oui, ma reine », répondit ma fidèle adoratrice, ses yeux d'or scintillant tandis qu'elle enfilait un couteau à sa ceinture.

« Assure-toi de trouver Nathan et quand tu le trouveras, tu sauras quoi faire. »

Elle s'est inclinée devant moi. « Bien sûr, ma reine. »

La rançon que j'avais mise sur sa tête aiderait sûrement beaucoup, mais je ne voulais pas prendre de risques. Je savais qu'Ambre avait de grandes capacités de combat et, en tant que meilleure amie, je lui faisais confiance par-dessus tout.

Je regardais la statue massive d'Alastor qu'un groupe de serviteurs s'efforçait de porter dans la salle du trône. Des poulies avec des cordes avaient été installées pour les aider et surtout pour éviter que la statue ne tombe par terre et ne se brise. Alastor était assis sur un gros rocher, tenant un cœur humain. Deux cornes massives ornaient sa tête, et son dos était parsemé de cornes plus petites. Sa carrure musclée était clairement visible. Son regard était fixé sur le cœur qu'il tenait dans sa main, comme s'il était pris dans un moment de réflexion. Je savais que ses yeux auraient brillé du feu qui brûlait en lui s'il n'avait pas été fait de pierre — le même feu qui brûlait en moi.

Fermant les yeux, j'ai prié mon dieu pour qu'il me donne la force d'accomplir sa volonté. Rétablir les anciennes lois vampiriques et accomplir la grande prophétie d'Alastor ! Enfin, après avoir été prédit il y a des siècles, j'allais être celle qui y parviendrait. Quel honneur d'offrir mon corps au grand Alastor !

« Votre Majesté », dit une voix.

J'ai reconnu l'affreuse chevelure noire de Lysandre et la façon dont il marchait, appuyé sur sa canne. Sa seule vue me faisait frémir. Mais j'avais besoin de lui, et il m'avait été d'une grande aide jusqu'à présent, en travaillant à mon accession au trône. Il était très respecté par la population, ce qui réduisait les risques de rébellion.

« Oui ? » demandai-je, irritée.

« Nous avons des affaires à discuter. »

Je savais qu'il y avait beaucoup de choses dont nous devions parler. Pourtant, je n'étais pas d'humeur à le faire.

« Ce n'est pas le moment », ai-je répondu sèchement.

Le vieux vampire resta posé, insistant.

« Votre Majesté, parlez au moins au peuple. Ils ont besoin de savoir. »

Je soupirai d'exaspération. Le pire, c'est qu'il avait raison.

« Bien, je ferai un discours officiel sur le balcon. »

« Parfait ! », déclara le chancelier. « Je vais envoyer une missive pour que les gens se réunissent ce soir… »

« Non », ai-je dit, « je ferai mon discours ce matin ».

« Comme vous voulez », répondit le vampire. « J'enverrai les gardes à ce moment-là, ce sera plus rapide. »

Il est sorti de la pièce pour mettre les choses en route.

J'ai passé des heures à réfléchir à tout ce que je devais dire au peuple. Pour mon premier discours en tant que reine, je voulais établir de nouvelles règles. Les autres dieux étaient blasphématoires et il était temps qu'Alastor prenne la place qui lui revenait.

Lysandre se tient à nouveau droit devant moi.

« C'est fait, et les gens ont déjà commencé à se rassembler sous le balcon. »

J'ai acquiescé. J'ai pris une grande inspiration. Après tout, être reine signifiait être là pour mon peuple. En tant que nouvelle reine, le peuple allait devoir s'habituer à mes méthodes de gouvernement. Ils avaient été dirigés par un roi faible — un hybride — pendant des siècles, et les dommages causés à notre fier peuple de vampires étaient énormes. Ce qui a été fait devra être réparé et reconstruit afin que nous puissions nous relever, unis dans notre foi en Alastor.

« Finissons-en alors », ai-je commenté. « Nous devons d'abord nous arrêter à la cathédrale. »

J'ai souri en voyant que les réparations de la cathédrale étaient en bonne voie. J'avais rempli le château de fidèles Miłon-bloodeurs, renvoyant ceux qui pourraient opposer une résistance. Quant aux autres, comme ce fidèle Lysandre, je les menaçais s'ils osaient s'opposer ne serait-ce qu'une fois à mes plans, mais je savais que Lysandre me serait fidèle. Il avait trop à perdre du marché que nous avions conclu il y a quelques mois.

J'aimais le rouge foncé qui recouvrait désormais les murs de la cathédrale. Des missives des enseignements d'Alastor étaient accrochées de part et d'autre. Ce serait ma principale salle de prêche, et les prêtres travaillaient déjà à faire de la cathédrale une salle digne de notre dieu. Finies les réunions secrètes des Miłonbloodeurs. Toutes les réunions se dérouleraient désormais ici.

Tout le monde s'est arrêté lorsque je suis entré dans la pièce et se sont inclinés.

« Grande prêtresse », dit l'un des prêtres.

J'ai souri. J'adorais qu'on m'appelle ainsi. Ils étaient tous convaincus que je serais celle qui incarnerait notre dieu lorsqu'il reviendrait dans le monde des vivants.

« Vous avez fait du bon travail », les ai-je félicités avant d'ajouter : « J'ai besoin de deux prêtres avec moi. Les autres peuvent continuer à préparer la salle. »

Les fidèles hochèrent la tête, n'osant pas me regarder dans les yeux. Comme ils me vénéraient — l'incarnation corporelle de notre dieu — il aurait été impoli de le faire. Mes disciples se sont remis au travail. Deux prêtres me suivirent hors de la cathédrale.

J'ai suivi Lysandre dans la salle de piano du château. La pièce était décorée avec une élégance raffinée et une beauté harmonieuse. C'était la première fois que j'entrais dans cette pièce, et j'aimais les riches tapisseries qui ornaient les murs. Une lumière douce et chaude filtrait à travers les hautes fenêtres cintrées. Au moins une des pièces du château était décorée avec goût ! Je n'aurais pas besoin de réaménager celle-ci.

Au centre de la pièce se trouvait un piano à queue, dont la surface en ébène polie brillait sous la lumière tamisée. J'effleurai l'instrument du bout des doigts, souhaitant pouvoir en jouer. Je notai mentalement que je devais trouver un professeur ou au moins quelqu'un qui me jouerait de la musique. Je n'étais pas sûre d'avoir le temps d'apprendre, mais je savais que je voulais entendre cet instrument.

Le balcon se trouvait de l'autre côté de la pièce. Lysandre est parti en premier pour parler aux gens. Les deux prêtres attendirent sur de petits canapés et je m'assis au piano, sentant une irrésistible attraction vers l'instrument.

J'ai entendu la foule applaudir lorsque Lysandre est sorti, ce qui m'a rappelé à quel point les gens l'aimaient et à quel point j'avais besoin de lui pour que mon plan réussisse.

Les touches du piano me fixaient, me mettant au défi d'essayer, mais je ne savais pas jouer et j'allais bientôt devoir aller au balcon, alors je me contentais de les fixer en imaginant le son mélodieux qu'elles produisaient.

J'ai alors entendu les mots : « Accueillez chaleureusement votre reine ! »

Les gens m'ont acclamé et applaudi lorsque je suis sorti sur la terrasse. J'ai été surprise par le nombre de personnes qui se tenaient à l'extérieur du château. Il y en avait à perte de vue, bien au-delà du jardin du château. Certains avaient grimpé aux arbres dans l'espoir d'avoir une meilleure vue, tandis que des enfants étaient sur les épaules de leurs mères et de leurs pères. Je savais qu'il y avait beaucoup de vampires et d'humains à Ichoryllia, et je pensais en connaître beaucoup en tant que fille d'un noble comte, mais je n'avais jamais vu l'étendue de la population.

J'observais leurs sourires avec froideur, les mains jointes devant moi, calme comme une reine se doit de l'être, attendant qu'ils cessent de m'applaudir. La plupart des gens n'avaient aucune idée de mon implication dans la disparition de Nathan et dans l'attaque du mariage. C'était une bonne chose : cela minimisait le risque de rébellion et légitimait mon règne. Quant aux milliers de Miłonbloodeurs, ils attendaient ce jour depuis de nombreuses années. Je voyais des visages que je reconnaissais dans la foule. C'était le jour où les décennies de planification allaient enfin culminer, et où nous allions prendre la place qui nous revenait de droit.

Aujourd'hui, les gens allaient apprendre comment j'avais l'intention de gouverner. Lorsque le silence revint, je m'avançai et parlai fort, imprégnant ma voix de ma force vampirique afin qu'elle atteigne les personnes les plus éloignées.

« Ichorylliens ! Réjouissez-vous ! Aujourd'hui est le début d'un nouveau règne. Vous ne serez plus gouvernés par un hybride bâtard, car je suis une vampiresse pur-sang ! »

Un frisson parcourut la foule, et un corbeau croassa au loin. Certains vampires échangèrent des regards incertains, mais je continuai, ne laissant pas aux murmures le temps de se propager.

« Ensemble, nous régnerons sur le monde. Tous se soumettront à mes règles ou seront tués pour trahison. À commencer par Nathan, qui s'est enfui pour la deuxième fois, refusant d'accepter son sort. Ce lâche ne peut accepter les conséquences d'avoir essayé de me tuer et d'avoir échoué le jour de notre mariage. Il a rompu le contrat sacré du mariage avant même qu'il ne soit consommé. Quiconque le voit doit l'emmener au château ou le tuer à vue. Comme vous l'avez vu sur les affiches dans la ville, une généreuse somme d'or et deux vassaux seront offerts à celui qui réussira à lui ôter la vie. »

J'ai attendu, laissant la foule comprendre la portée des mots que je venais de prononcer. C'était un mensonge éhonté, et je n'avais même pas honte d'utiliser la propagande pour m'assurer la loyauté du peuple. Je levai la main, demandant à nouveau le silence avant de poursuivre.

« Des messages seront envoyés à toutes les autres races pour leur faire savoir que le roi n'est plus et qu'il est considéré comme un traître. »

Les gens s'agitaient dans la foule, mais restaient silencieux, buvant mes paroles comme la vérité.

« Nous allons également conseiller aux autres races de se plier à nos exigences, d'accepter la domination des vampires ou de se préparer à la guerre. Nous avons déjà un allié. Ce n'est qu'une question de temps avant qu'ils ne se soumettent tous, et s'ils ne le font pas, alors ensemble, nous les mettrons à genoux. »

Les gens commencèrent à chuchoter lorsque les deux prêtres me rejoignirent, Lysandre se tenant à nos côtés pour affirmer publiquement qu'il soutenait mes décisions. Leur réaction était compréhensible : ils avaient été gouvernés par des rois faibles pendant trop longtemps. Ils avaient oublié ce que c'était que d'être gouverné par une vraie reine. Les dégâts que les précédents monarques avaient causés à notre race autrefois puissante étaient inconcevables ! Quand on pense que certains vampires s'étaient même accouplés avec des humains..... Ils n'étaient rien de plus qu'une source de nourriture et il était temps de le leur rappeler. Il faudrait du temps pour que la population s'adapte, mais elle finirait par voir la grandeur de ce que j'essaie de faire.

Mais une chose à la fois. On ne pouvait pas tout changer d'un coup et j'avais encore beaucoup de temps pour rétablir les anciennes lois vampiriques. Ma première décision en tant que reine allait déjà tout bouleverser.

« Sachez qu'un bal sera organisé dans quelques jours, et que tous seront invités à y participer, car j'y ferai une annonce importante. Mais pour l'heure, à partir d'aujourd'hui » — les murmures ont cessé, les gens étant impatients d'entendre ce que j'avais à dire — « je déclare que le Miłonblood est notre religion officielle, Alastor devenant le dieu à vénérer. Toute personne surprise en train d'adorer Hécate sera immédiatement emprisonnée. »

J'ai attendu un moment, lisant la peur et l'incrédulité sur les visages des gens avec délectation. À travers la foule, les Miłonbloodeurs se réjouissaient, et je savais déjà que nous serions forts.

Je suis restée là à regarder la foule se disperser, satisfaite de mon premier discours. L'annonce du bal serait bien plus importante que celle d'aujourd'hui et les préparatifs étaient déjà bien avancés.

J'avais trouvé le soutien parfait pour la prochaine annonce que je devais faire. L'aînée Báthory attendait ce jour depuis des siècles et n'avait jamais pensé qu'elle verrait le jour où ces changements seraient annoncés. Elle était ravie de participer à mon bal pour annoncer son soutien, s'assurant ainsi que le peuple suivrait.

Après tout, qui oserait s'opposer à une vampiresse ancienne ?

Avec son soutien, ainsi que celui des Miłonbloodeurs, j'étais sûre que tout se passerait comme prévu. Le fait que Lysandre se présente à mes côtés — lui qui était si loyal envers Nathan — a porté le dernier clou dans le cercueil, démontrant au peuple que j'étais la reine légitime.

La nouvelle ère ne faisait que commencer.

Chapitre 27 (Nathan)

En fuite

J« ai ouvert les yeux pour voir la lumière du soleil briller. Émeraude s'est agitée dans mes bras, le petit lit l'obligeant à rester près de moi. Elle ouvrit les yeux et sourit, illuminant ma journée. Ma délicate petite fleur avait une beauté qui rivalisait avec les plus belles reines, et j'aimais me réveiller à ses côtés. Nous nous levâmes et rejoignîmes Xavier qui était déjà en bas. Le petit déjeuner avait été servi et je m'assis avec eux pendant qu'ils mangeaient. Mes pensées allèrent à Darryl. Il devait s'inquiéter pour nous.

« Nous devrions aller le voir. »

Émeraude et Xavier m'ont regardé avec surprise et j'ai réalisé que j'avais parlé à voix haute.

« Qui ? » demanda Émeraude.

« Darryl ».

Elle se mit une main sur la bouche, les yeux écarquillés. « Mon Dieu, tu as raison ! »

Xavier nous a regardés avec curiosité. « Qui est Darryl ? »

« Un ami », répondit Émeraude.

« Finissez de manger et ensuite nous irons le voir », ai-je déclaré.

Xavier secoua la tête. « Il y a des avis de recherche dans toute la ville. Hier soir, nous avons eu de la chance qu'il fasse nuit. Comment voulez-vous marcher dans les rues en plein jour sans vous faire remarquer ? »

« Nous nous débrouillerons », ai-je dit avec confiance.

Xavier sourit. « J'ai une grande robe à capuche que je peux te prêter. »

« Parfait ».

J'avais dans l'idée que je pourrais éviter d'être reconnu en rabattant la large capuche sur ma tête et en gardant le regard vers le sol.

Nous nous préparions à partir. Xavier avait prêté à Émeraude une tunique à capuche bleu marine, car elle n'avait rien à porter qui puisse dissimuler ses traits… Il semblerait que le demi-vampire ait un faible pour les robes et tuniques à capuche. Malgré tout, l'homme s'était montré très serviable. Je me demandais pourquoi il était si désireux de nous aider, mais je me disais — j'espérais — qu'il y avait peut-être encore des gens gentils.

La tunique était trop grande pour Émeraude, mais une fois la ceinture appliquée à la taille, elle tenait en place. Même dans une telle tenue, Émeraude était superbe, ses yeux verts contrastant avec ses cheveux bruns dans la couleur de la tunique.

Les rues étaient bondées de gens inquiets. La rumeur de l'attaque du château, sans doute exagérée par le bouche-à-oreille, rompait la tranquillité à laquelle les Ichorylliens étaient habitués.

Nous avons fait profil bas, espérant ne pas être remarqués. Des avis de recherche de moi et d'Émeraude tapissaient la ville. Heureusement, nous étions trois avec Xavier, nous avions donc moins de chances de nous faire prendre.

Des bribes de conversation parvinrent à nos oreilles alors que nous traversions la ville.

« Incroyable ! » dit une vampiresse à son mari.

« Maman, que va-t-il nous arriver ? » demanda un garçon à sa mère.

« Ce genre de chose ne serait jamais arrivé de mon temps », a vociféré un vieux vampire.

Parlaient-ils tous de moi ? De la chute du roi ? Ou y avait-il autre chose qui les inquiétait ?

Même si j'étais curieux de savoir de quoi il s'agissait, nous ne pouvions pas prendre le risque de nous attarder dans la rue, alors nous nous dépêchâmes d'avancer jusqu'à l'herboristerie. Émeraude poussa un petit soupir de soulagement en ouvrant la porte de la boutique de son ami et nous fûmes accueillis par des odeurs familières.

« Vous n'avez pas vu le panneau ? Nous sommes fermés », dit Darryl d'une voix désintéressée.

« Même pour tes amis ? » demanda Émeraude d'un ton taquin.

« Émeraude ! » Puis il m'a regardé, les yeux écarquillés. « Nathan, j'étais si inquiet pour vous quand vous n'êtes pas revenus hier ! »

Les yeux de Darryl se posèrent sur Xavier. Il fronça les sourcils et demanda : « Qui est-ce ? »

« Je suis Xavier », répondit l'homme.

Darryl nous a regardés pour avoir une confirmation.

« Il nous a aidés à nous échapper », lui ai-je dit.

« Venez ». Darryl fit un signe vers l'arrière du magasin avant de verrouiller la porte d'entrée, s'assurant ainsi que personne n'entrerait.

Darryl s'affala dans un fauteuil, dépité. « Avez-vous entendu ? » demanda-t-il au bout d'un moment.

Nous nous sommes assis autour de la table avec lui. « À propos des avis de recherche dans toute la ville ? Tu étais au courant ? » demandai-je. Ma voix était plus dure que je ne l'aurais voulu, mais j'étais accablé par tout ce qui se passait.

Darryl me regarda fixement avant de répondre : « Non, je les ai vus ce matin. »

Il a versé de l'eau chaude dans sa tasse, a fait infuser des herbes, avant de nous demander : « Vous en voulez ? ».

Émeraude acquiesça et Darryl lui prépara la même tisane que celle qu'il avait préparée pour lui.

« Ce n'est pas ce que je voulais dire. La reine a fait un discours ce matin », a-t-il poursuivi.

J'ai acquiescé. J'avais entendu la cloche lorsque nous étions chez Xavier, mais aucun d'entre nous n'avait participé au discours pour des raisons évidentes.

« Elle a déclaré que le Miłonblood était désormais la religion officielle. Je quitte la ville. » Il se leva après avoir prononcé ces mots, la voix forte de sa résolution.

« Après tout ce que tu as enduré… », dit Émeraude avec empathie.

« J'ai passé ma vie à construire ce magasin. Tout ce que je possède est ici, mais vous savez ce que cette religion a fait à ma famille », a déclaré Darryl. « Même si cela me fait mal de tout laisser derrière moi, il est hors de question que je passe un jour de plus ici. Je récupère le gros de mes affaires et j'ouvrirai un magasin ailleurs. »

J'ai acquiescé. Sa décision était prise, il n'y avait pas de place pour le débat.

« Où iras-tu ? » demanda Xavier.

Darryl se promenait dans la pièce, fouillant dans ses herbes. Il poussa un long soupir. « Je pensais aller à Mytvathyr. »

« Tu veux aller à la cité des elfes ? » demanda Xavier, surpris.

Darryl acquiesça. « Je ne sais pas grand-chose des loups-garous, alors je ne me vois pas aller dans leur région », poursuivit-il. « Je pourrais aller dans la cité humaine, mais j'ai entendu parler d'attaques d'orcs. La cité elfique semble plus sûre que la cité humaine, de toute façon. Les elfes acceptent généralement très bien les humains, et je suis sûr qu'ils apprécieront mes herbes. »

« C'est une excellente idée », dit Émeraude avant d'ajouter : « Tu vas me manquer ».

Je regardais Darryl serrer Émeraude dans ses bras, essayant d'apaiser sa tristesse, quand j'ai réalisé ce que j'allais faire.

« J'ai toujours eu de bonnes relations avec Élisha, la représentante elfique au Comité des races unies. Nous devrions y aller aussi, j'ai confiance en eux. Je suis sûr qu'ils nous soutiendront dans notre démarche pour écarter Samantha du trône. »

Ils étaient tous d'accord. Ce n'était pas gagné, mais c'était la meilleure idée à laquelle j'avais pensé, et cela nous éloignerait des avis de recherche.

« C'est génial ! » Darryl acquiesça. « Je suis content de ne pas faire le voyage tout seul. »

Nous avions besoin du soutien des elfes pour avoir une chance de reconquérir le trône. La facilité avec laquelle les Miłonbloodeurs avaient orchestré la prise du trône démontrait à quel point ils étaient puissants, et nous aurions besoin de toute l'aide possible pour les renverser.

« Alors c'est réglé ! » dis-je.

Xavier se leva. « Suivre les chemins est généralement plus rapide, mais nous nous ferons prendre si nous le faisons. Il nous faudra quelques jours de plus pour atteindre la ville à travers la forêt, mais c'est plus sûr. »

« Nous ferions mieux de nous dépêcher », fit remarquer Darryl.

« Mais cela signifie que nous allons traverser la forêt hantée », dit Émeraude avec crainte.

Darryl secoua la tête. « Ce ne sont que des rumeurs. »

« Mais des gens disparaissent dans cette forêt », ajouta-t-elle. « Les créatures vous emmènent avec elles et vous ne revenez jamais. »

Darryl et Xavier n'avaient pas l'air impressionnés. J'avais entendu parler des histoires sur la forêt hantée dont on ne pouvait s'échapper. Certains disaient que des créatures venaient et vous amenaient à la mort, d'autres que des fantômes vous interdisaient de dormir et vous rendaient fous. J'étais persuadé qu'il s'agissait probablement de rumeurs exagérées.

J'ai regardé Émeraude dans les yeux, essayant de la rassurer. « Si quelque chose arrive, je te protégerai. Je ne laisserai aucune créature t'emmener. Et puis, nous n'avons pas vraiment le choix. »

Elle hésita, m'étudia, puis acquiesça.

C'était parfait pour moi. « Nous avons toute la journée pour nous préparer », ai-je dit. « Nous partirons ce soir, à la tombée de la nuit. »

Émeraude et moi n'avions rien d'autre à apporter que les vêtements que nous portions et nous ne pouvions pas aller en ville pour acheter des articles. J'ai donné quelques pièces d'or à Xavier.

« Va nous chercher des armes et des armures pendant que Darryl rassemble ses affaires. »

L'hybride acquiesça et sortit de la boutique. Émeraude m'a regardé et m'a dit : « Je vais me reposer, je serai prête à partir ce soir. »

J'ai rapidement bu le sang d'Émeraude ce soir-là, lorsqu'elle s'est réveillée, résistant à la tentation de son corps, sachant que le temps était compté et que nous devions partir. Je laissai ma langue sur la blessure et la soignai comme je le faisais tous les soirs. Je savais que de me nourrir fatiguait Émeraude — elle avait besoin de se reposer plus que les autres humains pour compenser. Cependant, cette fois-ci, nous ne pouvions pas nous permettre de la laisser se reposer. Heureusement, Darryl lui avait préparé un thé énergétique qui l'aiderait à récupérer plus rapidement. Il était imprégné d'herbes magiques connues pour donner de la force. Grâce à cela, elle pourrait tenir le coup malgré la fatigue causée par la perte de sang.

Xavier avait acheté à Émeraude une armure de cuir légère, qui lui donnait une grande liberté de mouvement. Elle a gardé sa tunique bleue à capuchon, et je la trouvais particulièrement belle.

Quant à moi, j'avais demandé à Xavier de me procurer une armure de cuir renforcée, forgée par l'un des plus talentueux forgerons que je connaissais, qui avait fourni le palais en armures au fil des ans. Il était digne de confiance et j'avais été particulièrement impressionné par la qualité et la légèreté des armures qu'il m'avait déjà fabriquées.

Quant à Xavier, il avait choisi des vêtements enchantés. Ce choix me laissait perplexe. Je me serais attendu à ce que le mi-homme, mi-vampire choisisse une armure plus robuste, mais il m'a répondu qu'il préférait des vêtements plus discrets et qu'il préférait se protéger avec des objets magiques.

Il était même allé plus loin en achetant une robe de mage pour Darryl. Bien qu'il n'ait aucun pouvoir magique, la robe contenait un sort de protection constant. Darryl avait insisté que les potions restaient son arme principale, mais Xavier avait insisté sur le fait qu'il ne pourrait pas créer de potions s'il était mort.

Je mis la lourde épée à ma ceinture tandis qu'Émeraude se contenta d'une petite dague. Elle n'avait pas été entraînée à se battre, et je ferais tout ce qui est en mon pouvoir pour qu'elle n'ait pas à le faire. Je donnerai ma vie pour la protéger s'il le fallait.

« Sommes-nous prêts ? » demanda Xavier en glissant une épée dans sa ceinture.

« Oui », ai-je répondu.

Chapitre 28 (Nathan)

Chanson mortelle

Les rues étaient désertes lorsque nous sommes sortis du magasin de Darryl, ou plutôt de son ancien magasin. Je l'ai regardé faire ses adieux à son ancienne vie, les dents serrées, une larme à l'œil. Émeraude l'entoura de son bras, l'enlaçant tandis que nous nous éloignions. Sortir de la ville était notre principale préoccupation. Nous devions éviter les patrouilles à tout prix.

Nous marchons dans les rues étroites, évitant les rues principales où les patrouilles sont plus fréquentes. Même dans les ruelles, nous devions parfois changer de direction pour éviter les gardes ou nous cacher derrière une clôture.

Il était hors de question de sortir par les portes principales ; des gardes étaient postés à chaque entrée de la ville. Nous nous sommes donc dirigés vers des chemins non officiels, empruntés par des personnes désireuses de ne pas se faire remarquer. Le palais connaissait depuis longtemps l'existence de ces chemins, mais leur contrôle s'avérait impossible, car les gens en créaient de nouveaux dès qu'un chemin était fermé. Enfin, sortis de la ville, nous nous dirigeâmes avec empressement vers la forêt.

La forêt hantée où nous nous sommes aventurés était ancienne, bien plus que toutes les villes qui s'y étaient installées. Un sentiment d'inquiétude m'envahit tandis que nous traversions les bois. Le terrain était dangereux, et j'espérais qu'Émeraude et Darryl ne se blesseraient pas, car ils étaient humains.

« As-tu peur ? » C'est Darryl qui avait posé la question.

Émeraude lui sourit et un grognement sourd s'échappa de ma poitrine. Cette fois, ce fut une sensation inconnue qui m'envahit lorsque mon loup se manifesta, mais une fois de plus, elle fut fugace et disparut avant que je ne puisse la comprendre.

« Peut-être un peu », a-t-elle admis.

Je les ai rejoints, Xavier marchant un peu plus loin devant nous.

« Ne t'inquiète pas pour ça », ai-je insisté.

« Tu n'as rien à craindre avec nous à tes côtés », ajoute Xavier en souriant.

Nous avons continué à marcher, l'odeur de la rosée du soir emplissant l'air. Je ne ressentais rien d'inhabituel dans la forêt. Le chant des grillons se mêlait à celui des ouaouarons qui se cachaient dans un marais voisin. Le cri occasionnel d'un hibou se mêlait à la douce mélodie de la nuit. J'admirais les étoiles dans les endroits où les branches des arbres laissaient apparaître le ciel.

Le bruit occasionnel d'un animal s'enfuyant en courant se faisait entendre à mesure que nous nous enfoncions dans la forêt, allant là où personne ne s'aventurait. Nous nous sommes enfoncés dans les bois, franchi de petits ravins et nous avons marché longtemps dans la végétation.

Après quelques heures, nous sommes arrivés dans une petite clairière. Je n'avais aucune idée de l'heure qu'il était, mais je voyais les premiers rayons de lumière filtrer à travers les branches. En tant que demi-vampire, je ne me sentais pas fatigué, et il semblait que Xavier ne l'était pas non plus, mais Darryl et Émeraude devaient être épuisés. Ils avaient tous deux ralenti leur allure, trop fatigués pour continuer.

Bien que nous soyons maintenant au cœur de la forêt et qu'il était certain qu'aucune patrouille ne viendrait jusqu'ici pour nous trouver, nous avions convenu plus tôt de voyager toute la nuit.

« Nous devrions camper ici et reprendre notre voyage la nuit, lorsque nous serons à l'abri dans l'obscurité. »

Ils acquiescèrent et commencèrent à monter le camp.

« Prenons des tours de garde. C'est plus sûr comme ça. Je prendrai le premier puisque je ne me sens pas fatigué », ai-je proposé.

« Je prends le second », dit Xavier.

Darryl a pris le troisième et Émeraude le dernier, ce qui lui permettrait de dormir pendant des heures sans interruption.

Alors que j'attendais que tout le monde ait fini d'installer son lit de fortune, j'entendis le léger bruit d'une rivière qui coulait non loin de là. La rivière se rapprochait au fur et à mesure que nous avancions vers la cité elfique, le terrain devenant plus étroit avant de s'élargir à nouveau plus tard.

« Je vais me rafraîchir au bord de la rivière avant que vous ne vous endormiez. »

« Ne tarde pas trop », prévint Darryl. « Je suis épuisé. »

J'ai gloussé, mais Émeraude a ajouté : « N'y va pas ! Tu ne sais pas si quelque chose se cache dans la forêt. »

J'appréciais sa sollicitude. « Ne t'inquiète pas, je ferai attention. Tu sais que je suis fort, aucune créature ne peut me vaincre. »

« Tu en es sûr ? », demanda-t-elle.

Darryl sourit. « Je suis sûr qu'il peut affronter une hydre à lui tout seul ! »

Émeraude a tressailli à l'évocation de ce nom, mais je l'ai rassurée. « On n'a pas vu d'hydre depuis des centaines d'années. Tout ira bien. »

Elle a acquiescé et je suis parti suivre le son de la rivière, le chant des oiseaux qui annonçaient le lever du soleil en remplissant le petit matin.

La rivière fut bientôt en vue, et je retins mon souffle avec émotion. Je ne comprenais pas pourquoi la vue d'une simple rivière me bouleversait autant. Elle me captivait, ses eaux cristallines scintillaient sous les rayons du soleil levant, dégageant une beauté éthérée que je ne pouvais expliquer. Tous mes sens étaient soudains en éveil et les couleurs autour de moi semblaient plus vives. De vieux arbres bordaient les rives et des fleurs délicates et parfumées se drapaient gracieusement de branche en branche, les pétales brillant comme des pierres précieuses.

Une fatigue soudaine m'envahit et je ressentis le besoin intense d'aller à la rivière, de m'allonger. L'eau serait mon salut, elle serait mon amante et me ferait oublier mes soucis. Si j'allais à la rivière, tout serait… parfait.

Alors que je m'approchais de l'eau, j'ai entendu une chanson qui m'encourageait à m'abandonner au désir qui me remplissait. Je n'avais aucune idée de l'origine de cette chanson, mais elle était si belle que je ne voulais pas résister. Elle avait raison. Si j'entrais dans l'eau, tout serait mieux.

J'ai marché tout habillé dans les eaux peu profondes, me dirigeant tranquillement vers le cœur où l'eau était plus profonde et le courant plus fort, où l'eau m'appelait. Ensemble, nous serions enfin réunis, et tout serait complet.

L'eau était aussi chaude et apaisante que je savais qu'elle le serait, comme l'étreinte tant attendue de mon amante. Elle m'invitait à aller plus loin, à aller me reposer. J'étais si fatigué, et dans les bras de la rivière tout irait bien.

Alors que j'avançais, des mains se sont posées sur mon dos. J'ai senti la forme d'une femme derrière moi, mais j'étais trop à l'aise dans le doux chant de la rivière pour me soucier de qui c'était, profitant de la plénitude du moment, la rivière me berçant d'un plaisir interdit dont je n'avais jamais soupçonné l'existence.

Je me laissai charmer par les caresses de la femme, appréciant son contact, sa voix mélodieuse résonnant au plus profond de moi. Elle savait ce dont j'avais besoin.

Tout allait être parfait.

Guidé par la femme, j'ai atteint les parties les plus profondes de la rivière, mes pieds touchant à peine le fond.

« Nathan ! »

Le cri paniqué d'Émeraude retentit derrière moi, et mon loup rugit de colère.

Je me suis retourné et j'ai paniqué en réalisant que la femme qui me tenait était en fait une sirène. Je pensais qu'elles ne vivaient que dans les océans, mais ici, la rivière était vaste et les eaux puissantes.

Elle me regardait avec ses grands yeux bruns. Hormis ses yeux, ses lèvres pulpeuses et son nez, le reste de son torse était recouvert d'une peau de poisson, des écailles recouvrant ses seins généreux. La peau bleutée de son visage était parsemée de coraux rouges formant des motifs semblables à des veines ou à des branches d'arbre. Elle n'avait pas de cheveux, mais des cornes en forme de coquillages qui descendaient sous ses épaules, comme si l'évolution l'avait fait fusionner avec les animaux marins et les plantes de son environnement.

Un frisson de dégoût me parcourut lorsque le sort de l'enchanteresse disparut. Mon loup se déchaîna avec une force inconnue, une puissance brûlante envahissant mes veines.

J'ai essayé de me libérer de l'emprise de la sirène, mais je n'y parvenais pas. Comprenant que j'étais libéré de son sort, la créature tenta désespérément de m'entraîner dans les profondeurs de la rivière. L'eau clapotait tandis que je luttais contre la sirène. Je savais que j'étais plus fort qu'elle, mais elle était à son avantage maintenant que j'étais en eau profonde. Mes pieds touchant à peine le fond, je n'avais que très peu d'appui pour tirer. J'étais à sa merci et je m'en voulais de m'être laissé prendre à son piège.

Alors que je me débattais, j'ai vu d'autres corps féminins serpentins s'approcher. Si les sirènes m'entouraient, je ne pourrais peut-être pas me sauver. C'étaient des créatures si cruelles et si vicieuses.

N'attendant pas plus longtemps, j'ai fait pousser mes ongles acérés et j'ai tranché le bras de la sirène — une capacité que je n'utilise pas souvent. Elle siffla comme un animal blessé, mais garda son emprise sur moi. Mon cœur s'emballa et dans une ultime tentative, je plongeai mes crocs dans son bras avec une force brutale. L'odeur du sang de la sirène me donna la nausée, et j'en goûtai l'âcreté.

La sirène siffla une fois de plus et tenta d'éloigner son bras de ma bouche. Je retirai volontiers mes crocs, sa peau se déchirant sous le mouvement, et du sang bleu foncé coula tandis que je crachais ce que j'avais dans la bouche. Enfin libéré de son emprise, je me poussai désespérément vers la terre ferme et envoyai une vague de mon pouvoir vampirique vers les autres sirènes pour essayer de les tenir à distance pendant que je me mettais à l'abri.

Émeraude m'accueillit à bras ouverts, m'arrachant pratiquement à l'eau. Essoufflé, je me suis volontiers jeté dans son étreinte, la serrant dans mes bras — elle était réelle.

« Partons d'ici avant qu'elles ne chantent à nouveau », dis-je entre deux halètements. « Ils pourraient te viser toi aussi cette fois. »

Nous nous éloignâmes de la plage maudite, une partie de moi encore stupéfaite et en colère d'être devenu une proie aussi facile. Cela expliquait en grande partie les histoires de cette forêt et la raison pour laquelle tant de gens avaient disparu. Les gens tombaient sous le charme mortel des sirènes. Je ne manquerai pas d'en avertir mes sujets lorsque je retrouverai mon trône.

J'ai serré la hanche d'Émeraude, éternellement reconnaissant envers elle, et je n'ai pas pu résister à l'envie de déposer un doux baiser sur sa joue chaude.

« Merci de m'avoir encore sauvé. »

La honte m'a envahi lorsque j'ai prononcé ces mots. J'étais plus fort qu'elle. C'est moi qui devrais la sauver et non l'inverse. Ses yeux émeraude profond me fixaient avec des mots inexprimés.

« Ce n'est rien, vraiment. J'étais inquiète. Tu ne revenais pas. »

« Je suis parti longtemps ? », demandai-je en regardant autour de moi et en réalisant que le soleil était déjà levé.

Émeraude haussa les épaules. « Au moins une heure. Assez longtemps pour que je m'inquiète. »

J'ai embrassé ses douces lèvres, la prenant par surprise jusqu'à ce qu'elle fonde dans mes bras, savourant le moment.

« Merci », ai-je murmuré en rompant le baiser.

Émeraude peinait à se tenir debout, des cernes profonds tapissant le dessous de ses yeux. Ses pas étaient parfois désordonnés, comme si elle risquait de tomber au moindre désagrément.

« Dépêchons-nous de rentrer pour que tu puisses dormir un peu. Je vois que tu es fatiguée. »

Elle a acquiescé et nous avons rejoint les autres. Ils étaient surpris de voir mes vêtements trempés. J'ai raconté ce qui s'était passé et ils ont juré de ne pas s'approcher des eaux de la rivière.

Lorsque tout le monde fut enfin installé, ils s'endormirent rapidement, mais je restai assis à regarder les bois, les sens en alerte au cas où quelqu'un s'approcherait.

Chapitre 29 (Samantha)

Alliances sombres

Je faisais les cent pas dans ma chambre alors que les heures passaient et qu'il n'y avait toujours aucun signe de Nathan. Un jour de plus s'était écoulé. J'avais espéré que la cupidité des gens nous aurait aidés à l'attraper plus tôt, mais il semble que ce salaud soit doué pour se cacher. Je soupirai. J'avais besoin qu'il meure. S'il restait en vie, il essaierait de reprendre son trône, et j'avais besoin du soutien du peuple pour accomplir la Grande Prophétie d'Alastor. J'avais besoin du pouvoir en tant que reine des vampires, de toutes les ressources du royaume, pour réussir à accomplir la prophétie. Mes amis Miłon-bloodeurs et moi ne pouvions pas nous permettre de perdre le trône, et nous avions donc besoin que Nathan disparaisse pour de bon.

J'ai regardé par la fenêtre. C'était le soir et le soleil descendait sous l'horizon, peignant le ciel de teintes rouges et dorées.

Ambre est entrée dans ma chambre. Ses cheveux étaient attachés en queue de cheval et ses yeux brillaient d'une profonde excitation lorsqu'elle s'est inclinée.

« Votre Majesté », a-t-elle déclaré, « c'est prêt ».

« Bien ».

J'ai suivi Ambre jusqu'à la salle de bal. La salle brillait à la lumière des bougies. Elle était plus sombre que lorsque Nathan avait organisé le bal pour me présenter à tout le monde. C'était tellement mieux ! La salle était remplie de nobles vampires et de membres de ma religion. Devenue grande prêtresse à la suite de la révélation d'Alastor dans mon rêve, j'étais devenue maîtresse des Miłonbloodeurs. Pourtant, j'avais du mal à y croire, même si j'acceptais mon rôle avec joie et humilité.

J'ai regardé dans la foule et j'ai eu le plaisir de voir mon père, respecté de tous, discuter avec une gentille comtesse vampire. Tant mieux pour lui s'il avait trouvé quelqu'un d'autre maintenant que maman était morte. Elle était morte tragiquement il y a plusieurs centaines d'années.

J'étais avec mes parents et nous sortions d'une réunion dans l'un des lieux de culte des Miłonblood. Un groupe de vampires est arrivé, torche à la main, criant à la gloire de la déesse Hécate et nous injuriant. Nous voulions seulement célébrer notre foi, même si elle n'était pas aussi répandue que la leur, mais ils ont mis le feu à notre lieu de culte et ont attaqué plusieurs d'entre nous. Mon père m'a protégé, mais ma mère a été prise au piège, et il est devenu évident qu'il fallait faire un choix. Le cœur lourd, nous avons dû fuir sans pouvoir la sauver.

Nous sommes revenus le lendemain et avons trouvé le corps de ma mère couvert de bleus et de sang séché. J'ai encore mal au cœur quand j'y pense. Me retenant de verser une larme, je me concentrai sur une pensée qui ne m'a jamais quittée depuis. Je vengerai la mort de ma mère. Tout comme ils nous ont condamnés pour notre foi, les disciples d'Hécate paieraient pour leur outrage. Comme les paroles enseignées par Alastor, je leur ferai payer cher leur péché.

C'était mon premier banquet en tant que reine et j'avais une annonce importante à faire. J'avais hâte de m'y mettre. Je me dirigeai vers l'une des tables et attrapai un gâteau mousse, me délectant de son goût riche. Je suis restée calme pendant que je présidais le banquet, cachant la nervosité que je ressentais. Ce soir, je commençais à m'efforcer de plaire à Alastor, et tout reposait là-dessus ! C'était la raison pour laquelle mes compagnons Miłonbloodeurs et prêtres y participeraient ce soir.

Au cours de la soirée, j'ai fait un geste à l'un de mes prêtres, qui a souri en signe de reconnaissance et est parti. J'envoyai une vague de mes pouvoirs vampiriques dans la salle. Mes pouvoirs ayant été accrus lorsque je suis devenue reine, je pouvais facilement mettre tous les invités à genoux, coupant court à leur conversation et captant leur attention tandis qu'ils me regardaient avec surprise.

J'ai parlé avec force. « Peuple d'Ichoryllia, mes compatriotes Miłonbloodeurs ! Beaucoup de nos droits ont été perdus au cours de l'histoire. C'est une honte, vraiment, que de faibles vampires et hybrides nous aient amenés à un tel état. Mais alors que je me tiens ici, premier sang pur depuis des générations à régner sur notre grande nation, j'ai l'intention de restaurer notre gloire d'antan. »

Je me suis arrêté en entendant un cri étouffé derrière moi. Des murmures s'élevèrent de la foule et je me retournai pour voir un homme attaché à un poteau de bois, traîné par mon prêtre et plusieurs autres personnes. L'homme avait un tissu dans la bouche, étouffant les sons. Les humains pouvaient être si agaçants avec leurs supplications ! Quelques halètements s'élevèrent parmi les invités, mais je n'en tins pas compte.

Le prêtre se tenait à mes côtés avec l'homme ligoté, un étranger pris au hasard dans la rue, tandis que je continuais à parler. « Ce soir, je rétablis nos droits perdus ! Nous allons rétablir le programme de reproduction humaine, redonner le droit d'avoir des esclaves humains et, ne l'oublions pas, des humains comme animaux de compagnie. Les sacrifices de sang seront autorisés, à condition qu'ils soient dédiés à notre bien-aimé Alastor. Et enfin, je rétablirai le droit de se nourrir d'autres vampires. »

J'ai fait une pause après la dernière phrase. Des halètements de surprise et d'étonnement retentirent dans la salle, provenant principalement des nouveaux croyants Milonbloodeurs. Se nourrir d'un autre vampire était tabou, car beaucoup considéraient cela comme du cannibalisme. Pourtant, c'était accepté pour les âmes sœurs et même considéré comme un acte intime. Je ne voyais pas pourquoi cela devait être réservé uniquement aux couples. Alastor encourageait ce comportement, j'avais donc l'intention de restaurer sa volonté. Quant aux membres de mon culte… eh bien, ils souriaient implacablement, ayant attendu ce jour depuis des années.

Une femme a soudain demandé : « Cela ne mènerait-il pas à l'extinction de la race des vampires ? »

Je la fixai avec haine. Quiconque oserait me défier en subirait les conséquences.

J'ai fait un geste vers l'un des gardes royaux. « Tuez-la. »

Le garde hésita.

Cela m'a rendue furieuse. « Tuez-la, ou je la tuerai personnellement, ainsi que vous après. »

Le garde acquiesça et se dirigea vers la femme. Elle tenta de s'enfuir, mais je puisai dans mon pouvoir, sentant la vigueur magique se répandre dans mes veines, picotant du bout de mes doigts jusqu'à elle. J'aurais pu la tuer de là où je me trouvais, mais c'était bien plus amusant de regarder le garde le faire.

La femme est restée immobile, figée par ma magie, des larmes coulant sur ses joues. Le garde avait un air désolé sur le visage lorsqu'il l'atteignit. D'un coup d'épée, il l'a décapité, mettant fin à la pathétique supplication qui sortait de sa bouche. Les gens ont sursauté, et j'ai relâché mon emprise sur elle, laissant le corps sans vie tomber sur le sol.

« Vous pouvez la boire tant que le sang est encore chaud », ai-je ajouté.

Les gens ont dégagé l'espace autour du cadavre tandis que certains de mes plus fidèles disciples se sont rassemblés pour se régaler du sang qui leur avait été offert.

J'ai parlé avec autorité. « Que cela vous serve d'avertissement. Je ne permettrai à personne de remettre en cause mes décisions. Suis-je bien claire ? »

Les gens regardaient en silence, résignés.

J'ai fait un geste vers le prêtre. Avec une révérence solennelle, il s'est avancé, sa voix résonnant avec conviction alors qu'il invoquait une prière à Alastor.

Je fermai les yeux et laissai ses paroles résonner dans la salle jusqu'à mon âme. Le prêtre demanda la bénédiction d'Alastor, lui demandant de nous accorder la force et de régner sur tout le monde. L'attrait de la domination et des anciennes traditions me tiraillait l'âme, me rappelant le pouvoir qui pouvait être exploité en embrassant cette voie sacrée. Je l'avais déjà assumé par le passé, mais jamais autant qu'aujourd'hui. Le rythme captivant de la prière du prêtre résonnait dans mon esprit, et je désirais ardemment ressentir le pouvoir qu'elle promettait. Un étrange sentiment de puissance divine emplissait la pièce, et je sentis qu'Alastor était là, satisfait de moi.

Tandis que le couteau du prêtre traçait un arc dans l'air, le sang de l'humain se déversait dans un calice d'or destiné à nourrir tous les vampires présents. Je contemplai le rituel, observant le sang avec admiration.

Malgré la réticence des vampires les plus modérés, la salle de banquet était imprégnée d'une énergie palpable, un mélange enivrant de révérence et d'anticipation des pouvoirs contenus dans le sang du sacrifice. Ils savaient qu'ils n'avaient pas le choix. Je ferais tuer tout vampire qui refuserait de boire dans le calice. Ainsi, je ne conserverais que mes fidèles parmi les vampires nobles et ma garde rapprochée.

J'ai bu la première du calice, en extase. Les pouvoirs d'Alastor m'emplissaient d'un frisson de plaisir, sachant que je commençais la tâche sacrée que mon dieu m'avait confiée. Je regardai avec ravissement le prêtre passer le calice d'un vampire à l'autre, tous participant à cette sainte communion.

Une fois que tout le monde eu bu, je proclamai : « Maintenant, mes fidèles sujets, préparez-vous ! Une nouvelle ère commence. Ensemble, nous allons restaurer la gloire d'Alastor et de notre grande race. »

L'aînée Báthory s'est levée dans la foule. Elle était très respectée et je savais qu'elle était heureuse des nouvelles lois. J'avais entendu dire qu'elle regrettait le bon vieux temps où elle pouvait se baigner dans le sang de ses victimes. Elle leva son verre en l'air et déclara : « Vive la reine ! ».

Les vampires applaudirent et continuèrent à profiter de la soirée.

J'ai désigné deux gardes, puis la vampiresse morte et le sacrifice humain.

« Débarrassez-vous des corps. »

Ils ont acquiescé et se sont mis au travail.

Au fur et à mesure que la soirée avançait, une voix s'est fait entendre derrière moi.

« Votre Majesté. »

Un frisson de dégoût me parcourut l'échine au son de la voix. Je savais très bien de qui il s'agissait, et je savais que je ne pouvais pas éviter cette conversation. Je ravalai mon malaise, me rappelant que mes sentiments personnels devaient être mis de côté pour le plus grand bien d'Alastor. Je me retournai, faisant un effort pour ne pas grimacer, l'homme s'appuyant sur sa canne comme d'habitude. Il avait tenu sa part du marché, et je tiendrais moi aussi la promesse que j'avais faite. Je n'étais pas très enthousiaste à cette idée, mais c'était le prix à payer pour sa coopération dans toute cette affaire.

« Oui », ai-je répondu en esquissant un sourire.

Mon regard se posa sur ses yeux bruns. Ils étaient toujours aussi ternes, dépourvus d'ambition. Il n'était qu'un pion dans mon plan. Il était nécessaire pour l'instant.

À ses côtés se tenait un jeune et grand vampire. Il avait les mêmes cheveux noirs et les mêmes yeux bruns que son père, mais il paraissait très jeune et plus musclé, ce qui le rendait légèrement attirant.

« Je voudrais vous présenter mon fils, Viktor. »

Viktor s'est incliné et a saisi ma main, y déposant un baiser. Au moins, ce garçon savait comment présenter ses respects à une reine.

« Votre fils a l'air très jeune », ai-je observé.

L'homme répondit d'un ton plus désolé. « C'est mon plus jeune fils. Mon aîné s'est marié il n'y a pas longtemps. Il ne l'a dit à personne et s'est enfui secrètement avec une amoureuse dont j'ignorais l'existence. »

Je fronçai les sourcils. « Ce n'est pas l'accord que nous avions. C'était censé être ton fils aîné. »

L'homme acquiesça. « Effectivement, mais nous avions un accord. Viktor est majeur. Il a 180 ans. »

Je suis restée bouche bée. Ce vampire avait-il déjà eu une amante ? Mais il avait l'âge, il devait donc faire l'affaire.

J'ai lancé en défiance. « Et que penseront les gens en voyant leur reine épouser un vampire de 102 ans plus jeune qu'elle ? »

Le père secoue la tête.

« Ils penseront ce que vous leur laisserez penser, ma reine. »

Il avait raison. Les gens penseraient ce que je leur laisserais penser, car je tuerais tous ceux qui oseraient s'opposer à moi. Voyant que je ne répondais rien, le vampire continua. « N'oubliez pas que j'ai déjà respecté ma part du marché. C'est votre tour. »

J'ai acquiescé, bien qu'agacée. « Très bien. Je tiens toujours ma parole. »

C'était à moitié vrai, mais il n'avait pas besoin de le savoir. Assez de choses avaient mal tourné, j'avais besoin que le reste du plan se déroule comme prévu.

Le vieux vampire affichait un sourire satisfait. Viktor regardait le sol en se tripotant les doigts.

J'ai changé de sujet. « Maintenant, à propos de Nathan. Il semble qu'il soit encore en vie. »

« Quel inconvénient », grommela le vieux vampire.

« En effet. J'ai besoin de vous pour examiner les lois et voir ce que je dois changer pour épouser votre fils. »

Le vampire inclina la tête. « Bien sûr, ma reine. »

J'ai acquiescé et j'ai pris la main de Viktor dans la mienne, le jeune vampire me regardant avec étonnement.

« Alors, on danse ? Nous devons apprendre à nous connaître. »

Les gens me regardèrent avec surprise tandis que j'entraînais le jeune vampire sur la piste de danse. Alors que je valsais avec lui, son jeune corps fermement pressé contre le mien, ses muscles embrassant mes courbes, je me disais que ce ne serait pas si mal. Après tout, j'avais besoin d'un homme pour étancher ma soif.

Chapitre 30 (Élaine)

Barrière magique

Je me suis réveillée avec un sentiment de malaise, me demandant d'où il venait. Des ombres rôdaient dans le château alors que je marchais dans les couloirs, passant à côté de moi, me frôlant comme un doux coup de vent. Je tournais la tête encore et encore, pour constater qu'il n'y avait rien derrière moi. Un frisson de peur me parcourut le dos, et j'eus l'impression qu'une main glacée se posait sur mon épaule. Je pouvais presque sentir une créature respirer dans mon cou, m'observant sans cesse, mais encore une fois, lorsque je me retournais, il n'y avait rien. Alors que j'essayais de me convaincre que ce n'était que mon imagination, une voix me fit sursauter.

« Tu vas bien ? »

Je me suis retournée pour voir le sourire chaleureux et amical de Mitra. J'ai passé mes mains sur mes bras pour me rassurer.

« Je ne sais pas… » J'ai cherché des mots, mais je n'en ai trouvé aucun pour expliquer l'étrange sentiment qui m'avait envahi au réveil.

L'elfe noir posa ses mains sur mes épaules et je me sentis immédiatement mieux. En un instant, j'eus l'impression que l'atmosphère était redevenue normale. Peut-être étais-je trop fatiguée et mes sens me jouaient-ils des tours ?

Mitra a réduit la distance qui nous séparait, ses lèvres étant à quelques centimètres des miennes. Je pouvais entendre l'affection dans sa voix lorsqu'il parlait. « Tu as besoin de quelque chose ? Tu as peut-être besoin d'une pause. Tu as beaucoup travaillé ces derniers temps. »

Alors que ses yeux sombres fixaient les miens, j'avais l'impression qu'il regardait directement dans mon âme. Mon cœur battait la chamade dans le silence qui nous entourait, tandis que je cherchais quelque chose à répondre.

Mitra a posé ses lèvres contre les miennes dans un moment d'insouciance, me volant un baiser par surprise. Je me figeai dans son étreinte, choquée, ne sachant comment réagir, mais savourant aussi la douceur, m'avouant des sentiments jusqu'alors cachés. Mitra était mon meilleur ami et l'un des meilleurs sorciers du château, mais je ne savais pas quoi penser de cette affection soudaine. Je n'avais jamais songé à désirer l'amour, j'avais presque tout consacré à servir mon roi et à remplir mon rôle de grande sorcière.

J'étais encore jeune, je n'avais que deux cents ans, et Mitra aussi, mais je me demandais si c'était une bonne idée d'avoir une relation avec lui. Vivre à la tour des mages avec les autres ne me permettait pas d'avoir une vie privée. Le précédent grand mage avait vécu une vie de servitude au château, et c'est exactement comme cela que je l'avais envisagé jusqu'à présent. C'est ainsi que j'ai toujours pensé qu'il devait en être ainsi.

Je n'avais toujours pas bougé lorsque Mitra rompit le baiser. Observant ma réaction, il prit un air incertain et balbutia : « Je… … Je ne sais pas ce qui m'a pris… désolé. »

Je l'ai arrêté. « Non, ce n'est pas grave. C'est juste que… c'est si soudain, et j'ai tellement de choses en tête. J'ai besoin de temps, d'accord ? »

L'elfe noir força un sourire rempli de l'espoir de mes paroles.

Les pensées se bousculaient dans ma tête alors que mon idée de servitude au château était remise en question par le baiser de mon ami. Il était gentil, et j'aimais ses yeux noir profond — ils ont toujours dégagé un tel mystère. Nous étions amis depuis tant d'années, mais maintenant que j'y pensais, je me demandais si certains de ces gestes n'avaient pas caché des sentiments inavoués.

J'avais passé tant d'années à me consacrer uniquement à mon rôle de grande sorcière que je n'avais même pas pensé à mes propres sentiments. Je me perdis momentanément dans les yeux de Mitra, m'autorisant à imaginer les tendres moments que nous pourrions passer ensemble. Je savais que Mitra n'était pas mon âme sœur, sinon je l'aurais ressenti, mais certaines personnes passent toute leur vie sans rencontrer cette personne. Devrais-je attendre de le trouver ? J'avais besoin de temps pour y réfléchir.

Alors que mes pensées s'entrechoquaient, je reçus une nouvelle vague de magie noire, les ombres revenant autour de nous avec une force écrasante. J'inspirai de surprise et portai la main à ma poitrine lorsque la sensation me traversa. Mitra me fixa, visiblement confus — ne l'avait-il pas ressenti ? Les bijoux me permettaient d'être beaucoup plus sensible que lui aux variations de la magie. D'une certaine manière, c'était un effet secondaire :

ce que je pouvais ressentir naturellement demandait plus d'efforts aux autres mages.

« Tu vas bien ? » demanda Mitra.

Je secouai la tête. « Concentre-toi, Mitra. Ne le sens-tu pas ? »

Il ferma les yeux et s'exécuta, puisant dans ses réserves magiques.

Il ouvrit soudain les yeux et murmura avec effroi : « Qu'est-ce qui se passe ici ? »

J'ai acquiescé, soulagée de savoir que je n'étais pas la seule à le sentir. Il y avait vraiment quelque chose qui n'allait pas.

« Je ne sais pas, mais j'ai l'intention de le découvrir ».

« Tu as besoin de moi ? Je peux rester à tes côtés si tu veux. »

Bien que l'idée de l'avoir avec moi soit agréable, je secouai la tête. Il était plus urgent de prévenir les autres mages et le roi.

« Va prévenir les autres. Fouillez chaque recoin du château. Nous devons trouver la source de cette magie et protéger le roi. Venez me chercher si vous trouvez quelque chose. Je ferai de même de mon côté. »

L'elfe noir acquiesça. « Parfait. »

J'errais dans le château, toujours envahi par ce sentiment bizarre, essayant de trouver l'endroit où il était le plus fort. Il fallait absolument que je trouve sa source au plus vite. Pour l'instant, seuls les mages et moi étions conscients du danger. Tous les autres vaquaient à leurs occupations, inconscients. Le danger de la magie noire était qu'elle s'infiltrait dans votre cœur et votre âme sans que vous vous en rendiez compte, exploitant vos faiblesses et trouvant des failles dans votre carapace jusqu'à ce que vous soyez submergé par elle sans même vous rendre compte d'où elle venait. Il était trop tard lorsqu'on s'en rendait compte, et rares étaient ceux qui parvenaient à se libérer de son emprise. Ceux qui ne parvenaient pas à se débarrasser de cette force étaient voués à une servitude éternelle.

La sensation était si forte alors que je marchais dans un des couloirs que je dus m'appuyer contre un mur, prise d'un vertige soudain. Une impulsion magique envahit mes veines, faisant réagir les bijoux incrustés dans ma peau. Je poussai un cri de douleur, le cœur battant la chamade et les jambes tremblantes. Je retirai immédiatement ma main, coupant le flux de magie et libérant la défense des bijoux. Le souffle encore court et le cœur battant fort, je m'effondrai sur le sol. Il était clair que ce que j'avais ressenti ce matin venait de l'autre côté de ce mur.

Mon sang se glaça lorsque je réalisai que la salle du trône se trouvait de l'autre côté du mur. La panique monta en moi à l'idée que le roi pouvait être en danger. La porte était fermée et deux gardes se tenaient devant.

« Bougez », ai-je demandé. « J'ai besoin d'entrer. »

Les gardes se sont regardés, puis m'ont regardé.

« Je suis désolé, grande sorcière. Le roi a demandé à ne pas être dérangé par qui que ce soit. »

J'ai rugi. « Je me moque de ce que le roi a dit ! Il est peut-être en danger ! »

Leurs expressions changèrent à ces mots et ils tirèrent sur les grandes poignées de porte.

« Quoi ? », s'exclama l'un des gardes.

« Pas moyen de les faire bouger », dit l'autre en tirant de toutes ses forces.

Ils avaient beau tirer, les portes ne bougeaient pas.

J'ai ordonné. « Poussez-vous ! »

Ils s'écartèrent et je m'avançai. J'ai lancé un sort de déverrouillage, mais les portes ne s'ouvraient toujours pas. Je restai bouche bée. Comment cette porte avait-elle pu résister à ma magie ? Je lançai un sort de divination et me rendis compte qu'un puissant sort avait scellé toute la pièce. La personne qui avait lancé ce sort était très forte. Je connaissais une incantation qui pourrait être assez puissante pour le dissiper, mais elle nécessiterait plus de mana.

Oswald et Mitra passèrent au bout du couloir au même moment.

J'ai crié : « Venez ici ! J'ai besoin de votre aide ! »

Les deux s'arrêtèrent et me regardèrent, les yeux écarquillés. Sentant le danger dans ma voix, les deux elfes se sont précipités.

« La pièce est scellée par un puissant sortilège, » expliquai-je.

Ils hochèrent la tête avant qu'Oswald ne dise : « Je le sens ! ».

« Laissez-moi puiser dans votre magie », leur ai-je dit, puis j'ai regardé les gardes. « Quand j'aurai dissipé le sort, vous pourrez essayer d'ouvrir les portes. »

Les elfes me fixèrent d'un regard qui reflétait la gravité de la situation. Oswald et Mitra savaient ce que cela signifiait pour moi de puiser dans leur magie. Cela signifiait que je récolterais toute la mana qu'ils possédaient grâce à mes bijoux enchâssés et que je l'absorberais en moi. C'était un grand effort pour eux comme pour moi. Mais j'aurais l'occasion de lancer le sort le plus puissant sur les portes pour tenter de briser le sceau. J'avais en tête l'incantation parfaite, un puissant sort sacré connu pour purifier le mal. Très peu de mages pouvaient le lancer, car il nécessitait une grande quantité de magie, mais avec la mana de deux mages et la mienne, je devrais pouvoir le faire. Cependant, cela signifiait que je n'avais qu'une seule chance. Si l'attaque échouait, je n'aurais plus aucune chance et devrais accepter la défaite.

Mon cœur se serra à l'idée que le roi pouvait être en danger et que je ne puisse rien faire. En tant que grande sorcière, mon devoir était de le protéger, lui et le royaume. Je ne pouvais pas échouer.

Je pris une profonde inspiration et me concentrai sur les bijoux, activant instinctivement les pouvoirs d'absorption du mana. Oswald et Mitra s'agenouillèrent, se tenant l'un l'autre alors que leur mana était drainée. Mes joyaux intégrés se mirent à briller intensément en se remplissant d'énergie magique. Je sentais la mana couler dans mes veines, m'emplissant d'un immense pouvoir.

« Élaine… » Mitra marmonna, les yeux suppliants, à peine capable de rester à genoux, tant il devenait faible.

Je savais que je leur faisais du mal, mais je n'avais pas d'autre choix que de sauver le roi.

« C'est presque fini », ai-je murmuré, plus à moi-même qu'à eux.

J'ai cessé d'absorber leur mana quand j'ai senti que j'en avais assez pour le sort. Les deux hommes s'écrasèrent immédiatement au sol, leurs respirations lourdes se faisant entendre. Je n'eus pas le temps de voir s'ils allaient bien.

J'ai fait signe aux gardes d'ouvrir la porte.

« Tenez-vous prêts ».

Ils saisirent chacun une poignée de porte tandis que je commençais à lancer le sort. Je sentis ma mana se vider, prenant tout ce que j'avais en moi.

J'ai récité les mots, la sueur perlant sur mon front, les mains tremblantes. J'ai répété chaque mot avec soin et j'ai dû crier les derniers mots tant l'effort pour les prononcer était grand. Je suis tombée à genoux lorsque les derniers mots sont sortis de mes lèvres.

Derrière moi, je pouvais entendre Oswald et Mitra respirer. Ils étaient encore en vie.

Les gardes tirèrent sur les poignées et la porte s'ouvrit d'un coup sec, claquant bruyamment contre le mur. Le sortilège était rompu.

Des gouttes de sueur coulaient tandis que je levais péniblement la tête vers la salle du trône, trop faible pour me relever. Mes joyaux s'activèrent pour me protéger, car la magie noire de la salle du trône était trop puissante. Ma bouche s'ouvrit à la vue de ce qui se trouvait devant moi.

Un vampire se tenait dans la salle du trône avec le roi. Il ne faisait aucun doute qu'il était la source de la magie noire. Elle était si forte autour de lui qu'un épais brouillard noir aurait pu envelopper le roi, le vampire et le chancelier. La peur me saisit à l'idée que les ténèbres aient pu affecter le roi. Je devais le protéger, et j'espérais qu'il n'était pas trop tard. La peur me saisit face à la dure réalité. J'étais face à un ennemi puissant, et ma mana, ainsi que celle de mes deux meilleurs mages, était épuisée. Je priai Aerdrie pour que nous survivions.

Chapitre 31 (Érendriel)

Pour l'abattre

« **A**lors, Votre Majesté… »

Les portes s'ouvrirent avec fracas, arrêtant Dreven au milieu de sa phrase. Mathias et moi nous sommes retournés pour voir qui avait l'impolitesse de nous interrompre. Mais ce n'était pas un étranger ou un imbécile, c'était ma grande magicienne Élaine qui était accroupie à genoux avec deux autres mages allongés sur le sol. Les deux soldats chargés de garder la salle du trône firent irruption, épées sorties.

« Qu'est-ce qui se passe ? » demandai-je, furieusement.

Les gardes s'arrêtèrent, leurs épées figées à mi-hauteur, ne sachant que dire.

C'est Élaine qui répondit, respirant irrégulièrement. « Votre Majesté, vous êtes en grand danger ! »

J'ai regardé autour de moi, mais je ne voyais aucune menace. Prenant une profonde inspiration, j'ai gardé mon calme en parlant. « Je comprends votre inquiétude, mais je pense que vous ne vous inquiétez pour rien. »

« Mais la pièce était scellée par un puissant sortilège ! »

« Scellée ? » Ai-je demandé. « Je n'ai rien senti d'anormal. »

Élaine m'a regardé, abasourdie.

Je me suis tourné vers le chancelier. « Et vous, Mathias ? »

Il secoua la tête. « Non, Votre Majesté. »

Je mon regard vers Dreven.

« Et vous, Dreven. En tant que vampire aux sens aiguisés, vous avez sûrement senti quelque chose ? »

Il secoua à nouveau la tête. « Je ne pense pas, Votre Majesté. »

Je me suis retourné vers Élaine. J'avais confiance en ses conseils, mais je devais admettre que je ne voyais pas de quoi elle parlait.

« Expliquez-vous », ai-je ordonné.

Elle grimaça sous la douleur, titubant de quelques pas vers moi alors qu'elle expliquait ce qui s'était passé. Les gardes aux côtés d'Élaine acquiescèrent, et les deux mages allongés sur le sol confirmèrent ses dires.

« Je n'ai rien entendu. »

La bouche d'Élaine s'ouvrit et se referma, visiblement perplexe. « C'est parce que toute la pièce a été scellée par de la magie noire, empêchant les sons extérieurs de parvenir jusqu'à vous. »

J'ai réfléchi à ces paroles. Je n'avais aucun moyen de vérifier si elle disait la vérité, mais les années de bons et loyaux services qu'elle m'avait rendus m'incitaient à la croire.

« On dirait que je vous dois une fière chandelle. Bon travail. »

Élaine pointa un doigt accusateur vers Dreven.

« C'est lui ! C'est de là que vient la force obscure. »

Dreven a pris un air consterné, son expression se transformant en grimace.

« Êtes-vous sûre de ce que vous dites ? Dreven est mon invité — nous avons parlé toute la matinée. »

« Je n'oserais jamais », rétorqua le vampire.

« Il a essayé de vous infiltrer avec de la magie noire, de contrôler votre esprit », insista Élaine, mais ses mots étaient plus calmes maintenant, beaucoup moins passionnés qu'auparavant.

C'étaient des accusations graves, mais je ne me sentais pas différent et Dreven n'avait montré aucun signe d'hostilité.

En un instant, Élaine s'est effondrée sur le sol et je me suis levé d'un bond. Mathias s'est précipité vers elle, tandis que Dreven observait la scène, serein.

« Comment va-t-elle ? » Mes mots étaient tendus — j'étais inquiet.

Mathias pris son pouls et se pinça les lèvres. « Elle vient de perdre connaissance. Son pouls est normal. »

L'un des deux mages, l'elfe noir, s'avança vers Élaine. Il ajouta : « Je crois qu'elle en a trop fait. »

J'ai poussé un soupir de soulagement : c'était un problème gérable.

« Toi, mage. »

L'elfe a levé les yeux. « Mitra, à votre service, Votre Majesté. »

« Ramenez Élaine dans sa chambre pour qu'elle puisse se reposer. »

L'elfe a acquiescé. J'ai ajouté aux gardes : « Aidez-les, assurez-vous qu'ils ont tout ce dont ils ont besoin. »

J'ai vu les deux mages prendre Élaine dans leurs bras, aidés par les gardes, et l'éloigner de la salle du trône.

« Je t'avais dit qu'elle était trop puissante », siffla la voix de la méchante reine dans ma tête, et je grognai intérieurement. Je n'avais pas le temps de m'occuper d'elle pour l'instant. Elle me tourmentait déjà chaque nuit, me poussant à partir en guerre. Elle savait que j'irais à la guerre, alors elle pouvait au moins me donner la paix pendant la journée.

J'ai réfléchi un instant aux paroles d'Élaine, à son avertissement et à son insistance sur le fait que j'étais en danger. Bien que je tienne son opinion en haute estime, je ne voyais aucun signe de danger et j'avais besoin des informations que Dreven pouvait me fournir.

« Fermez la porte, Mathias. »

Mon chancelier s'exécuta et vint me rejoindre aux côtés de Dreven.

Je reportai mon attention sur Dreven. Le vampire souriait malgré tout ce qui s'était passé, attendant patiemment.

« Veuillez excuser cette interruption », me suis-je excusé.

Dreven secoua la tête. « Ne vous inquiétez pas. Ce n'est rien, vraiment », répondit-il.

« Vous étiez sur le point de me parler des hybrides. »

Le vampire acquiesça. J'étais impatient d'en savoir plus sur les hybrides. Mathias avait cherché partout pour trouver quelqu'un qui connaissait ces demi-espèces. Il avait fini par découvrir une ancienne faction qui en savait long sur eux et sur la manière de vaincre ces créatures. Mathias les avait contactés et c'est Dreven qui s'était immédiatement manifesté.

Les yeux du vampire brillaient d'énergie, il souriait malicieusement et passait ses doigts dans ses cheveux blonds.

« Les hybrides sont des créatures très particulières. Selon leurs origines, ils peuvent avoir des faiblesses différentes. Dans le cas du Roi maudit, avec son mélange de vampire et de loup-garou — deux races extrêmes et émotionnelles — il lui est très difficile de contrôler ses réactions en cas de stress ou d'émotions intenses. Son côté loup-garou le rend compulsif et animal, tandis que son côté vampire le pousse à suivre ses instincts — ses instincts primaires, en quelque sorte. Il est également sujet à la soif de sang plus rapidement que les autres vampires. Tout cela le rend vulnérable à une perte de contrôle plus rapide. C'est là que vous pouvez l'exploiter. »

Les paroles de Dreven étaient intéressantes — c'était exactement le genre d'informations dont j'avais besoin pour prendre le dessus dans cette affaire, surtout après l'échec de l'assassinat.

J'ai gloussé, trop pris par l'excitation de la situation.

« Que les jeux commencent. »

Chapitre 32 (Nathan)

Roi immonde

Le soleil se couchait quand je me suis réveillé. Après mon tour de garde, j'avais rejoint Émeraude et l'avais prise dans mes bras. Il y avait un vide maintenant ; elle était déjà debout, car c'était son tour de monter la garde.

Elle discutait avec Xavier, et je me suis immédiatement levé. Un grognement s'échappa de ma poitrine provenant de mon loup-garou lorsque je vis la proximité du demi-vampire avec elle. Une pointe de jalousie se dégagea de mon loup, une émotion dont je ne savais que faire. Décidément, ce loup-garou se faisait de plus en plus insistant, et j'avais du mal à comprendre pourquoi. Je respirai profondément, reprenant mon calme, et laissai mon côté vampire repousser la bête dans sa cage — ce n'était pas le moment.

« Bonsoir », dis-je en les interrompant au moment où je les rejoins.

Le visage d'Émeraude s'est éclairé à ma vue.

« As-tu assez dormi ? » Lui ai-je demandé, et elle a acquiescé.

Xavier désigna la tente de Darryl et gloussa.

« Il dort encore, on l'entend même ronfler. »

La soirée étant encore jeune, nous n'avions pas besoin de partir immédiatement.

« Laisse-le dormir pendant que je me nourris. Nous le réveillerons ensuite et nous partirons dès que vous aurez tous mangé. »

« C'est un bon plan », acquiesça Xavier.

Émeraude se leva et me suivit jusqu'à ma tente. Son parfum de pêche était divin et j'avais envie d'elle comme si je ne l'avais pas savourée depuis des jours. Ces sentiments devenaient de plus en plus fréquents, de plus en plus intenses. Tout ce qui m'importait, c'était de me perdre en elle.

Il était difficile de contenir mes désirs maintenant que nous étions seuls, mais je devais me rappeler que seule la toile de la tente nous cachait. J'ai embrassé ses lèvres douces.

« Ça m'a manqué », ai-je murmuré après notre baiser.

Ses yeux se fixèrent profondément dans les miens. « Vraiment ? » demanda-t-elle doucement.

J'ai acquiescé. C'était la vérité — quelque chose dont j'étais pleinement conscient maintenant.

« Moi aussi », murmura-t-elle, et un sourire se dessina sur ses lèvres.

J'ai passé mes doigts dans ses cheveux bruns, laissant les mèches couler entre mes doigts. J'ai laissé mes mains courir le long de ses cheveux, jusqu'à son dos, la caressant tandis que je déposais un baiser sur son épaule nue qui dépassait de sa tunique.

« Dès que tout sera réglé, nous aurons notre propre chambre, comme avant. »

Elle a frissonné, se blottissant contre ma poitrine. Ses yeux vert profond fixaient les miens.

« Tant que je suis avec toi, je suis bien. »

Je l'ai serrée contre moi, la faim montant en moi.

« Es-tu prête ? » demandai-je près de son oreille.

Elle a retiré ses cheveux de son cou et a hoché la tête. Son souffle était chaud contre ma poitrine et elle gémit lorsque je plantai mes dents dans son cou. Mon cœur a palpité lorsque la première goutte de sang a touché ma langue. Elle était mon oasis dans le désert et je m'en abreuvais avec avidité. Comme j'aimerais pouvoir la dévorer maintenant ! Je caressais doucement son corps tout en me nourrissant d'elle, sentant son souffle s'accélérer tandis qu'elle m'enserrait de ses doigts. Le temps semblait s'être arrêté alors que nous étions pris dans cette douce tempête de désir et de plaisir.

Mon corps aspirait au sien autant qu'elle aspirait au mien. L'odeur de l'excitation était forte et je n'ai pas pu résister à l'envie de trouver ses plis humides, de les creuser doucement tout en buvant son nectar. Elle frissonna et haleta silencieusement. « Nathan, il y a des gens dehors. Nous ne pouvons pas… »

Elle s'est arrêtée au milieu de sa phrase, ses mots étant pris entre la poursuite et un gémissement. J'ai retiré mes dents de son cou, ma bite palpitait de besoin.

« Je sais », ai-je râlé. « Reste silencieuse. »

Le plaisir était trop grand pour qu'elle proteste et elle s'est mordu les lèvres avant d'enfouir son visage dans ma poitrine tandis que je frottais mes doigts contre elle.

Elle a murmuré, son souffle chaud contre ma poitrine dans un moment d'euphorie, « Nathan ».

Elle était plus belle que les étoiles dans le ciel et en ce moment, tout ce que je voulais, c'était la prendre encore plus haut jusqu'à ce que son corps entier tremble de plaisir. Je réprimai un grognement de déception, déchiré, sachant que je ne pouvais pas la prendre entièrement maintenant. Je devais me résigner à ce moment délicat d'intimité avec elle.

« Tu es si belle », lui ai-je murmuré à l'oreille, la couvrant de baisers pendant qu'elle redescendait de son état d'euphorie.

Ses yeux se fixèrent dans les miens et elle dévora mes lèvres avec avidité.

« Nathan, j'ai besoin de toi », plaida-t-elle, ses mains trouvant la bosse dans mon pantalon.

Je savourai à nouveau ses lèvres, ma langue se pressant contre la sienne tandis que je soupirais silencieusement à son contact. « Il n'y a rien que j'aimerais plus que de te prendre maintenant ».

« Alors, fais-le ! »

À contrecœur, j'ai retiré sa main de mon pantalon.

« Je ne peux pas ». Les mots étaient amers sur ma langue.

Elle se mordit la lèvre inférieure, ses yeux brillants de déception et de compréhension. « Les autres sont réveillés », observa-t-elle.

J'ai acquiescé, mon respire lourd de désire. Elle a jeté un coup d'œil à l'extérieur de ma tente.

« J'espère qu'ils ne m'ont pas entendue ». Son expression s'était transformée en quelque chose entre l'embarras et l'inquiétude.

Je gloussai doucement. « Ça ne me dérange pas qu'ils l'aient entendu. Qu'ils le sachent. »

« Qu'ils sachent quoi ? »

Je me suis figé pendant une fraction de seconde, comprenant à peine ce que j'allais dire. « Que tu es à moi. »

Une tempête d'émotions se déchaîna en moi à la révélation de mes paroles. C'était comme si un instinct primaire était en moi et venait de se libérer, exigeant qu'Émeraude soit mienne. Ma vassale, qui a toujours été là pour moi, malgré la fuite de mon propre royaume, ma bouée de sauvetage. Mais il semblait que ce n'était pas suffisant. Je ne savais que faire des sentiments que j'éprouvais à présent, et je cherchais désespérément une réponse dans ces grands yeux verts qui me fixaient.

Ne sachant que dire d'autre, je caressai sa joue du bout des doigts, laissant le silence s'installer entre nous. Émeraude déposa un baiser sur mes lèvres, s'attardant sur les miennes plus longtemps que nécessaire avant de rompre le contact.

Elle a murmuré : « Nous devrions aller les rejoindre ».

J'ai acquiescé. Le moment était rompu.

Xavier, Darryl et Émeraude prirent leur petit déjeuner du soir pendant que je ramassais notre campement. Aucun des hommes n'a mentionné les événements précédents, ce qui suggère qu'ils n'avaient pas entendu Émeraude gémir, ou qu'ils s'en fichaient. Quoi qu'il en soit, elle en était heureuse, mais j'espérais tout de même qu'ils l'avaient entendue. Je me figeai momentanément lorsque le loup en moi me murmura deux mots. *À nous.*

Je suis resté bouche bée. C'était la première fois qu'il m'adressait la parole, et ce qu'il me demandait, expliquait cette vague de sentiments qui m'envahissait à présent. Même si aucun des deux hommes ne voulait tenter quoi que ce soit avec ma vassale, le loup-garou en moi voulait la revendiquer comme propriété — il voulait que tout le monde sache qu'elle était à nous, et j'avais du mal à contenir mon loup.

La sensation était forte, et j'aurais aimé que ma mère m'en dise plus sur les loups-garous et sur la façon de gérer ce sentiment.

Nous sommes partis dès que tout le monde a eu fini de manger. Nous avons voyagé toute une nuit et campé un jour de plus. Le lendemain, nous avons atteint la fin de la forêt, marchant maintenant dans un vaste champ, les étoiles cachées par de gros nuages. J'étais absorbé par la façon dont les nuages traversaient le ciel à toute vitesse alors que tout autour de nous était si immobile — pas même un brin d'herbe ne bougeait dans le champ. C'était hypnotisant d'admirer la beauté de la nuit, et j'ai eu envie de m'arrêter et de me prélasser un instant.

Bientôt, Mytvathyr fut en vue. Je n'en revenais pas de la beauté de la ville ! J'avais entendu parler de la cité elfique, mais c'était la première fois que je la voyais, car les elfes n'ouvraient pas leurs portes à toutes les races, en particulier aux vampires.

Il ne servait plus à rien de se cacher. Les patrouilles de vampires ne venaient sûrement pas jusqu'ici. De plus, nous devions entrer dans la ville, et il n'y avait qu'une seule entrée.

Des gardes elfiques bloquaient les portes. « Qui va là ? »

J'ai fait un pas en avant. « Je suis le roi Nathan des vampires. Je souhaite m'entretenir avec le grand roi des elfes. »

Les gardes se regardèrent, puis l'un d'eux répondit : « Vous n'êtes plus le roi. Le peuple des vampires est maintenant régi par une reine. »

Les entendre le dire était plus difficile que je ne le pensais, et un nœud s'est formé dans mon estomac. Je me suis maudit intérieurement. Je ne comprenais pas comment ils pouvaient déjà connaître la nouvelle alors que cela ne faisait que deux jours et demi. Ma tâche allait être plus compliquée maintenant.

« Vous avez raison. Mais il y a eu une injustice, et je dois parler à votre sage roi. »

Les deux gardes se concertèrent.

« Nous n'emmenons pas quatre personnes pour rencontrer le roi. Nous avons reçu un ordre royal de limiter les visiteurs après qu'un sort de magie noire ait été jeté au château. Une seule personne pourra y aller. »

J'ai été surpris d'apprendre que le roi des elfes avait été attaqué, et je n'ai pas pu m'empêcher de me demander si Samantha était derrière tout ça. Si c'était le cas, il me serait facile de l'amadouer.

Darryl secoua la tête.

« Oh, je n'ai pas besoin de voir le roi. Je suis un humain qui cherche refuge dans la grande cité elfique. Je suis herboriste et je cherche un nouvel endroit pour installer ma boutique. »

Les gardes ont acquiescé.

« Les humains sont les bienvenus dans notre ville. La rue de gauche vous mènera au quartier des marchands. Cherchez la boutique de l'herboriste. Peut-être pourriez-vous travailler avec lui. »

Le second a ajouté : « Et vous ? ».

Émeraude répondit : « Je suis juste Nathan. Je peux attendre à l'extérieur du château. »

Xavier acquiesça. « Moi aussi. »

Les gardes se consultèrent et finirent par se mettre d'accord. « Très bien, suivez-nous. Nous vous laisserons à l'auberge. Vous pourrez y attendre l'ex-roi pendant qu'il parlera à notre souverain. »

Nous avons suivi les gardes dans la ville. C'était encore plus beau maintenant que nous étions à l'intérieur des murs de la ville.

Bientôt, nous arrivâmes dans une vaste cour. Un arbre ancien se dressait au centre, des lumières magiques flottant entre les feuilles, donnant à l'arbre un air enchanté. Quelques tables étaient disposées autour et les gens sirotaient des boissons et discutaient dans cette atmosphère paisible.

De l'autre côté de la cour se trouvait un bâtiment en bois massif dont les balcons étaient couverts de vignes et de fleurs. Les arcs étaient sculptés et ornés de signes elfiques, et je ne pouvais qu'admirer la beauté majestueuse et la grandeur que les artisans elfiques avaient construites.

Le premier garde indiqua la porte.

« Entrez et louez une chambre. Vous y attendrez l'ex-roi. »

Entendre le titre d'ex-roi me faisait mal comme si on m'avait poignardé, mais cela renforçait ma conviction que je voulais retrouver mon trône. Émeraude acquiesça et répondit : « Nous louerons des chambres et nous t'attendrons là, Nathan. »

J'ai acquiescé, soulagé qu'elle soit en sécurité jusqu'à mon retour.

« À bientôt », dit Xavier.

Darryl, Xavier et Émeraude entrèrent dans l'auberge tandis que je suivais les gardes dans les rues. Je fus surpris de voir des elfes partout. Je pensais qu'ils seraient au lit, mais je suppose que la ville était assez grande pour qu'il y ait une vie nocturne, comme à Ichoryllia. Étant le seul vampire, je ne pouvais m'empêcher de me sentir observé.

Les pensées se bousculaient dans mon esprit tandis que nous marchions vers le palais. Qu'allais-je dire au roi ? J'avais pensé à demander de l'aide au peuple elfique, mais je n'avais même pas préparé de plan. Devrais-je dire la vérité ? Que la reine m'avait trahi et qu'elle faisait partie des Miłonbloodeurs ? Le roi me trouverait-il faible ? Je ne connaissais même pas Érendriel. Nos accords commerciaux étaient bons, mais nous ne nous étions jamais parlé face à face. Je n'avais parlé qu'avec Élisha au comité. Un nœud s'est formé dans mon estomac lorsque le palais est apparu.

J'ai pris une grande inspiration. J'étais plus fort que cela. Je trouverais un moyen de convaincre le roi des elfes de m'aider.

Les vastes portes du château s'ouvrirent et je pénétrai dans le luxueux hall. Des rangées de gardes elfiques bordaient le couloir menant à la salle du trône. Les deux gardes de la ville m'accompagnèrent jusqu'à la salle du trône.

« Nous retournons aux portes de la ville. Les gardes demanderont une audience avec le roi pour vous. »

J'ai acquiescé, attendant patiemment que l'un des gardes ouvre la porte juste assez pour qu'il puisse entrer. Un silence inquiétant régnait dans la pièce — tant de gens devant une porte, mais personne ne parlant. J'ai remarqué qu'aucun serviteur, majordome ou femme de chambre ne passait. Le silence était total et je me suis demandé si le roi avait du personnel au château ou s'il ne travaillait que pendant la journée. Mon château était bien différent et il s'y passait toujours quelque chose, de jour comme de nuit ; les serviteurs riaient en travaillant, les bardes jouaient de la musique et les nobles rendaient visite. Cela donnait au château une atmosphère beaucoup plus agréable. J'eus une bouffée de chaleur en pensant à l'endroit où j'avais grandi, et un intense sentiment de nostalgie m'envahit.

J'attendais avec impatience le jour où je rentrerais chez moi.

Après ce qui a semblé être une éternité, le garde est sorti de la salle du trône.

« Le roi va vous recevoir maintenant. »

Il a ouvert la porte et je suis entré. Je remarquai d'abord l'imposant trône d'argent où siégeait le roi et l'absence de trône pour accueillir une reine, et un éclair d'envie me submergea. J'aurais dû faire comme Érendriel et ne pas prendre de reine. Être roi était toujours un pari, une balance de décisions. J'avais cédé aux pressions du conseil pour me marier et apaiser l'opinion publique, mais je ne serais pas dans cette position si j'avais refusé. J'ai perdu mon pari cette fois-ci, mais je me sortirai de cette situation difficile.

Les yeux d'Érendriel se sont rétrécis sur moi alors que je me dirigeais vers lui, m'arrêtant quelques pas devant lui et m'inclinant poliment.

« Votre Majesté », ai-je commencé, « désolé de demander une audience à cette heure de la nuit ».

Le roi s'est renfrogné et j'ai continué poliment : « C'est un honneur de vous rencontrer enfin. »

Le regard du roi était froid. « Nathan, que les gardes viennent chercher dans ma chambre à cette heure-ci… »

Le roi soupira et poursuivit : « Bien que j'eusse préféré dormir, Élisha parlait chaleureusement de vous après chaque réunion du comité. Que dois-je à votre visite ? »

« Des événements récents ont été regrettables pour moi. Peut-être en avez-vous entendu parler ? » demandai-je, même si je savais très bien qu'Érendriel était au courant.

« En effet, c'est très malheureux. J'en ai entendu parler. Maintenant, j'aimerais retourner dans mon lit, alors j'apprécierais que vous en veniez au fait. En tant qu'ancien roi, vous pouvez certainement comprendre le travail exigé par mon titre et l'importance du sommeil. »

Je serrai les poings à cette remarque désobligeante, tout en restant courtois.

« Je suis officiellement venu demander le soutien du peuple elfique pour renverser l'usurpatrice du trône et reprendre ma place. »

« Usurpatrice ? Quel terme dégradant pour parler de votre reine légitime ! »

La colère m'envahit, mais une fois de plus, je restai calme, prononçant chaque mot avec force et détermination.

« La reine n'avait pas l'intention de m'aimer et de rester à mes côtés. Ce mariage est une supercherie ! Vous pouvez certainement vous en rendre compte, étant donné votre grande sagesse. »

Le roi ricana.

« Oh, mon pauvre Nathan, d'être tombé dans les sales combines d'une femme. Bien sûr, je comprends. Pourquoi pensez-vous que je n'ai pas de reine ? Les femmes sont manipulatrices et trompeuses. Mais vous voyez, cette reine est légitime. Vous l'avez épousée. Les problèmes qui en découlent ne concernent pas le peuple elfique. »

À ces mots, une tempête se déchaîna en moi. Je n'arrivais pas à croire ce que disait Érendriel, et les mots qui sortirent étaient plus agressifs que je ne l'aurais voulu.

« Après toutes ces années de commerce fructueux entre nos deux races, vous ne laisserez certainement pas cette femme gagner. »

Un garde s'est approché de moi, mais le roi l'a arrêté d'un geste de la main.

« Allons, Nathan, restons calmes. Il se trouve que s'opposer à la reine, c'est déclarer la guerre. Le peuple elfique n'a pas l'intention de faire la guerre aux vampires. Les problèmes dont vous parlez ne concernent que vous. »

Le ton du roi était ferme et résolu. Je voulais rétorquer quelque chose, mais il était clair qu'il serait impossible de le faire changer d'avis.

Il ajouta enfin avec ironie : « Et maintenant, je vous propose de partir. Les années de bonnes relations entre nos deux royaumes font que je ne vous ferai pas prisonnier et ne vous livrerai pas à la reine, comme elle l'a demandé. Vous devriez vous estimer heureux. »

J'ai ouvert la bouche pour dire quelque chose, puis je l'ai refermée. J'ai fermé les yeux brièvement et j'ai respiré profondément.

« Merci pour votre générosité », ai-je répondu avant de sortir en trombe de la salle du trône.

Un feu chaud emplit ma poitrine tandis que le goût amer de la trahison m'envahit à nouveau. De la rage coulait dans mes veines et je serrais les poings en marchant rapidement dans les rues. Après toutes ces années de collaboration avec les elfes, je ne pouvais pas croire qu'ils accepteraient simplement l'intrusion scandaleuse de Samantha sur le trône et refuseraient de s'allier à ma cause. Je devais me rendre à l'évidence : je ne pouvais faire confiance qu'à moi-même.

Chapitre 33 (Caleb)

Aeris

Une autre nuit, une autre femme. Elles étaient toutes si merveilleuses à baiser et si délicieuses à dévorer. Avec chacune d'elles, j'assistais à une nouvelle mort, buvant leur vie, les guidant lentement vers l'au-delà alors qu'elles tombaient dans l'extase jusqu'à la mort, épuisées par le sang et le plaisir. Elles étaient vraiment décadentes, et leurs corps m'enivraient.

En attendant des nouvelles de la guilde des voleurs, j'avais complété quelques contrats. Le roi m'échappait toujours, et j'attendais avec impatience de savoir quand quelqu'un le trouverait. Pourtant, j'avais l'impression que cela prenait beaucoup trop de temps. Ils auraient déjà dû le trouver, et je commençais à craindre de ne pas pouvoir remplir le contrat.

Mais cet après-midi, quelqu'un m'avait enfin contacté. L'un des membres de la guilde des voleurs avait trouvé des informations sur Nathan. J'ai quitté ma maison en toute hâte et je me suis rendu au point de rendez-vous. Curieusement, il m'a donné rendez-vous dans un bosquet, de nuit, à la sortie de la ville. Ce n'était pas habituel, mais cela ne me dérangeait pas. Tout ce que je voulais, c'était retrouver Nathan et remplir mon contrat. Mes pièces d'or m'attendaient.

J'ai atteint le bosquet en un rien de temps. Un vampire encapuchonné se tenait là. Il me tournait le dos lorsque je me suis approché.

« Alors, tu es venu », dit-il sans se retourner.

J'ai immédiatement reconnu la voix de Sébastien. C'était l'un des membres de la guilde que je méprisais. Il était fourbe et indigne de confiance. Non pas que les voleurs soient fidèles, mais ils avaient un honneur et tenaient leur parole, ce qui n'était pas le cas de Sébastien. C'était un salaud qui poignardait dans le dos.

« En effet, » j'ai répondu.

Il s'est finalement tourné vers moi. Il était aussi laid que d'habitude, ses cheveux noirs gominés sur le côté et sa barbe mal rasée lui donnaient un air usé, sans parler de sa camisole tachée. Il faisait honte à notre race.

« Je vois que tu as toujours autant de grâce », ai-je remarqué avec ironie.

« Et toi oui », rétorqua-t-il en montrant ma veste gris foncé par-dessus mon jean.

« Qu'est-ce que je peux dire ? J'ai du style, et tu n'en as pas. »

Sébastien ricana. « Je n'ai peut-être pas de style, mais j'ai les informations dont tu as besoin ».

Je fixai intensément le vampire, essayant de juger s'il disait la vérité.

« Cela reste à voir », ai-je répondu avec prudence.

Il tendit la main. « L'or d'abord ».

« J'ai dit que je donnerais l'or quand j'aurais attrapé le roi. »

Sébastien fronça les sourcils. « Avec tes compétences, tu ne l'attraperas jamais, et je n'aurai jamais mon or. »

J'ai grogné. Il me tapait déjà sur les nerfs et j'avais du mal à me contrôler. « Et comment puis-je savoir que tu ne t'enfuiras pas dès que je t'aurai donné l'or ? »

Il fit semblant d'être offensé.

« Allez, Caleb ! Tu ne fais pas confiance à tes vieux amis ? »

Je me moquai de sa réponse. « Depuis quand sommes-nous amis ? »

Sébastien éclata de rire. « Bon. Je sais où trouver le roi. Alors, tu vas me donner mes pièces ou pas ? »

Le monstre en moi grogna. Sébastien l'agaçait lui aussi et il voulait son sang. Récolter le pouvoir de la soif de sang était un art dangereux, mais j'aimais jouer dangereusement. Il y avait beaucoup à faire pour satisfaire le monstre, pour le tenir à distance. *Bientôt*, je lui murmurai.

« Très bien. Voici ce que tu recevras maintenant. Tu auras le reste quand j'aurai mes informations », répondis-je en lançant à

Sébastien une pochette remplie de mille pièces d'or. « Mais si tu essaies un seul mouvement bizarre, tu es mort. »

Il a pris la pochette en or dans sa main et m'a regardé avec étonnement.

« Qui l'aurait cru ? Il semble que tu aies vraiment l'or promis. »

« Maintenant » — j'ai serré les mots entre mes dents — « l'information ».

« Détends-toi ! J'ai tes informations. Le roi a été vu quittant la ville. »

« Où ? » demandai-je.

Il a haussé les épaules. « Ça, je ne le sais pas ».

Je me suis lancé sur le vampire, et j'ai craché à quelques centimètres de son visage.

« C'est des conneries, ce n'est pas une info. Rends-moi l'or. »

Sébastien a fait un pas en arrière.

« Calme-toi. Tu as tes informations, j'ai mon or. Comme ce n'est qu'une partie de l'or et que je t'ai donné une partie de l'information, cela me semble équitable. Tout le monde est content. C'était sympa de traiter avec toi. »

J'ai fait craquer mon cou et parlé très bas, en pesant chaque mot. « Tu ne vas nulle part. »

Je n'avais déjà pas l'intention de donner les pièces à ce putain de salaud, mais encore moins maintenant que je savais qu'il n'avait même pas les informations dont j'avais besoin.

Je l'ai saisi par sa camisole alors qu'il tentait de faire marche arrière, mais le monstre en moi s'est réveillé, et il demandait du sang. Tout ce qu'il voulait, il l'obtiendrait.

« Eh bien, eh bien, eh bien », dit une voix froide de femme. « Qu'avons-nous là ? »

Sébastien tressaillit sous mon emprise et murmura : « Qu'est-ce que… ».

Je me suis retourné et j'ai vu une femme ailée. Elle semblait faite d'argile, portant un bustier et une robe déchirée de couleur grise, comme ses ailes, mais elle bougeait et parlait comme une statue vivante. Deux petites cornes ornaient ses longs cheveux gris, et elle avait des larmes de sang sous les yeux, qui semblaient tachés en permanence. Elle était mortelle et gracieuse, sans doute la plus belle femme que j'aie jamais vue.

Elle s'avança lentement vers nous, insensible à la scène qui se déroulait.

« Ne pense même pas à intervenir », ai-je prévenu.

La femme se moqua. « Pauvre mortel. Je ne suis pas là pour arrêter quoi que ce soit. Je suis là pour profiter du spectacle. »

« S'il vous plaît, aie pitié », supplia Sébastien, toujours pris dans mon étreinte.

La femme fronça les sourcils.

« Demander grâce, quelle honte ! » dit-elle, puis elle me regarde fixement. « Mais toi ! Tu incarnes si bien mes valeurs. »

Elle dégageait une aura incroyable. Je n'avais aucune idée de qui elle était, mais comme elle nous qualifiait de mortels, et vu son apparence physique, il n'y avait que deux possibilités : c'était une déesse ou une démone. Quoi qu'il en soit, elle semblait apprécier la scène, et ma soif de sang n'était pas encore satisfaite.

« Eh bien, si tu es ici pour profiter du spectacle, je pourrais aussi bien t'en donner un ».

Sébastien continuait à supplier pour sa vie, mais je m'en moquais. J'ai enfoncé mes dents dans son cou et j'ai déchiré sa peau, laissant le sang couler tandis qu'il hurlait de douleur. Pendant ce temps, je léchais le délicieux liquide, calmant le monstre en moi alors que je serrais lentement sa gorge, réduisant l'air dans ses poumons. Il commença à moins se débattre et je repris mon or en finissant d'étancher ma soif. Une fois son corps sans vie, je l'ai laissé dans les bois pour qu'il nourrisse les bêtes et les insectes. Au moins, il ne serait pas complètement inutile.

La femme était toujours là, observant avec grand intérêt les événements. J'ai essuyé le sang qui coulait sur mon menton.

« Bien joué ! », complimenta-t-elle. « Il était si ennuyeux et si faible ! »

Ma lèvre se retroussa. J'étais d'accord avec elle et franchement satisfait que Sébastien ne soit plus en vie pour gaspiller de l'air.

Mais mon attention se porta désormais sur elle. « Qui es-tu ? »

Elle a éclaté de rire.

« Tu te crois si fort. Si seulement tu savais, pauvre mortel, mais tu peux m'appeler Aeris. »

« Arrête de me traiter de pauvre mortel ! » J'ai répliqué. « J'ai passé ma vie à baiser des femmes avant de les tuer. Je suis un assassin redouté. Tu ne devrais pas me prendre à la légère. »

« Je suis bien consciente de tes accomplissements, Caleb. »

J'ai tressailli, réalisant qu'elle connaissait mon nom.

Elle poursuivit : « Sinon, je ne me serais pas aventurée dans le royaume des mortels. Je pourrais avoir de gros ennuis pour être ici, mais vraiment, je suis curieuse de savoir ce qu'un mortel comme toi pourrait faire s'il baisait une déesse comme moi », a-t-elle raillé.

« Déesse ? » répétai-je.

Son rire cristallin résonnait autour de nous. Elle jouait clairement avec moi, et elle avait l'avantage parce qu'elle savait qui j'étais, et pas moi.

Ses hanches roulaient tandis qu'elle marchait vers moi. J'ai reculé, mais elle m'a dit : « Ne t'inquiète pas. Si je voulais que tu sois mort, tu le serais déjà ». Elle a souri d'un air malicieux et a ajouté : « Ou peut-être devrais-tu avoir peur. Je suis la déesse de la tromperie et de la trahison, après tout. »

Je déglutis difficilement. Aeris s'approcha de moi, son visage à quelques centimètres du mien, ses doigts froids effleurant ma peau tandis qu'elle murmurait : « Tu as été un si bon garçon, en trompant les gens et en trahissant tes alliés. Je te récompenserai, mais rendons cela plus intéressant. »

Elle était vraiment belle, et maintenant que je savais qu'elle était une déesse, je savais qu'elle était aussi mortelle qu'elle en avait l'air, ce qui en faisait une alliée exceptionnelle si je parvenais à la mettre de mon côté.

« J'écoute. »

Aeris sourit de manière séduisante.

« Baise-moi, Caleb. Baise-moi comme tu as dit que tu le faisais avec les femmes, et si j'aime ça, je ferai de toi mon fils. »

L'idée de baiser une déesse me semblait particulièrement délicieuse. Je n'avais aucune idée de comment étaient les déesses au lit, mais c'était très tentant, et sa beauté ne faisait qu'accroître mon désir d'accepter son offre.

Mais je n'allais pas me lancer dans cette offre sans savoir ce qu'il en était. Elle devait d'abord clarifier quelques points.

« Comment peux-tu faire de moi ton fils ? »

La déesse rit. « Nous, les dieux, sommes au-dessus des liens de parenté. Nous n'avons pas besoin d'être apparentés pour être mère et fils. »

Intéressant… Être le fils d'une déesse semblait avoir des avantages.

« Et qu'est-ce que cela implique ? »

« Une partie de mon pouvoir te sera léguée », expliqua-t-elle. « Tu seras très puissant. Tu deviendras le réceptacle de ma volonté dans ce monde, fils de la déesse de la tromperie et de la trahison. »

Le désir de ce pouvoir me tentait énormément. Et tout ce que j'avais à faire, c'était de prendre le corps pécheur de la déesse et d'en jouir comme je l'aimais tant.

« Ça a l'air trop facile ».

Aeris rit. « Tu es bien présomptueux, mortel. Crois-tu qu'il soit si facile de satisfaire une déesse ? »

J'ai gloussé. « J'aime les défis. »

Elle m'a prévenu une dernière fois. « Une fois que c'est fait, il n'y a pas de retour en arrière possible. Tu le veux toujours ? »

Sa poitrine généreuse m'a frôlé, me remplissant de besoin.

« Ici ? » ai-je précisé.

Aeris sourit, me regardant d'un air séducteur.

« Dis-moi où, et je nous y emmènerai. »

« Ma maison ».

Elle a claqué des doigts et nous sommes arrivés instantanément dans ma chambre. Je n'ai même pas eu le temps de me demander comment elle avait fait avant qu'elle n'ordonne : « Maintenant, sois un bon garçon et fais-moi plaisir. Tu n'obtiendras ta récompense que lorsque l'extase aura envahi mon corps. »

D'habitude, c'était moi qui donnais les ordres et la façon dont elle me dirigeait était rafraîchissante et enivrante. Je pris ses lèvres, explorant son corps avec mes mains, appréciant la volupté de tout ce qui la concernait.

Elle était froide au toucher, plus froide que mon propre corps. J'admirais la perfection du corps d'Aeris et sa poitrine généreuse. Elle utilisa sa magie pour réchauffer son corps jusqu'à ce qu'il soit à la même température que le mien, rendant son contact plus agréable. Je laissai couler ma magie vampirique, l'entremêlant à la sienne. La pièce se remplit de notre énergie et nous baignâmes dans une douce mer de vent magique.

J'étais rempli d'un profond sentiment d'admiration et d'émerveillement d'avoir la chance de toucher une déesse. J'ai embrassé ses lèvres, mes mains glissant le long de son corps. Sa peau était plus douce que celle de toutes les femmes que j'avais touchées auparavant. Elle a gémi doucement lorsque j'ai léché ses mamelons en érection, une douce musique dans mes oreilles me donnant encore plus envie d'elle.

La chair de poule est apparue sur son corps lorsque j'ai doucement frotté mes ongles le long de ses hanches et de ses jambes, et j'ai remarqué que ses ailes frémissaient doucement sous elle à chaque fois qu'elle expirait.

Les étoiles seraient jalouses de sa beauté, et je comprenais parfaitement la différence entre les mortels et elle. Je bandais déjà pour elle et je ne pouvais m'empêcher de me demander ce que cela ferait de la pénétrer.

J'ai finalement glissé mes doigts jusqu'à son clitoris, ravi de constater qu'elle poussait les mêmes cris de plaisir que les femmes lorsque je frottais mon doigt sur son clitoris déjà lubrifié.

J'ai continué à lécher ses seins en tournant autour de son clito, sa respiration s'est accélérée, ses ailes ont frémi. J'ai changé ma cadence, ralentissant puis accélérant, intensifiant le plaisir. L'odeur de son excitation était enivrante et ma bite palpitait d'impatience. Mais je continuais mes efforts, m'adaptant à ses gémissements, de plus en plus à mesure qu'elle se déhanchait, glissant un doigt en elle et léchant son clito, déplaçant ma langue et savourant son jus.

Elle gémissait tandis que ses jambes tremblaient, poussant ses hanches vers le ciel, désireuse d'en avoir plus. Incapable de résister plus longtemps, je me suis aligné sur son entrée, impatient d'atteindre mon paradis en elle, lorsqu'elle s'est levée d'un bond, m'a plaqué contre le lit et m'a chevauché. Je n'ai pas pu m'empêcher de gémir lorsque sa chaleur m'a entouré et qu'elle a commencé ses mouvements de va-et-vient, ses ailes battant doucement, puis férocement, selon l'intensité de ses mouvements. Je restais là, à sa merci, profitant de ce plaisir interdit au commun des mortels.

Je n'avais jamais ressenti une telle satisfaction en prenant Aeris, mais je me retenais de jouir, voulant recevoir ma récompense. La déesse poussait toujours plus fort, cherchant à atteindre l'extase. Ses vagues de magie calculées décuplaient le plaisir.

Je frémis de plaisir lorsqu'elle jouit enfin, joignant mes cris aux siens, réalisant que je n'avais jamais connu l'extase telle que je la connaissais aujourd'hui — quel plaisir divin.

Profitant de ce moment parfait, elle m'a regardé dans les yeux, m'enveloppant de ses ailes.

« Hm… Quel bon garçon », commenta-t-elle d'un air séducteur.

J'étais fier d'avoir satisfait une déesse. J'ai demandé : « Aurai-je ma récompense ? »

Un éclair de magie apparut momentanément dans les yeux d'Aeris, témoignant de la puissance de la déesse. Enveloppé dans ses ailes, son corps contre le mien, je me sentais vulnérable, mais un frisson me parcourait. J'aimais jouer avec le danger.

« Patience, mon garçon. Sache que la trahison changera le cours du destin. Tu te souviens de ce que je t'ai dit ? Le veux-tu toujours ? »

J'ai acquiescé et la déesse a souri malicieusement.

« Quel bon garçon ! Je veillerai à te récompenser souvent. » Elle se lécha les lèvres en disant cela, et je perçus le désir ardent dans sa voix, ce qui me fit sourire à l'idée de la prendre à nouveau.

« Et maintenant, prépare-toi à devenir mon fils », dit-elle doucement. Son emprise sur moi s'est resserrée et elle a ajouté froidement : « Cela va te faire plus mal que tu ne peux l'imaginer. »

Avant que je puisse demander ce qu'elle voulait dire, elle scella ses lèvres aux miennes, étouffant mes cris d'agonie tandis que sa magie se répandait dans mon corps, me déchirant de l'intérieur, décimant chaque os, chaque muscle. Mon corps tremblait de douleur, puis les ténèbres s'emparèrent de moi.

Chapitre 34 (Nathan)

Disparue

Il était tôt le matin et les rues étaient déjà occupées par des elfes qui se rendaient au travail. Je me dirigeai vers l'auberge, ignorant les regards des gens et me demandant s'ils savaient que j'étais recherchée. Je n'avais vu aucun avis de recherche, le roi ayant probablement refusé que Samantha en affiche dans son royaume. Je ne pensais pas que d'autres personnes que le roi savaient que ma tête était mise à prix, et j'espérais qu'il en resterait ainsi ici.

Je me demandais quelles seraient nos prochaines étapes. Peut-être pourrions-nous rester dans la cité elfique le temps d'élaborer un plan. Ce serait une bonne idée et nous pourrions aider Darryl à savoir où il allait vivre maintenant qu'il avait quitté son magasin à Ichoryllia. Ce n'était pas un combattant, et je voulais qu'il trouve un endroit sûr où rester. J'étais certain qu'Émeraude aimerait aussi aider son ami. Je préférais me préparer et prendre le temps de rassembler des ressources plutôt que de me précipiter dans quoi que ce soit — j'avais l'impression que tout ce que j'avais fait ces derniers temps, c'était de passer d'un demi-plan à un autre. Les dieux seuls savaient combien de personnes Samantha avait à sa disposition. Nous pourrions nous faire tuer si nous ne faisions pas attention.

Je me dirigeai rapidement vers l'auberge. Elle était assez grande et un grand café occupait la moitié du premier étage, ainsi qu'un grand salon ouvert aux visiteurs. Un grand elfe maigre à la peau grise et aux cheveux blancs se tenait à l'entrée. Ses yeux sombres me fixèrent un instant avant qu'il ne me fasse un signe de tête.

« Ah, vous devez être avec les étrangers qui sont arrivés plus tôt. »

J'ai acquiescé. « Je le suis. »

L'elfe consulta le registre devant lui, posant la plume d'or qu'il tenait dans un encrier.

« Chambres 217 et 218. Au deuxième étage à votre gauche. »

J'ai été surpris de constater que seules deux chambres avaient été louées et je me suis demandé si Darryl partageait une chambre avec Xavier, mais je me suis dit que j'allais voir par moi-même.

J'ai remercié l'elfe et je suis monté à l'étage. J'ai été étonné par la taille de l'auberge. En regardant de l'extérieur, on ne se rendait pas compte qu'il y avait autant de chambres.

Tout l'intérieur de l'auberge était en bois, comme sculpté dans un arbre ancestral. Quelques fougères et fleurs poussaient à travers les murs, et je me demandais si la magie elfique les avait déposées là ou si c'était simplement une démonstration du talent elfique pour la construction et l'architecture. L'odeur du bois se mêlait à celle des plantes fraîches, comme une pluie fine dans la forêt. Un sentiment de calme m'envahissait, malgré les événements récents, et je ne pensais qu'à plonger mon nez dans le creux du cou d'Émeraude, entouré de la douce odeur de sa peau chaude pour une pause bien méritée.

Je suis arrivé aux chambres désignées, mais je ne savais pas laquelle était celle d'Émeraude et la mienne. J'ai frappé à la porte de la première chambre et j'ai attendu un peu.

Xavier ouvrit la porte après un certain temps, les cheveux en bataille.

« Déjà de retour ». Il bâilla. « Désolé », dit-il, « j'ai décidé de faire une petite sieste en t'attendant. Dormir dans un lit la nuit, c'est tellement mieux que de dormir dehors. »

J'ai gloussé. « C'est sûr. Alors je suppose que l'autre chambre est celle d'Émeraude et la mienne. »

Xavier fit un clin d'œil. « En effet. »

J'ai regardé dans sa chambre. « Darryl n'est pas avec toi ? »

Il secoua la tête. « Non, il a décidé d'essayer de trouver l'herboristerie et de nous retrouver plus tard. »

J'ai acquiescé. Cela expliquait pourquoi ils avaient décidé de ne prendre que deux chambres.

Xavier demanda : « Comment ça s'est passé avec le roi ? »

J'ai serré les dents. « Nous en parlerons avec Darryl et Émeraude, d'accord ? »

Le demi-vampire acquiesça et bâilla à nouveau.

« Je vais me recoucher. On se retrouve un peu plus tard, après s'être reposés ? Je n'ai pas encore essayé les douches. »

J'ai acquiescé et j'ai regardé l'homme fermer sa porte.

Mon cœur s'emballa alors que je me tenais devant l'autre porte, impatient de retrouver Émeraude. Elle me donnerait l'énergie nécessaire pour aller de l'avant - elle avait toujours une façon de voir les choses qui me donnait de l'espoir.

J'ai frappé à la porte et attendu quelques secondes. Comme elle ne venait pas, j'ai essayé la poignée. La porte n'était pas verrouillée.

La chambre était assez grande et bien décorée, propre et accueillante. Je m'assis un moment sur le grand lit recouvert de couvertures blanches. Il me semblait que cela faisait une éternité que je n'avais pas eu un grand lit confortable, même si cela ne faisait que quelques jours.

Les lampes de chevet avaient la forme de lys en damier, les pétales de la fleur contenant un orbe magique lumineux, ce qui donnait à la chambre un air de conte de fées. Les elfes avaient une façon particulièrement gracieuse de construire, les plafonds étant recouverts de bois entrelacés et gravés de runes.

Je pouvais sentir l'odeur d'Émeraude, je savais donc qu'elle était entrée dans la pièce. Me souvenant du grand café en bas, je me suis dit qu'elle était probablement allée se commander quelque chose. Compte tenu de la distance parcourue et des jours passés à camper à l'extérieur, j'ai décidé de prendre une douche en l'attendant.

Je me suis dirigé vers la salle de bains, où m'attendait une grande douche décorée de pierres de rivière polies. J'ai soupiré lorsque l'eau chaude a coulé le long de mon dos. Je n'avais pas pris de douche depuis quelques jours et c'était réconfortant de pouvoir en prendre une. Je pris mon temps, appréciant la sensation de détente.

Je pensais qu'Émeraude serait de retour quand je suis enfin sorti de la douche, mais elle n'était toujours pas là. Le soleil commençait à se lever dehors, c'était d'autant plus étrange qu'elle n'était pas là. Surpris, j'ai frappé à la porte de Xavier.

Il avait changé de vêtements et semblait frais et dispos lorsqu'il ouvrit la porte.

« Tu n'arrives pas pu dormir non plus, hein ? » Il gloussa avant d'ajouter : « C'est déjà l'heure ? »

Je secouai la tête. « As-tu vu Émeraude ? »

Xavier fronça les sourcils. « La dernière fois que je l'ai vue, elle entrait dans votre chambre. Pourquoi ? Elle n'y est pas ? »

J'ai secoué la tête, un sentiment d'urgence m'envahissant.

« Allons la chercher. »

Xavier a acquiescé et s'est empressé de sortir de sa chambre. Nous sommes descendus.

« Je vais vérifier si elle est au café. Toi, tu vérifies si elle est dans le salon », ai-je ordonné.

Le sol du café était en pierre naturelle. Les murs étaient remplis de fenêtres surdimensionnées allant du sol au plafond, maintenues par des branches d'arbre, comme si l'arbre avait poussé autour des fenêtres. Au plafond, des lianes pendaient en hauteur. La pièce était éclairée par des chandeliers, ce qui lui conférait une atmosphère chaleureuse et accueillante.

Des dizaines de tables rondes étaient disposées dans la salle. De nombreuses tables étaient occupées par des couples ou des amis qui prenaient un café en discutant avec enthousiasme.

J'ai jeté un coup d'œil à chaque table, mais je n'ai trouvé Émeraude à aucune d'entre elles.

J'ai marmonné à voix haute, « Où peut-elle bien être ? »

Xavier arriva au même moment.

« Désolé, elle n'est pas là. »

J'ai juré. Où pouvait-elle être ? Émeraude était tout ce qui me restait, je ne pouvais pas la perdre. Un grognement s'échappa de ma poitrine en guise de réponse et je me raclai la gorge, ébranlé.

« Elle est peut-être allée voir Darryl ? » suggéra Xavier.

Cela ne faisait aucun sens !

J'ai rugi. « Pourquoi irait-elle là-bas toute seule ? »

Xavier haussa les épaules. « Je ne sais pas, c'était juste une idée comme ça. »

J'étais sûr qu'Émeraude m'aurait attendu dans la chambre. Il me semblait inconcevable qu'elle soit allée voir Darryl. Au fond de moi, je savais que quelque chose n'allait pas — tout dans mon corps le criait. Elle aurait dû être là… Mais j'ai essayé de me convaincre que je me trompais. Nous allions forcément la trouver en allant voir Darryl.

« Allons-y et voyons », ai-je répondu. « Peut-être que nous la rencontrerons en chemin. »

Je me suis rendu compte que nous ne savions pas où se trouvaient les rues commerçantes alors que nous marchions au travers des rues bondées. J'ai demandé mon chemin à quelques personnes, mais la plupart ne parlaient que l'elfique. Xavier a essayé de se souvenir des routes d'où nous venions, mais j'ai vite découvert qu'il n'avait pas le sens de l'orientation.

Je me suis demandé si nous ne devrions pas retourner à l'entrée et demander aux gardes, mais j'avais peur qu'ils nous demandent de quitter la ville maintenant que l'audience avec le roi était terminée. Nous avons donc erré dans les rues, à la recherche de l'herboristerie.

Nous sommes finalement arrivés à un rond-point avec, en son centre, une grande fontaine entourée de plusieurs bancs. Un musicien jouait au centre, attirant les jeunes et moins jeunes. Je me suis assis sur un des bancs avec Xavier, découragé.

« Voyons le bon côté des choses », dit Xavier, « au moins il fait beau ».

Je me suis emporté contre sa remarque légère.

« Nous ne savons pas si Émeraude va bien et tu ne penses qu'au temps qu'il fait ! Il faut aller à l'herboristerie et vite ! »

« Elle est peut-être de retour à l'auberge », a-t-il proposé, mais je n'y croyais pas.

« Excusez-moi », dit une femme avec un fort accent. « Vous cherchez l'herboristerie ? »

Je me retournai pour découvrir une jeune elfe des bois aux yeux verts brillants — des yeux qui ressemblaient trop à ceux d'Émeraude à mon goût.

« Vous parlez ma langue ! » Je n'ai pas pu nier le frisson dans ma voix, le *soulagement*.

La jeune elfe rougit.

« Oui, j'enseigne la langue commune au peuple elfique », expliqua-t-elle.

« Ah » — j'ai pris une grande inspiration et j'ai regardé Xavier — « nous cherchons l'herboristerie ».

Elle nous a indiqué une rue devant nous, sur la gauche. « Suivez cette rue. Vous arriverez directement dans le quartier des marchands. Vous ne pouvez pas le manquer. »

Dans un élan d'enthousiasme, je la pris dans mes bras et la serrai fort avant de la relâcher, soudain gêné par ma réaction. Un roi n'aurait jamais agi de façon aussi… *désespérée.*

« Vous n'avez pas idée de tout ce que nous avons cherché en vain », ai-je dit rapidement.

Elle rit légèrement. « Ce n'est rien. Cette ville peut être un vrai labyrinthe quand on n'y est pas habitué. »

Je la remerciai à nouveau avant de m'élancer sur le chemin qu'elle m'avait indiqué, Xavier ayant du mal à me suivre tant je marchais vite. Si j'avais pu voler sans attirer l'attention, je l'aurais fait, mais je préférais garder un profil plus discret.

Le quartier des marchands était animé par toutes sortes de magasins. L'herboristerie se distinguait nettement des autres, avec une grande enseigne surmontée d'une feuille qu'il était impossible de manquer.

La même odeur familière d'herbes me remplit le nez lorsque j'ouvris la porte. J'ai eu le plaisir de voir Darryl déballer ses affaires d'un côté du magasin.

Un haut elfe vint à notre rencontre, la peau légèrement jaunâtre. Il était petit et avait une moustache qui s'enroulait de chaque côté. Ses cheveux étaient séparés en deux et il portait un pull en laine à carreaux verts et blancs.

« Je peux vous aider ? » demanda-t-il.

« Nous sommes des amis de Darryl », ai-je répondu.

Darryl s'est retourné à mes mots et est venu à notre rencontre en souriant.

« Nathan ! Xavier ! Je suis si heureux de vous voir. »

L'elfe sourit et dit : « Les amis de Darryl sont aussi mes amis ».

Darryl nous a présentés, faisant signe à l'elfe avec un grand sourire. « Voici Gustave. Il m'a permis de rester et d'utiliser une de ses étagères. »

Gustave acquiesça. « J'ai été très attristé d'entendre son histoire et j'ai été ravi de conclure un accord avec Darryl et de lui offrir une chambre dans mon établissement jusqu'à ce qu'il se remette sur pied. »

« C'est une excellente nouvelle ! » reconnut Xavier.

J'étais heureux pour Darryl, mais trop préoccupé par l'absence d'Émeraude pour me réjouir. Mes genoux faiblissaient et la pression montait dans ma poitrine, m'empêchant de respirer.

L'humain jeta un coup d'œil autour de lui avant de demander : « Émeraude n'est pas avec vous ? Je voulais tellement lui montrer mon nouveau magasin ! »

J'ai secoué la tête, mes pires doutes se réalisant.

« Nous espérions la trouver ici », ai-je expliqué. « Elle a disparu. »

Je m'efforçais de rester calme, réfléchissant frénétiquement aux moyens de la retrouver. La ville était si grande. Peut-être s'était-elle perdue ? Et s'il lui était arrivé quelque chose ? Mon cœur se serra à cette idée. Je ne savais pas ce que je ferais si c'était le cas.

Les yeux de Darryl s'assombrirent. « Nous devons la retrouver. »

Gustave ajouta : « Je connais tout le monde en ville. Décrivez-la-moi et je demanderai à tout le monde de la chercher. »

Reconnaissants, nous avons décrit Émeraude à Gustave. L'elfe promit de faire de son mieux pour faire passer le message. Darryl posa ses affaires et appela Gustave qui se dirigeait vers la sortie. « Attends-moi, je viens avec toi ! »

Gustave se tourna vers nous et nous fit un signe de la main. « Allez, sortez. Je vais fermer le magasin. »

Nous sommes sortis.

Darryl croisa mon regard, les yeux enflammés. « Nous devons la retrouver. C'est la seule sœur que j'ai. »

J'ai acquiescé. « Je donnerai ma vie pour la retrouver s'il le faut. »

L'homme acquiesça et partit avec Gustave.

Je regardai Xavier. « Tu prends la gauche et moi la droite. On se retrouve à l'auberge dans une heure. »

Xavier m'a regardé avec incrédulité.

« J'ai très peu confiance dans les chances de réussite de cette opération, mais c'est bon. Je suis prêt à tout pour la retrouver. Je te retrouverai dans une heure », répondit l'hybride avant de s'élancer dans les rues.

Sans plus attendre, j'ai commencé à parcourir les rues. Partout où je regardais, il me semblait apercevoir sa silhouette. Je m'approchais de chaque femme aux cheveux bruns, espérant voir les yeux verts envoûtants d'Émeraude me rendre mon regard, mon cœur se remplissant de déception à chaque fois. Le désespoir s'enracinait de plus en plus profondément à chaque échec.

Plus le temps passait, plus j'espérais que Xavier aurait plus de chance que moi. Après une heure de recherches infructueuses, je n'eus d'autre choix que de retourner à l'auberge.

Xavier est arrivé quelques minutes après moi.

« Désolé, je ne l'ai pas trouvée », a-t-il dit.

Je me suis affalé dans un fauteuil, vaincu.

« Écoute, » dit Xavier, « nous devrions peut-être nous concentrer sur le rétablissement de ton trône. Quand tu seras à nouveau roi, il sera plus facile de la retrouver, non ? »

« On s'en fout de mon royaume ! » criai-je, exaspéré.

Perdre Émeraude m'effrayait bien plus que de perdre mon règne. Tout cela me paraissait relativement futile si je devais me passer d'elle.

« Je dois trouver Émeraude », ai-je insisté.

Xavier prit une grande inspiration. « Je ne te connais pas depuis longtemps, et je comprends qu'elle est ta vassale. Tu as besoin de sang pour survivre, mais ne pourrais-tu pas trouver une autre vassale ? »

Les paroles de Xavier semblaient si absurdes que je me demandais comment il avait pu penser une telle chose.

Je lui répondis : « Comment peux-tu ne pas t'intéresser à celle avec qui tu as voyagé ? N'as-tu pas créé un lien ou une sorte d'amitié avec elle ? Es-tu dépourvu de sentiments ? »

« Écoute », rétorqua Xavier. « J'essaie juste de t'aider à trouver une solution. Nous n'avons aucune idée de l'endroit où elle se trouve ! On ne peut pas la trouver, alors il va falloir trouver une autre vassale, sinon tu ne survivras pas, et on n'arrivera jamais à te redonner ton titre de roi. »

J'ai explosé de rage, ne me souciant plus de la scène que j'étais en train de créer. « Tu ne comprends pas ? Je ne peux pas trouver une autre vassale ! Je ne veux pas en trouver une autre. J'ai besoin d'Émeraude. Je — » les mots me brisèrent avant que je ne puisse les prononcer. J'étais abasourdi et je me demandais comment j'avais pu être aussi stupide pour ne pas m'en rendre compte plus tôt. Comment avais-je pu envisager d'épouser Samantha ? C'était tellement évident et j'aurais dû m'en rendre compte bien avant. Et maintenant, il était trop tard. Je l'avais perdue.

Xavier me fixa, attendant patiemment que je finisse ma phrase, son regard lourd, m'arrachant l'âme.

Les mots m'ont brûlé la langue quand je les ai prononcés à voix haute. « Je l'aime. »

Chapitre 35 (Caleb)

Renaître

J« étais seul dans mon lit, encore nu, quand j'ai ouvert les yeux. Le soleil était presque levé et il ne restait que quelques plumes grises éparpillées dans la pièce, seuls témoins de la scène qui s'était déroulée. J'en ai pris une dans mes mains, appréciant sa douceur entre mes doigts.

Des flashbacks sont apparus instantanément et j'ai eu la nette impression qu'Aeris était là, avec moi, son corps voluptueux au bout de mes doigts, exigeant davantage. C'était une expérience enivrante et j'espérais pouvoir recommencer. Le rire enjôleur de la déesse envahit mon esprit et je me retournai, cherchant sa présence dans ma chambre. Mais j'étais seul.

Je le sentis immédiatement : la magie froide et calme de la déesse coulait maintenant dans mes veines, se mêlant à ma magie vampirique, tenant le monstre assoiffé de sang à distance. Comme un battement de cœur régulier, froid et puissant, m'emplissant d'une force inconnue.

Je me sentais invincible !

J'ai regardé avec stupéfaction toutes les couleurs amplifiées. Les sons se sont mélangés et j'ai dû me concentrer pour entendre le bavardage des femmes autour d'un thé à plusieurs kilomètres de là.

Excité, je me suis levé, j'ai enfilé un jean et je me suis passé de l'eau froide sur le visage dans la salle de bains. J'ai été choqué de voir dans le miroir que mes yeux étaient maintenant argentés. Je sus alors que c'était ma renaissance en tant que fils d'Aeris.

Je respirai profondément, je n'avais plus mal, je me sentais plus fort que jamais.

En retournant dans ma chambre, j'ai remarqué une lettre sur le rebord de ma fenêtre. Elle avait dû être laissée là pendant que j'étais inconscient.

J'ai enfilé une chemise noire et j'ai ramassé la lettre en attachant les boutons. J'ai souri en reconnaissant le sceau royal sur le parchemin. La lettre ne contenait que quatre mots : *Nathan est à Mytvathyr.*

Mes lèvres se retroussèrent et un grognement s'échappa de ma poitrine. J'avais hâte de tester mes nouveaux pouvoirs.

Un mot de l'auteure

Bonjour,

J'espère vraiment que vous avez apprécié le Roi maudit. N'oubliez pas de laisser un commentaire sur Amazon et Goodreads. Les commentaires sont le meilleur moyen de soutenir les auteurs, en me faisant savoir ce que vous avez pensé du livre.

Nathan trouvera-t-il Émeraude ? Retrouvera-t-il son trône ? Ou est-ce que Caleb trouvera Nathan en premier ? Ou peut-être Samantha ? Soyez patients, le prochain livre, *The Awakening*, sortira en 2024. En attendant, vous pouvez déjà l'ajouter à votre liste de lecture sur Goodreads.

https://www.goodreads.com/book/show/194925397-the-awakening

Si vous avez aimé ce livre, jetez un coup d'œil à la romance dark fantasy **primée**, *Les Gardiens de la déesse*. Dans ce roman palpitant, découvrez un ancien monde d'amour, de luxure, de tromperie et de mort. Découvrez la vérité sur ceux que l'on appelait les gardiens de la déesse.

https://www.amazon.fr/dp/B0C54BJVFS

Si vous voulez en savoir plus sur la Grande Guerre contre Eurynomos, lisez Ennemis Ancestraux, qui a été scénarisé et présenté aux producteurs. Vous devriez lire la série pour comparer lorsqu'un **film** sera réalisé.

https://www.amazon.fr/gp/product/B0B1932YKN

N'oubliez pas de vous inscrire à ma liste de diffusion ! Et si vous en avez envie, allez sur mon site web et envoyez-moi un courriel. J'aimerais en savoir plus sur vous ! Qu'est-ce que vous aimez ? Quel est votre trope préféré ? Qu'est-ce que vous détestez ?

Merci pour votre amour et votre soutien,

Danielle Paquette-Harvey

daniellephauthor.com

Remerciements

Je tiens à remercier tous mes merveilleux lecteurs. Une histoire sans lecteurs n'a pas de raison d'être, alors je ne pourrais pas le faire sans vous. J'espère sincèrement que vous avez Roi maudit et que vous lirez la suite de la série. ***Vos critiques et commentaires sont le feu qui me fait brûler !***

Je tiens à remercier mon mari, Martin, et mes enfants. Encore une fois, merci d'avoir été patients avec moi alors que je passais des heures à écrire et à éditer mon manuscrit. Merci d'avoir écouté toutes mes discussions sur les livres et mes idées. Je sais que je parle tout le temps de livres, mais merci de m'avoir écoutée. Je vous aime du fond du cœur !

Mes triplés d'âme. Je vous parle tous les jours ! Vous me permettez de traverser mes heures les plus sombres et mes moments de doute. Je suis si heureuse que nous nous soyons rencontrés ! J'ai hâte que nous nous rencontrions tous les trois pour rire, boire et faire les fous ensemble.

Je tiens à remercier tous mes amis. Je suis tellement reconnaissante que nous nous soyons rencontrés, que ce soit virtuellement ou en personne. J'aimerais écrire vos noms ici, mais ils sont si nombreux et je sais que j'en oublierai certains ! Et je ne voudrais pas blesser ceux que j'ai oubliés, mais vous savez qui vous êtes. Votre amour et votre affection sont ce qui me permet de continuer. Tant de gens m'écrivent chaque jour, et je ne peux pas toujours répondre correctement à chacun, mais sachez que je vous suis vraiment reconnaissante pour votre amitié et votre soutien.

Je vous aime ! À bientôt.

Danielle

Glossaire

Personnages

Nathan

Âge : 334 ans

Race : mi-vampire, mi-loup-garou

Cheveux : bruns

Yeux : noisette

Poils du visage : Bouc

Taille : Environ six pieds

Biographie :

Roi de la cité vampire Ichoryllia. Il est également appelé le Roi maudit. Il ne peut pas prendre sa forme de loup, boire ou manger autre chose que du sang à cause de sa double malédiction de vampire et de loup-garou. Pour cette raison, Nathan a toujours eu un vassal pour lui fournir du sang frais tous les jours.

Fils de Damien, ancien souverain vampire d'Ichoryllia, et de Kate, loup-garou. Kate et Damien se sont battus pendant la Grande Guerre contre Eurynomos pour unir les vampires et les loups-garous et vaincre le démon. Bien que les loups-garous vivent généralement moins longtemps que les vampires, la déesse de la lune a accordé à Kate une durée de vie prolongée. *(Voir la série Âmes sœurs du désir)*

Samantha Delacour

Âge : 282 ans

Race : Vampire

Cheveux : noirs

Yeux : noirs

Taille : Environ un mètre quatre-vingt

Biographie :

Fille d'un comte, très respectée au sein de la noblesse. La richesse de sa famille a été secrètement dépensée. Fiancée à Nathan, elle espère devenir reine et restaurer le nom de sa famille.

La foi a toujours joué un rôle important dans sa vie. Elle cherche à satisfaire son dieu et à réaliser sa prophétie.

Élaine

Âge : 200 ans

Race : Elfe

Cheveux : cheveux blancs bouclés, mauves à la base.

Yeux : verts

Taille : Environ un mètre quatre-vingt-dix

Biographie :

A été choisie à l'âge de cinq ans par le roi pour rejoindre la tour des mages du château. Elle est aujourd'hui la grande magicienne du roi elfe Érendriel. Des joyaux magiques sont incrustés dans son front et son cou, ce qui lui permet d'exploiter de grandes quantités de mana.

Caleb

Âge : inconnu

Race : Vampire

Cheveux : blonds

Yeux : bleus

Taille : Environ deux mètres de haut

Biographie :

Il aime s'habiller avec style. C'est un vampire assassin à gages qui aime baiser les femmes avant de les tuer. Il est passé maître dans l'art de contrôler son monstre de soif de sang, ce qui lui permet d'exploiter sa force, mais il a besoin de tuer régulièrement pour le garder sous contrôle. Il aime le whisky et les tavernes humaines.

Érendriel

Âge : inconnu

Race : Elfe

Cheveux : inconnus

Yeux : inconnus

Taille : Environ un mètre quatre-vingt-dix

Biographie :

Roi de la cité elfique Mytvathyr. Il croit en ce que l'Oracle a prédit au sujet de la fin du monde.

Personnages secondaires

Xavier

Yeux gris. Cheveux bruns. Mi-vampire, mi-humain. Aide Nathan dans sa quête. Il ne peut voler que pendant une courte période en raison de sa nature, mi-vampire, mi-humaine.

Émeraude

Yeux verts. Cheveux bruns. Humain de 30 ans. Vassal de Nathan.

Lysandre

Yeux bruns. Cheveux longs noirs. Marche avec une canne à cause d'une ancienne blessure au combat. Conseiller le plus proche de Nathan.

Darryl

Propriétaire de l'herboristerie d'Ichoryllia. Homme mince. Cheveux noirs attachés en chignon — un ami humain d'enfance d'Émeraude.

Races

Il existe six races principales : les humains, les loups-garous, les elfes, les vampires, les nymphes et les nains.

Il existe six races maléfiques : les orcs, les gobelins, les succubes, les centaures, les harpies et les petits démons.

Il existe trois races sacrées : les dieux, les demi-dieux et les anges.

Vampires

Il y a des millénaires, les vampires se cachaient parmi les humains, le plus souvent pour dissimuler leur nature. Les humains ne voulaient pas être utilisés comme nourriture, et bien que les vampires soient plus puissants que les humains, ils étaient bien plus nombreux qu'eux. Pendant des années, les humains plantaient un pieu dans le cœur des vampires avant de les décapiter. Un frisson me parcourut l'échine à cette idée.

Il a fallu des siècles aux vampires pour créer une grande révolution, s'unir et mettre les humains à genoux. Aujourd'hui, un équilibre a été trouvé, les vampires évoluant vers une société respectable.

Elfes

C'est une race gracieuse, réputée pour sa magie. Ils vivent en harmonie avec la nature et la protègent. Ils sont généralement agiles et aiment chasser à l'arc. S'ils prennent une épée, c'est généralement une dague ou une épée courte.

Il existe sept sous-races d'elfes.

Elfes noirs

Peau noir ébène. Des yeux brillants, allant du bleu glacier au rouge foncé.

Elfes gris

Peau grise. Cheveux blancs.

Hauts Elfes

Peau jaunâtre. Réputés pour être les meilleurs en magie, ils préfèrent rester entre eux.

Elfes de la lune

Leur peau est blanche avec une légère teinte bleue. Leurs yeux vont du bleu au brun et ils ont des cheveux de toutes les couleurs.

Elfes des neiges

On sait très peu de choses sur les elfes des neiges. Ils vivent dans les montagnes enneigées plutôt qu'avec les autres elfes.

Elfes des bois

Le type d'elfe le plus courant.

Elfes ailés

Sous-classe très rare d'elfe. Personne ne sait d'où ils viennent ni pourquoi ils ont des ailes.

Dieux et demi-dieux

Aerdrie

Reine de l'Avariel, était une déesse elfique de la Seldarine.

Hécate

Déesse des vampires. Elle est la déesse de la magie, de la sorcellerie, des fantômes et de bien d'autres choses encore.

Aeris

Déesse de la tromperie et de la trahison. Ses véritables motivations restent inconnues.

Selena

Déesse de la lune, adorée par les loups-garous.

Créatures

Dragons

Des bêtes ailées légendaires qui respirent la magie, qu'il s'agisse de feu, d'électricité, de glace, de magie sacrée ou de n'importe quoi d'autre, car nous ne les avons pas toutes découvertes. Autrefois, ils étaient nombreux, mais ils préféraient vivre à l'écart des gens. Leur nombre a diminué de façon inattendue il y a quelques années, sans que l'on sache vraiment pourquoi. Aujourd'hui, ils sont considérés comme disparus, et tous ceux qui ont essayé d'en trouver un ont péri ou sont revenus bredouilles.

Scorchfire

Scorchfire était le dernier dragon connu. C'était un dragon cracheur de feu, vivant paisiblement au sommet d'une montagne précaire jusqu'au jour où il décida d'attaquer la partie humaine d'Ichoryllia et de brûler de nombreuses maisons. Le vampire et les humains s'étaient alliés et avaient tué la bête. Ce jour-là, les gens se réjouirent de leur victoire, mais pleurèrent la mort du dernier dragon. Une grande cérémonie a été organisée pour honorer les vies perdues et le dragon disparu. Aujourd'hui encore, personne ne comprend ce qui a poussé le dragon à attaquer la ville.

Factions, groupes et religion

Comité des races unies

Délégation de personnes de toutes races, humains, loups-garous, elfes, nains et vampires, qui s'engagent à maintenir la paix.

Miłonblood

Les Miłonbloodeurs sont des adeptes de la religion Miłonblood. Ils vénèrent le démon Alastor. Ils prêchent une interprétation stricte et intransigeante de leur foi. Ces individus croient que leur divinité les a choisis comme instruments de la colère divine, chargés de purger le monde des pécheurs et des hérétiques perçus.

Alastor

Démon — Esprit de vengeance. Vengeur des mauvaises actions, en particulier des bains de sang familiaux — la vengeance infligée aux jeunes générations pour les crimes de leurs ancêtres. Il est particulièrement cruel. Il est apparenté aux Erinyes, les vengeurs du meurtre, mais les représailles qu'Alastor préside sont dirigées contre la famille du meurtrier plutôt que contre le meurtrier lui-même.

Alastor, prince de Pylos. Fils du roi Nélée et de Chloris, fille d'Amphion. Chloris et Neleus eurent plusieurs enfants ensemble, dont Alastor. Après que Néleus eut refusé de s'acquitter d'une dette de sang, Héraclès le tua, ainsi que tous ses fils, à l'exception de Nestor.

Dans la mort, Alastor est devenu l'esprit de la vengeance, attirant et stimulant les querelles de sang entre les familles. Il a également fait en sorte que les enjeux soient si importants que l'esprit de vengeance se transmette de génération en génération. Il a ainsi fait en sorte que la cruauté de sa mort ne passe pas inaperçue et que son histoire survive à plusieurs lignées.

Les tisseurs d'ombres

Un culte de la magie elfique sombre qui croit que le vrai pouvoir se trouve dans les ombres et les ténèbres. Ils y voient une source d'énergie magique inexploitée qui peut être exploitée et canalisée à leurs fins. Les membres de la secte se plongent dans d'anciens rituels elfiques interdits, cherchant à percer les secrets de la magie de l'ombre.

Les tisseurs d'ombre aspirent à l'immortalité et aux ténèbres éternelles. Ils pensent qu'en approfondissant les secrets de la magie de l'ombre et des rituels sombres, ils peuvent ouvrir le chemin de la vie éternelle. Ils recherchent des artefacts interdits, des textes anciens et des objets sombres qui détiennent la clé pour transcender les limites de l'existence mortelle.

Termes/Slangage

Exsanguination

Mourir d'une perte de sang. Ex : lorsqu'un vampire boit tout le sang d'un humain, il meurt d'exsanguination.

Aspiré à sec

Sucer quelqu'un à sec

Argot utilisé par les vampires pour désigner l'exsanguination. Aspirer tout le sang d'une personne.

Evénements

Grande guerre contre Eurynomos

Il s'agit de la guerre qui s'est déroulée dans la série Âmes sœurs du désir, lorsque le démon Eurynomos a tenté de s'emparer du monde des vivants environ trois siècles plus tôt. De nombreuses personnes ont été tuées au cours de cette guerre, mais toutes les races ont uni leurs forces pour repousser le démon et son armée.

Lisez la série Âmes sœurs du désir pour connaître tous les détails.

Lieux

Krelgraz

Cité des orcs, sur une île. Certains la nomment : Le Grenier des Enfers.

Ichoryllia

Dans la Grèce antique, on croyait que l'ichor était le sang du dieu, qui était considéré comme différent du sang humain, d'où le nom de la ville. Nom du royaume des vampires et de la ville principale, gouvernée par Nathan.

Meute Dark Woods

L'une des plus anciennes meutes de loups-garous. On dit qu'elle est la première meute de loups-garous à avoir reçu un don de la déesse de la lune et à s'être vu confier la tâche d'être la gardienne de la déesse.

St.-Selena

Ville humaine, nommée en l'honneur de la déesse de la lune. Elle possède une grande basilique en son honneur.

Mytvathyr

Ville elfique, gouvernée par Érendriel. Elle abrite les plus anciennes guildes magiques. Un refuge pour toutes les races d'elfes et quelques étrangers.

354

Mumbur

Ville naine. Grand centre de commerce et port commercial.

Tous mes livres sont disponibles sur Amazon. Certains d'entre eux sont également disponibles dans les magasins Barn & Nobels et dans d'autres librairies à travers le monde.

Série Âme sœur du désir

Envisagé pour une adaptation cinématographique !

Un prince vampire puissant et séduisant. La fille puissante de l'Alpha. Ennemis de naissance, ils sont liés par un lien indéfectible.

Best Seller mondial. Lisez la série qui a tout déclenché.

4.   Ennemis Ancestraux (*disponible sur amazon*)
     ISBN 978-1-7782178-0-7

5.   Un péché d'amour (*disponible sur amazon*)
     ISBN 978-1-7775721-5-0

6.   Déchu (*disponible sur amazon*)
     ISBN 978-1-7782178-9-0

En lien avec la série Âme sœur du désir

Lisez dès aujourd'hui cette romance dark fantasy **primée — meilleur livre de fantaisie selon le Page Turner Awards** !

Les gardiens de la déesse : Les origines de la meute des loups-garous et des sorcières — ISBN 978-1-7782178-8-3

Série Sang et baisers

3. Roi maudit — ISBN 978-1-7388313-6-4
4. L'éveil — bientôt disponible

Série La fille du demi-ange

2. Dévorée par les ténèbres — bientôt disponible